금남로 데릴사위

금남로 데릴사위

발행일   2023년 12월 7일

지은이   최영만
펴낸이   손형국
펴낸곳   (주)북랩
편집인   선일영   편집   윤용민, 배진용, 김다빈, 김부경
디자인   이현수, 김민하, 임진형, 안유경, 신혜림   제작   박기성, 구성우, 이창영, 배상진
마케팅   김회란, 박진관
출판등록 2004. 12. 1(제2012-000051호)
주소   서울특별시 금천구 가산디지털 1로 168, 우림라이온스밸리 B동 B113~114호, C동 B101호
홈페이지 www.book.co.kr
전화번호 (02)2026-5777   팩스   (02)3159-9637

ISBN   979-11-93499-58-0 03810(종이책)   979-11-93499-59-7 05810 (전자책)

(주)북랩 성공출판의 파트너

북랩 홈페이지와 패밀리 사이트에서 다양한 출판 솔루션을 만나 보세요!

홈페이지 book.co.kr   •   **블로그** blog.naver.com/essaybook   •   **출판문의** book@book.co.kr

작가 연락처 문의 ▸ ask.book.co.kr

작가 연락처는 개인정보이므로 북랩에서 알려드릴 수 없습니다.

최영만 장편소설

금남로
데릴사위

피땀 어린 노력과 비극, 그리고 삶

북랩

머리말

데릴사위로 소개되는 주인공 임찬호는 언제부터인지는 몰라도 조상 대대로 이어져 온 가난에서 벗어나고자 낳고 자란 정든 집을 야반도주하다시피 뛰쳐나와 시외버스 종점이기도 한 송정리에 내리게 된다. 송정리에 내리기는 했으나 일자리를 얻기는커녕, 일자리를 물어볼 만한 사람도 물어볼 곳도 없다. 그래서 일자리를 얻기는 너무도 막막하다. 그동안의 생각은 고생쯤이야 당연할 것으로 한 각오였으나 취직이 이렇게 막막할 줄은 미처 몰랐다고 할까, 맞닥뜨린 현실은 너무도 가혹하다. 그렇지만 주인공은 집에서는 부모님도 모르게 나와버렸기에 엄마가 챙겨주시던 아침밥도 못 먹어 배는 고파온다. 그래서 배고픔이라도 달래고자 중국음식점에 들어가 짜장면 한 사발을 사 먹고 일자리 구한다고 음식점 주인에게 말한다. 일자리를 구한다는 말을 들은 음식점 주인은 나이 등을 묻더니 광주시 중심가 식당으로 보내주어 식당 직원으로 취직하게 된다. 취직자리가 맘에 썩 들지는 않아도 식당 일을 열심히 하던 어느 봄날 5·18사태가 느닷없이 터지게 되고,

그로 인해 사정상 밤잠 뿐이기는 하나 한 방에 함께 지내던 고향 형들을 잃게 된다. 그렇게 고향 형들을 잃게 된 일이 이젠 되돌릴 수 없는 일이 되고 말았으나 고향 형들을 죽음의 길로 못 나가게 할 수도 있었는데… 그러지 못한 게 두고두고 후회로 남는다. 때문이라고 해야겠지만 주인공은 무덤만 이루고 있는 고향 형들을 5월 18일이 닥쳐오면 꼭 지켜야 할 기념일이나 되는 것처럼 여기고 찾게 된다. 그것을 두고 누구는 고마워할 일이기는 하나 그렇게까지 할 필요가 있겠는가. 가볍게 말할지 몰라도 주인공으로서는 결코 잊을 수 없는 날이다.

목차

001

"엄마가 지금도 예쁜데 처음부터 예뻤어?"

둘째 아들 임찬호는 가난을 벗어나고자 엄마가 지금도 예쁜데 처음부터 예뻤어? 엉뚱한 말을 한 것이다.

"엄마가 처음부터 예쁘다니… 그게 무슨 소리야?"
"나는 엄마가 너무도 좋아서."

임찬호는 작은아들이라 장가들게 되면 따로 살아가야 할 건데 괜찮게 살아갈 희망이라고는 전혀 없고, 고향을 떠나야만 해서다.

"둘째 너, 엄마가 해준 아침밥 잘도 먹었잖아."

임찬호의 엄마는 그런 말을 들으며 생각한다. 찬호 네가 조금 전까지도 멀쩡했던 녀석인 줄 알았는데 그게 아니라 정신적으로 문제가 생긴 건 아닐까. 그래, 부모에게 있어 자식이란 어떤 존재인가. 설명까지 필요 없이 나이가 아무리 많아도 물가에 내놓은 어린아이쯤으로 보이지 않는가.

"그러니까 내가 말하는 건 다름이 아니라 멋지신 아버지가 예쁜 엄마를 보고 맘에 드셨냐는 거지."

그동안 맘먹은 말을 솔직하게 하기는 너무도 어려워 에둘러 하는 말이다.

"뭐야? 둘째 너는 쓸데없는 소리만 할 거냐?"
"엄마야 쓸데없는 소리라고 말할지 몰라도 나는 엄마 아들로서 당연한 말인 거여."
"솔직하게 말하면 서로 맘에 안 들어도 어른들 말씀을 거역할 수 없었던 시대를 엄마는 살았고, 찬호 너도 낳게 된 거다. 그러면 된 거냐?"
"그런 대답으로 다가 아니야. 궁금한 게 더 있어."
"아니. 찬호 너 엄마를 붙들고 쓸데없는 얘기만 할 거냐?"
"엄마와 이런 얘기도 장가 가버리면 못 할거잖아."
"혹시 둘째 너 장가를 외국으로 가버리겠다는 말은 아니겠지?"
"장가를 외국으로 왜 가, 엄마는 말도 안 되게."
"그게 아니면…?"
"장가 가기 전에 알아 두자는 거지."

임찬호는 엄마에게 하나 마나 한 말을 했음인지, 죄 없는 머리만 만진다.

"둘째 너. 미리 말해두겠는데 가난하다는 이유로든 장가 안 갈 생각은 마라."

"장가. 왜 안 가. 장가는 당연히 가야지. 보성에 예쁜 아가씨가 없다는 게 문제지."

"없기는 왜 없냐, 찬호 너에게 딱 어울릴 송은희가 있잖아."

"그러면 엄마는 송은희를 내 색싯감으로 점찍어 놨다는 건가?"

"그래. 그럴 리 없겠지만 송은희가 싫다면 또 모를까."

"송은희가 예쁘기는 하지. 그렇지만 촌놈에게는 시집을 안 갈 거야."

"시집을 촌놈에게는 안 갈 건지 송은희에게 물어는 봤고?"

"안 물어봤지만. 앵두나무 우물가에 동네 처녀 바람 났네. 그런 노래도 있잖아."

"그러니까 송은희가 서울로 가버렸다는 거냐?"

"서울로 가버렸는지는 몰라도 요즘엔 안 보이더라고. 그건 그렇고 엄마가 시집왔을 때 할아버지가 예뻐는 하셨어?"

엄마의 말을 끊기 위해 하는 소리다.

"할아버지가 예뻐하시고 안 예쁘게 보시고 둘째 네가 그걸 왜 묻는데?"

001

11

"왜 묻는 게 아니라 아버지가 동네에서는 훈장님처럼이신 건 할아버지 영향을 받아서라는 말을 들은 것 같아서."

"그런 얘기는 오늘말고 다음에 하자."

"다음은 무슨 다음이야. 말이 나온 김에 하는 거지."

"둘째 너 안 바쁘냐?"

"바쁘고 안 바쁘고 그런 건 묻지 말고 얘기해 봐. 왜 아버지는 농촌 사람으로 당연한 지게 지기를 싫어하시는지 그게 궁금해서 그래."

"자기 부모에게 불효한 사람이 생겼을 경우 항렬이 높은 연장자가 동네 회의를 열어 벌줄 것을 결의하면, 죄지은 사람을 끌어내 덕석에 돌돌 말아 연장자 지시에 의해 동네 사람들이 몽둥이로 때렸다고는 하더라."

"엄마 얘기가 거기까지밖에 없어?"

"그래, 거기까지다. 찬호 너는 꼬치꼬치도 묻는다."

"꼬치 꼬치가 아니야. 엄마에 대해 궁금한 게 또 있어."

"궁금한 게 또 있다고? 아이고, 큰일이네."

"큰일은 무슨 큰일, 조잘거리는 둘째가 있어서 행복이지."

"조잘거리는 둘째가 있어서 행복?"

"그러면 엄마는 아닌 건가?"

"누가 아니라고 했냐. 그때 있었다는 얘기를 하면 김팔봉이라는 사람이 덕석말이 당했는데 지시한 사람은 누구도 아닌 둘째 네 할아버지라는 거야."

"그러면 엄마는 말만 들었다는 거잖아."

"말만 들었지. 그렇지만 덕석말이 당하게 된 김팔봉이라는 사람은

다음 날부터는 눈에 안 보이라는 거야. 물론 동네 사람들 볼 낯도 없어
그랬겠지만."

"그런 말은 아버지가?"

"그러면 누가 하겠냐. 네 아버지가 했지."

"그러니까 엄마는 아버지에게 두들겨 맞지는 않았다는 거잖아."

"맞고 살지 않은 게 아니라. 엄마는 안 맞으려고 조심은 했다."

"조심했다는 말은 활발하게는 못 살았다는 거잖아."

"그게 아니라 할아버지 할머니께 이쁨을 받으려고 했던 것 같다."

"할머니는 엄마가 보기엔 어떤 분이었어?"

"어떤 분이라니 그게 무슨 소리야?"

"그러니까, 할머니도 미녀였어?"

"할머니도 미녀였을 거야."

"할머니가 미녀였으면 엄마도 미녀라 질투하셨겠는데."

"그러면 둘째 네가 엄마를 보기엔 미녀로 보인다는 거야?"

"무슨 말이야. 나는 엄마에게서 태어난 게 자랑인데."

"엄마에게서 태어난 게 자랑이라고?"

"그래, 다른 애들 엄마와 비교도 하는데."

"둘째 너 뭐 먹고 싶냐?"

"진짜야. 그런데 엄마가 보기에도 나도 괜찮게 생긴 놈이지?"

임찬호는 엉뚱한 말을 했다 싶었던지 다른 말로 바꾼다.

"그거야. 당연하지. 둘째 네가 누군데."

"그러니까 나도 엄마가 보기엔 자랑할 만한 아들이라는 거잖아."

"자랑 말이 나와서 생각이지만 둘째 너를 자랑하고 싶어 할 일도 없이 이집 저집 데리고 다니기도 했다. 그걸 둘째 너도 알까 몰라도."

"엄마가 그렇게까지?"

"지금이야 청년처럼 커버렸지만 둘째 네가 어렸을 적엔 엄마도 행복했다. 그런 행복도 많았지."

"그러니까 내가 이만큼 생긴 건 엄마 덕이잖아."

"둘째 너 말해두겠는데 몸조심해야 한다. 알았냐?"

"엄마가 몸조심하라는 건 여자애들 건들지 말라는 거잖아."

"그러니까 둘째 너는 남자라서 세 뿌리를 조심해야 한다는 거야."

"아니, 세 뿌리라니? 세 뿌리가 뭔데?"

"세 뿌리가 뭐냐면 잘도 생긴 녀석이 아무 애들에게 함부로 손대서 집안이 복잡할 수도 있다는 거야."

"그렇구먼. 엄마는 그런 염려 안 해도 돼."

"염려 안 해도 된다고?"

"괜찮은 여자애들은 죄다 나가버렸어. 그러니까 엄마가 말한 송은희도 서울로 가버렸을 거야. 안 보이는 걸 보면."

"아니, 송은희도 서울로 가버렸다고?"

"그래, 서울로 가버렸는지 거기까지는 몰라도."

서울로 가버렸는지 거기까지는 모르나 엄마에게 그냥 한번 해 본 말이 아니다. 앞으로 살아갈 길은 가난하기만 한 고향을 벗어나야만 해서다. 그러니까 엄마에게 없는 엉뚱한 말까지 하게 된 것이다. 어쨌든 나는 둘째로 태어났기에 부모님을 모시고 살아가야 할 만큼 큰아들이 아니라 따로 살아가야 할 둘째이기 때문이기도 해서다. 아버지 어머니는 나의 진심을 말하기 전에는 모르실 것이나 현재 다니고 있는 고등학교를 졸업과 동시에 밖으로 나가길 바라실지도 모른다. 그러나 부모님 곁을 떠나 살아간다는 건 풍파가 심한 세상을 이겨내야 하는 도전이지 않겠나. 도전이란 실패가 뒤따르기 마련이지만 나는 무슨 일이 있어도 집을 떠나 살기로 각오한 것이다.

"요것이 서울 올 말도 없이 가버러…?"

임찬호의 엄마로써는 그동안 맘에만 두고 있었던 둘째 며느릿감을 놓쳤다는 아쉬움에서 하는 말일 게다.

"그러면 엄마는 송은희를 맘에 두고 있었다는 건가?"
"맘에 두고 안 두고는 이젠 소용이 없게 됐지만 그럴 줄 알았으면 미리 말해둘 걸 그랬다. 아니다, 송은희 엄마에게라도 말 해야겠다."
"그러니까 엄마는 내 맘도 모르고 송은희를 나랑 결혼시키게?"
"송은희는 엄청 예쁘기도 하지만 맘씨도 여간 좋잖아. 집안도 그만 하면 괜찮고"
"엄마는 송은희를 며느리 삼고자 생각은 말어. 송은희는 이미 떠 버린 배나 마찬가지니까.”

송은희는 엄마만 눈여겨보신 게 아닌 것 같다. 아버지도 마찬가지이
신 것 같고.

“송은희가 서울로 가기는 했어도 자기 엄마에게는 말을 했겠지?”
“그거야 모르지. 송은희가 어느 날부터는 안 보이더라고.”
“임찬호 너, 송은희에게 손 안 댔지?”
“송은희에게 손을 대다니. 엄마는 말도 안 되는 말을 다 하네.”
“이 계집애가. 가만히 자빠졌다가 우리 둘째와 결혼할 일이지. 이 썩
을 년이…”

예쁜 송은희를 며느릿감으로 생각해 두었는데 아니게 돼서다. 그리
도 예쁜 송은희를 며느릿감으로 생각한 이가 어디 임찬호 엄마만이겠
는가, 장가갈 나이가 된 강성필 엄마도 그랬겠지.

“그런데 엄마!”
“왜…?”
“왜가 아니라 우리가 언제까지 가난해야만 되는 거야?”

사실 가난을 해결할 방법을 엄마한테 물을 필요도 없다. 그렇지만
백방으로 생각해 봐도 보성이라는 시골에서만 살아서는 머슴살이 말

고는 희망이 보이질 않았다. 그러기에 학교고 뭐고, 다 때려치우겠다는 맘으로 엄마에게 에둘러 하는 말이다.

"뭔 소리야. 언제까지 가난해야만 되냐니, 아니 누가 가난하고 싶은 사람도 있다더냐?"

둘째 이 녀석이 공부가 싫어서? 공부가 싫다면 왜일까? 학교에 무슨 문제라도 있다는 건가? 중학생 때는 제법 반장도 했던 녀석이었는데 말이다. 임찬호 엄마는 그런 맘으로 작은아들 임찬호를 뚫어지게 본다.

"그러니까 우리 집 가난은 엄마가 시집오기 전부터…?"
"엄마가 시집오기 전부터 든 임찬호 너는 고등학교까지는 다니고 있잖아. 딴 집 애들은 중학교로 그만이지만."
"그러면 나는 아버지 덕인 건가. 고등학교도 다니니."
"고등학교까지 다니는 건 아버지 덕만이 아냐. 아무튼 둘째 네가 그걸 왜 묻는데…?"
"아니야, 그냥이야."

어디 그냥일 수 있겠는가. 지금 말하는 건 얼마 전부터 생각했던 말이지.

"그냥이 아닌 것 같은데, 둘째 너 딴생각 하는 건 아니지?"

"그래, 엄마 말대로 그냥은 아니야."

우리 집은 아무리 생각해 봐도 천지개벽이 아니고는 발전할 수 없는 보성이다. 그런 보성에서 주어진 삶대로만 살아서는 안 된다. 그래서 상당한 대가를 치르더라도 지긋지긋한 가난만은 벗어나야만 한다. 임찬호는 그런 생각에서 꺼낸 말이었다. 중학생 때까지는 어린애 수준이라고 하겠지만 이젠 세상을 어떻게 살아갈지 삶의 판단도 할 수 있는 나이가 됐기 때문이다.

"둘째 네가 지금 무슨 말 하려는지 엄마는 알겠지만 누가 가난하고 싶은 사람도 있다더냐."

춘궁기 때는 보리가 빨리 익어주길 빌던 보성이라는 농촌, 군대는 갔다 왔다는 허우대만 좋은 총각과 혼인해. 오늘을 살아가고 있지만 너희들 장래가 걱정인 것만은 사실이다. 임찬호 엄마는 그런 생각인 건지 작은아들 얼굴을 슬쩍 보더니 덕석에 널어놓은 많지도 않은 녹두를 손으로 젓다가 일어선다.

"그런데 엄마, 우리 어디로 도망갈까?"

임찬호는 엄마에게 그냥 한번 꺼내는 말이 아니다. 돈이 있어서 괜찮은 대학을 나오면 국가공무원이든, 학교 선생님이든 할 수는 있겠지만 우리 집 지금의 형편으로는 그게 아니지 않은가. 더할 수도 없는 현재의 농토로는 춘궁기조차 무사히 넘기기 힘들 수 있어서다. 부모님이야 그걸 숙명처럼 받아들이고 살아오셨고. 지금도 살고 계시겠지만 나는 죽어도 아니다. 그 때문이라고 해야겠지만 공부도 싫어진다. 고등학교 성적이 우등생이면 뭘 해. 대학도 못 갈 텐데. 대학도 못 갈 거면 고등학교 성적이 아무리 좋은들 꼴찌나 마찬가지 아니겠는가. 그러니까 고등학교의 우등한 성적은 사회에서 아무 가치가 없다는 얘기다. 고등학교 졸업생임을 누가 알기라도 하면 고등학교 졸업생으로 평가해줄지 몰라도 밥 벌어먹는 데는 아무것도 아니다. 그러니까 사회생활에서 고등학교 졸업생은 아무것도 아니다. 나는 작은아들이니까 장가를 들면 따로 살아갈 것이다. 장가들어 따로 살아간다 해도 우리 집 형편을 생각하면 물려받을 그 무엇도 없다. 그래서 굶으나 먹으나 나 스스로 해결해 살아가야 한다는 것을 생각할 필요도 없다. 생각할 필요도 없으니 다른 방법이 있겠는가. 고등학교 중퇴가 아깝기는 하나 그걸 붙들고만 있어서는 아무것도 안 된다. 엄마는 무슨 뜻으로 들으셨지는 몰라도 나는 진심이다.

"찬호 너 지금 뭐라고 했어?"

"아니야."

"아니기는. 도망가 버리고 싶다는 말 진심인 거야?"

"도망가자는 말은 아니야. 괜히 하게 된 말이야. 그런 말 엄마는 너무 신경 쓰지 말어."

"아니, 둘째 너 도망갈 생각은 하지 말아. 알겠냐."

"사실은 나 도망가고 싶어. 우리 집이 가난만 해서는 안 되잖아."

"도망갈 엉뚱한 생각은 말고 내일은 학교 안 가는 날이니 밭일 좀 도와야겠다. 모래는 양파 모종을 해야 해서 이웃 동네 사람들까지도 오라고 했다."

임찬호 엄마는 안다. 양파 심어봤자 돈도 안 되겠지만 그렇다고 멀쩡한 밭을 텅 빈 밭으로 둘 수는 없어서다.

"알았어."

"말로만 알았다고 하지 말고…."

돈이 안 되더라도 지금까지 해온 농사일이지 않은가. 밭일을 영감이라도 도와주면 하지만 영감은 무슨 대단한 벼슬이나 한 사람처럼 아무일도 안 하고 있으니 어쩌겠는가. 작은놈 너라도 도와주어야지. 그런 생각으로 하시는 말씀일게다.

"나, 아니어도 형이 있잖아."

"형이 있으면 작은놈은 일 안 해도 된다더냐?"

임찬호 엄마는 화까지 내며 하는 말씀이다.

"알았어, 일하면 될 거 아니야~!"

"둘째 너 일하기 싫으면 싫다고 해야지. 엄마한테 소리까지 질러?"

"소리 질러서 미안해, 담부터는 안 그럴게."

"아버지 곧 오실지 모르니 나가 봐라."

임찬호 부친 임종윤 씨는 해마다 있게 되는 문중 시제 때문에 함평군 대동면 선영에 가셨기 때문이다. 물론 당일치기로.

"아버지, 지금 오세요."

"그래, 이제 온다. 그런데 집에는 둘째 너밖에 없냐?"

임찬호 아버지 임종윤 씨는 집에 찬호 너밖에 없냐면서 조상들 시제에 다녀오셨다는 표시겠지만 한 입도 부족할 인절미 몇 개, 절편 몇 개, 고급스러운 입들에겐 가치도 없을 돼지고기 비곗살로만 몇 점, 생밤 몇 개를 흔한 신문지도 아닌 지푸라기로 싼 것을 작은아들 찬호에게 내밀며 묻는다. 그러니까 혼자 먹어도 적을 양이라 미안해하는 표정으로.

"집에는 엄마만 있어요."

"그러면 네 엄마는 어디 있고…?"

"엄마는 뒤뜰에 계세요. 엄마~ 아버지 오셨어요~"

"알았다~!"

임찬호 엄마는 알았다 하시지만 바삐 나갈 필요까지는 없다는 듯 심던 고추 모종 다 심고 나갈 태세다.

"그러면 네, 동생들은…?"
"동생들은 그러니까 동동구루무 장사가 와서 거기 갔나 봐요."

동동구루무 장사는 자식들이 몇이나 될까? 우리처럼 식구가 많아서는 동동구루무 장사로는 안 될 건데. 그래, 아무렴 우리처럼 가난하지는 않을 거야. 동동구루무 만들기는 농촌이 아닌 도시에서 만들 것이기에. 동동구루무 장사이기는 해도. 밥 먹고 살기가 보릿고개를 이기지 못할 처지로 내몰리는 농촌인 보성 보다는 괜찮지 않을까? 그래서 하는 생각이지만 농촌에서는 가진 재주가 아무리 좋은들 농토가 없어서는 굶어 죽기 일보 작전이라고 말할 수 있다. 그렇기는 농토가 있다고 해도 많은 농토가 아니면 보릿고개를 무사히 넘길 정도에 불과하기 때문이다.

그래서 생각해 보면 농촌에서 밥 굶지 않을 직업으로는 무당직업이 최고일 수도 있다는 게 보성일 수도 있다. 그러니까 무당직업에 종사하려면 다른 것 외워 둘 필요도 없다. 목청만 좋으면 되는 직업으로 나무아미타불 관세음보살만 외워 두면 된다. 그런 나무아미타불 관세음보살을 직업으로 살아온 경험자는 2천여 번만 외우면 날이 여명으로부터 밝아오기 시작한다. 그러니까 나무아미타불 관세음보살이 효험이 있고 없고는 당신들 문제겠지만 상다리가 휘어질 정도로 차려진 저 음식들은 다 내 것이니 시간만 가거라. 했다지 않은가.

그렇기는 하나 무당 목소리만은 옥쟁반에 금구슬 굴러가는 소리여야만 해서 날달걀에다 식초까지 더해 마시기도 했다지 않은가. 뿐만이 아니다. 현대인들은 믿지 못할 일이지만 확인이 필요 없는 계룡산에서 30년간 도를 닦았다는 명함만으로도 인기가 높았다. 거기다 춘향전에나 나오던 이 도령처럼 잘도 생긴 얼굴이면 값이 몇 배 더 나가겠지만 말이다.

그래서든 무당으로서 잘나가던 정판술 씨 얘기다. 그동안 괜찮던 목소리가 나이와 함께 늙어가게 되는 바람에 하는 수 없이 초등학생 아들에게 무당일을 가르쳐 데리고 다니는데, 목청이 얼마나 좋던지 부르는 값이 제값이기도 했다지 않은가.

"오셨어요."

임찬호 엄마는 아내라는 예만 갖춘 인사말이다.

"그래요. 이제 왔어요. 그런데 뒤뜰에는 뭘 심은 거요?"
"고추 모종 심었어요. 그런데 생각보다 늦지는 않으셨네요."
"늦지 않다니. 지금 몇 실까?"
"시간은 알아서 뭘 하게요."
"차를 두 번씩이나 갈아타는 바람에 좀 늦었네요."
"늦다니요, 안 늦었어요. 혹 한밤중에 오실까 봐 걱정했어요."
"아이고, 다 늙은 영감을 걱정까지 하다니요."

"걱정까지가 뭐예요. 영감이 조상님들 시제 문제로 가시기는 했으나 멀리까지 가셨는데요. 그건 그렇고, 시제에 여자들은 안 왔지요?"

"시제에 여자들은 당연히 안 오지요. 그건 왜요?"

"그러니까 지금도 그러냐는 거지요."

"임자말 듣고 보니 임자랑 참석하면 좋기는 하겠다."

"그렇지만 시제에 오는 사람이 너무 많아도 곤란하겠지요?"

"그런 말도 맞을 것 같네요."

"그렇지만 담부턴 나도 따라가면 어떨까요."

"임자까지는 생각해 볼 일이네요."

"왜요?"

"오는 사람 오지 말라고는 않겠지만 임자만 가서는 또 안될 것 같아서요."

"영감은 말씀도 잘하시면서 그러시네요."

"내가 말을 잘한다고요?"

"다른 데서는 몰라도 동네에서는 그러시잖아요."

우리 영감은 틀도 괜찮지만, 동네에서는 판사와 같은 사람이기도 해서다. 그러니까 해결하기 어려운 문제가 있기라도 하면 결정을 내려야 할 일에는 방망이를 두드리는 그런 역할도 하고 있다. 그러나 농촌 사람으로 당연한 지게를 지지 않아 좀 밉기는 하다.

그러나 말솜씨를 보면 밉지만은 않다. 밉지만 않은 건 동네 사람들을 모이게 할 수 있기에 하는 말이다. 그러니까 영감이 하는 말이란 그런 것이다.

어쩔 수 없기는 하겠으나 자리해주신 민연수 씨가 조상 묘를 남몰래 이전하게 된 바람에 공교롭게도 이전하신 묘와 가까운 집 두 젊은이. 그러니까 김명자와 정일성이가 농약을 마시고 죽은 겁니다. 그 때문에 평온해야 할 우리 동네가 아니게도 시끌시끌해진 겁니다.

그래서 하는 말이나 인간의 생사화복을 조상 유골이 어떻게 해줄 거라는 그런 믿음은 거짓입니다. 그런 거짓된 믿음이 도저히 인간의 생사화복을 어떻게 해줄 수는 없다는 겁니다. 그런 문제에 있어 더 말하면 국가마다 도저히 어떻게 할 수가 없는, 그러니까 장례는 나라마다 안고 있는 기후조건에 따라 달리 치러지게 되는데 열대지방 사람들 장례는 독수리들이 치르도록 하는 게 풍장이고, 에스키모들이나 살아갈 한대지방 사람들 장례는 물고기들이 치르도록 하는 게 수장인 겁니다. 그러나 우리나라처럼 온대지방 사람들은 매장이나 화장이라는 겁니다.

그래서든 이미 알고 계실 분도 있으실지 몰라도 지금의 면장이신 한영두 씨 조상 묘 이장 얘깁니다. 그런데 함부로 말하기는 조심스럽습니다. 거동이 불편한 소아마비자를 지게에다 지고 가는 겁니다. 그러니까 신통한 지관이 되기 위해 계룡산에서 장장 삼십 년 동안 도를 닦았다는 지관인 겁니다. 그런 지관이 말하길 이 자리는 앞으로 왕비가 나올 자리라고 말한 것 같습니다. 그래요, 지관 말대로 왕비가 틀림없이 나온다고 합시다. 그러면 후대라는 말을 생각 안 할 수가 없는데 왕비가 태어나길 바라는 본인이 죽어버린 다음에 왕비가 태어난다면 무슨 소용이 있겠느냐는 겁니다. 그렇기는 해도 조상님을 모시겠다는 맘까지 무시할 수는 없을 겁니다.

지금까지 한 말이 너무 길어 미안은 하나 싫지 않다면 더 할 건데 효라는 문제입니다. 효 문제까지는 조선 왕조 이성계가 만든 작품이라고 해도 될 것 같습니다. 그렇게 말하는 건 다름이 아니라 이성계는 고려국 장군으로서 적을 무찔러야 할 것이지만 그렇기는커녕 총구를 자기 나라인 고려국 왕 쪽으로 돌립니다. 그러니까 이성계는 반란을 일으킨 잘못된 장군이라는 겁니다. 요즘 말로 한다면 이성계는 쿠데타를 일으킨 거지요 이성계가 쿠데타를 일으키기까지는 그럴 만한 이유가 있는데 고려왕국 정치를 왕이 하는 게 아니라 산속에서 목탁이나 두드리고 있어야 할 중들이 정치를 하는 겁니다.

그런 고려국 정치는 문제가 있으니 당장 없애야겠다는 맘에서 중국 종교라고도 할 수 있는 유교를 수입하게 됩니다. 이성계는 그렇게 해서 중들을 천민이라는 딱지까지 붙여 버립니다. 그런 천민 딱지를 영원토록 붙여둘 참은 아니었겠지만 이성계는 종묘사직이라는 명분까지 내세운 행사였습니다. 그런 종묘사직이 결과적으로 남의 나라인 일본이라는 나라에 빼앗기는 수모를 다 당하게 됩니다. 그러니까 말도 안 될 꼼수를 부려서는 국가는 물론 개인도 무너질 수밖에 없다는 교훈이 남는다는 겁니다.

그래서든 우리는 고려장이라는 말을 하기도 듣기도 합니다. 고려장이라는 말이 어떤 의미의 말인지 모르는 분은 아마 없으시겠지만. 가정적으로 최악일 수도 있는 치매라는 병으로 고생하시는 부모를 버리는 겁니다. 치매로 인해 건강치는 못해도 나를 낳고 길러주신 부모님을 버리는 일은 인륜적으로도 잘못이지만 그렇습니다. 그러나 몰아닥친 지금의 상황은 어쩔 수 없다. 그런 생각은 아닐까 싶어 안타깝기도 합니다.

그러니 민연수 씨는 이삼일 내로 파묘를 하십시오. 그래요. 파묘도 생각처럼 결코 쉬운 일은 아닐 것입니다. 그렇기는 하나 민연수 씨 본인이 저질러 놓은 일이 아닐 수 없으니 반성하는 마음으로 파묘를 하십시오. 그동안 평온했던 전날 동네로 회복하겠다는 선한 마음으로요. 그러니까 이사를 다른 동네로 하시기는 했으나 논밭은 그대로 있으니 말이요.

우리 집 영감은 그렇게 결론을 내렸다.

"싸 온 음식이 조금밖에 안 되나 그리 알고 애들에게 나눠 주어요."

문중 시제 지낼 음식은 먹고도 남아 싸줄 만큼은 장만해야지, 그게 뭐야, 명색이 집안 어른으로서 손부끄럽게… 문중 재산도 꽤 된다면서…. 속으로만 투덜대는 임찬호 부친 임종윤 씨의 입장이다.

"찬호야!"
"예."
"아니다, 그냥 불러 보았다."

임찬호 부친은 그냥 불러본 게 아니다. 명색이 문중 어른까지 대접인 사람이 혼자 먹어도 부족할 음식이라서다.

"하실 말씀 있으면 하세요."

임찬호 엄마 말씀이다.

"아니오, 할 말 없어요."

아버지는 할 말 없어요. 하시고는 두루마기만 벗고 누우신다. 우리 아버지는 농촌 분이시지만 어울리지 않게 지게를 저 본 일이 없고 애들 말로는 좀 깬 분이시다. 그러나 아버지에게는 자식들에게 나눠줄 그 무엇도 없다. 그래서 이제부터는 자식인 내가 알아서 살아가야지 않겠나. 임찬호는 그런 생각이라 고등학교 졸업도 필요 없이 도시인 광주로 갈 생각이다. 그렇게 하려면 누구의 연결고리라도 있어야겠지만 그럴 만한 사람 하나 없다. 그렇다고 굶어 죽기야 하겠어. 그런 야무진 생각만으로 광주 길목인 송정리 시외버스 종점 터미널에서 내리게 된다.

아무튼 첫차라 그런지 차에서 내리는 사람이라고는 몇 명뿐이다. 그래, 시외버스 종점이라 그렇기는 하겠으나 버스들은 수시로 들락거리고 타고 내리는 사람들로 북적인다. 버스에 오르고 내리는 사람들마다는 젊은 사람은 없다. 그러니까 야반도주를 하다시피한 처지서야 다행일 수는 있겠으나 나 같은 학생은 없어 다행이다. 아무튼 저 사람들은 무슨 일로 버스를 타고 내리며 어느 동네에 사는 사람들일까? 우리 동네 사람은 없어 보이기는 해도 말이다.

혹여나 임찬호를 알아볼 사람이 혹 있을지도 몰라 버스 대기실 입구가 아닌 좀 구석진 곳 긴 의자에 앉아 유리창 밖만을 본다. 송정리-해남이라고 쓰인 버스가 들어오고 곧이어 송정리-영광이라고 쓰인 버스

금남로 데릴사위

가 들어오고 곧이어 무안 버스. 함평 버스가 연달아 들어온다. 그러니까 벌써부터 도시에 온 기분이라고 할까 그렇다. 임찬호는 그렇게만 보고 있기는 가을비 맞은 촌닭이다. 그러니까 보성 촌놈임을 숨길 수는 없었다는 것이다. 옷차림만 거지꼴이 아닐 뿐이다.

어찌 됐든 송정리까지는 왔으니, 일자리만은 찾아야 할 게 아닌가. 그러나 아무리 생각해 봐도 저가 일할 곳은 어디에도 없을 것 같아 앞이 캄캄하다. 그러니까 가난뿐인 보성을 벗어나야 한다는 생각만으로 다니던 학교도 그만두고 부모님도 모르게 야반도주하다시피 이렇게 오기는 했어도 말이다. 한두 끼 굶어도 괜찮을 젊은 놈이지만 부모님 몰래도 새벽 첫차를 탔기에 아침도 못 먹었다. 그렇겠지만 배는 서릿말을 못 하고 고파온다. 이런 내 사정을 우리 집에서는 모를 것이다. 다만 부모님 눈에 보이지 않을 뿐이다. 도착은 점심시간 훨씬 전에 했으나, 목적한 일자리가 문제다. 일자리를 어디서 구할지만 궁리하다 보니 시간만 흘러 점심시간이다. 그러니까 시외버스 종점에 걸려있는 시계를 보니 11시 40분이다. 집에서야 오후 한 시나 돼야 점심이지만 그래도 점심이라도 해결하자. 점심을 해결한다 해도 일자리도 찾지 못하면서 밤만 찾아오면 어떻게 하지? 야단이다. 몇 시간 후면 밤은 여지없이 찾아올 텐데 말이다. 밥값이야 엄마가 비상금으로 모아두신 돈이 있으니 그것으로 점심은 해결되겠지만 밤이 오면 누워 잘 곳도 없다.

물론 누워 잘 만한 여관은 있겠지만. 잠만 자는데 엄마가 모아둔 귀한 돈 쓸 수는 없지 않은가. 그렇다고 다시 내려가기는 자존심이 허락지 않는다. 길바닥에 누워 자는 일이 있을지언정 다시 내려갈 생각은 추호도 없다. 주머니에는 어머니의 비상금인 짜장면 값으로는 한 달 정도는 버틸 수 있는 돈이야 있지만 말이다. '엄마. 농산물 이것저것 팔아 모아둔 돈까지 훔쳐 가져가 버렸다고 화내지는 말어. 일자리는 반드시 구할 거고, 그래서든 이 돈 몇 배로 갚아 드릴 테니. 그것도 이자에다 이자 더 해서.' 그러나 그동안의 각오와 맞닥뜨린 현실은 너무도 다르다. 그러니까 어려움을 체험 중이라고 해야 할 것 같다.

"아니, 밥 먹었으면 가야지, 왜 안 가고…?"

만리장성식당 주인은 이상하다는 눈으로 보면서다.

"가야지요. 그런데. 어디 일할 곳 없을까요?"
"뭐, 일할 곳?"
"예, 일할 곳이요."
"그러면 집은 어디고?"
"집은 멀어요."
"집이 멀면 얼마나 먼데…"
"보성이라서요."
"보성이면 잘 방도 있어야 할 텐데. 재워줄 방이 없는데 어쩌냐?"
"잠잘 방이요?"

"그러니까 학생 일자리가 생길지도 몰라서야."

만리장성 주인은 그러면서 잠깐 기다리라더니 어디론가 전화를 걸기 시작한다.

"안녕하세요, 저 만리장성입니다."
"아, 예. 안녕하세요. 그런데 이 시간에 전화를 다 주시고…?"
"그러니까 며칠 전에 사람을 구한다고 하셔서요."
"그러면 괜찮은 사람이 있다는 거요?"
"예, 참한 청년이에요."
"그러면 나이는요?"
"잠깐이요, 자네 몇 살이지?"
"열여덟 살이어요."
"열여덟 살이라는데 전화 소리 들리세요?"
"예, 잘 들리네요. 그런데 열여덟 살이면 나이로는 고등학생일 텐데요?"
"잠깐이요. 고등학생인지 물어볼게요."
"저 고등학교 중퇴에요."
"학교는 고등학교 중퇴라네요."
"고등학교 중퇴면 생각해야 봐야겠네요."
"그건 왜요?"
"그러니까 사람이 필요는 해도 학생까지는 아니라서요. 그러니까 급하다는 생각으로 학생을 세웠더니 온다간다 말도 없이 그만두어서요."

"그렇군요. 그래서는 안 되는데…"

"일단은 근무는 착실히 할 건지, 한 번 물어나 보세요."

"알겠습니다. 그러면 잠깐이요 자네 근무는 잘할 건지 묻는데 근무는 말썽부리지 않고 잘할 수 있겠어?"

"받아만 주시면 저 잘할 수 있어요. 사장님에게 이런 말까지 해도 될지 몰라도. 지금이야 학생이지만 학교를 때려치우려고요."

"뭐? 다니는 학교를 때려치워?"

"예, 어차피 대학도 못 갈 건데요."

"뭔 소리야. 졸업만은 해야지."

"아니에요, 고등학교 졸업해서 나쁠 건 없지만 앞으로 살아가는데, 고등학교 졸업장이 무슨 필요가 있겠어요. 그래서 그만두기로 맘먹었어요."

"그러면 고등학교 그만두기로 한 건 부모님도 알고 계시고?"

"아니오."

"사장님 지금 하는 얘기 들으셨지요."

"그러면 오늘은 말고 낼 보내면 어떨까요?"

"그러면 한번 물어볼게요."

"오늘은 말고 내일 보내라는데 그래도 될까?"

"내일도 상관없어요. 그런데 잠잘 곳이 있어야 하는데…"

"그러니까 당장?"

"그렇지요. 집이 보성인데요, 죄송하지만 아저씨가 오늘 하루만 재워주시면 안될까요?"

너무도 친절하게 대해 주시는 만리장성 주인 태도로 봐 안된다고는 안 할 것 같기는 한데, 어렵다고 하면 당장 어디로 가지? 도시는 내 돈 없이 못 살 곳이라는 점을 알고 있지만 말이다. 그러니까 도시 인심이 야박해서만은 아닐 것이지만 그렇다. 만리장성 주인 고향은 어딘지 몰라도 나처럼 시골에서 와 이렇게라도 성공한 게 아닐까. 크게까지는 아니어도 나도 이만한 식당을 차릴 수 있어야 할 텐데. 어떻든 당장은 고등학교 중퇴생이지만 몸으로 할 수 있는 일이면 못 할 일이 없다. 중학교 때부터이기는 하나 지게도 져 보았다. 하늘은 스스로 돕는 자를 돕는다는 말이 내게도 해당이 되는 말일까?

"자네 방금 뭐라고 했지? 바쁘다 보니 잘 못 들어서."
"오늘 밤만 재워 주셨으면 해서요."
"그래, 학생을 재워줄 만한 방은 없고, 음식 재료 창고가 있기는 한데 거기다 자리 펴 주면 잘 수 있을까?"
"아저씨, 감사합니다."

이제 살았다. 오늘 밤만 재워주시면 방금 전화한 식당으로 갈 것이니 말이다. 집에서 걱정만 하고 계실 부모님이야 사실을 말하기 전에는 아무것도 모르시겠지만.

"그러면 빈 그릇들이나 모아다 줘."
"알겠습니다."

임찬호는 진짜 일꾼처럼 재치 있게 해야겠다는 맘으로 시키지도 않은 일까지도 한다. 딴 데로 보내지 않고, 여기서 그냥 일하라고 할지도 모르기 때문이다. 어쨌든 만리장성 주인이 남이 아니게 생각된다.

"자네, 이리 와 봐, 밀가루 포대 위로 올리면 되겠지? 이부자리도 가져다줄게. 물론 새 이불은 아니나. 그리고 화장실은 저기야. 물은 주방에 있으니 그리 알고."

"아저씨 한 가지 여쭤봐도 돼요?"

"뭔데?"

"아저씨는 이 만리장성을 운영하게 되신지, 얼마나 되세요?"

"올해로 6년인가 싶은데 보다시피 발전은 처음 그대로야."

"그러시군요."

"잠깐… 남은 음식 좀 가져올게."

학생, 너는 젊은 날의 나 같다. 그러니까 장흥 촌놈이 송정리까지 오기는 했으나 찾아갈 만한 곳도 없어 주차된 버스를 지붕 삼았던 기억이다.

"뭘 이렇게 많이도 가져오세요. 감사합니다. 맛있게 먹겠습니다."

당장 누워 잘 곳도 없을 줄 알았는데 이게 얼마나 다행이고 감사한 일인가. 임찬호는 눈물까지 훔친다. 어찌 그러지 않겠는가. 일자리가 없는 줄 알았다가 일자리가 생기는 어쩌면 기적 같은 일이기도 한데.

"자네 눈물까지 훔치는 거야."

"아니에요."

"감사할 필요는 없어. 도와주는 것도 아니잖아."

"아니에요, 생판 모르는 저를 사장님은 먹을 것까지도 주시는데요."

"그건 아니야, 먹고 남은 음식이야. 많이 먹어. 자네를 보니 전날의 나를 보는 것 같다. 지금은 이렇지만 나도 얼마나 고생했는지 몰라. 그때는 왜들 그랬을까 몰라. 주방장은 성질날 때마다 가만히 있는 개를 발길로 걷어차듯 했어. 그러니까 사람대접을 안 했다는 거야. 아무튼 송정리가 도시라고는 하나 정말 큰 도시가 되기에는 아직이야. 그리고 잘 살아 보겠다는 맘으로 살아. 무슨 말인지 알겠지?"

"예, 그렇게 살게요."

"그러면 잠자리는 음식 재료 창고라 좀 불편할지 몰라도 좋은 꿈이나 꾸어."

"예, 안녕히 주무세요."

들으면 나쁜 사람보다는 좋은 사람이 더 많다는데 만리장성식당 아저씨를 두고 한 말일게다. 조금 전 전화 내용으로 봐선 좋은 일자리는 아니어도 취직은 곧 될 것 같다. 그래, 좋은 꿈 꾸라는 아저씨 말씀대로 좋은 일자리면 좋겠다. 그렇지만 현재로서는 바람뿐이다. 부모님은 이렇게 된 사정도 모르고 계실 것이다. 취직하러 간다고 말하지도 않고 아침 버스를 타버렸으니 말이다. 아무튼 방이 아닌 음식 재료 창고에서 자는 것을 부모님이 아시기라도 하면 난리가 날 것이다. 이 녀석

아. 이게 무슨 꼴이냐. 당장 내려가자 하실 것은 짐작까지 필요하겠는가. 아버지 어머니 죄송합니다만 저는 부모님의 둘째로서 부모님처럼 가난하게는 안 살 겁니다. 그러니까 제가 어떤 놈인지 두고 보시라는 겁니다. 저는 기필코 성공하고야 말 것이기 때문입니다. 그래서든 아버지 어머니는 조금만 참으시고 아프시거나 그러지는 마십시오.' 임찬호는 야무진 각오다.

그래, 누구에게나 찾아오는 밤이다. 잠도 마찬가지 생리적 현상은 열여덟 살짜리 임찬호에게도 찾아온다. 아침은 벌써인가 싶게 찾아왔다. 임찬호는 긴장이 풀린 탓인지 일찍 일어나 이부자리를 정리하고 앉아 있었더니 주방에서 그릇 부딪히는 소리가 들려 문을 열고 나간다.

"아니. 더 자도 될 건데 벌써 일어난 거야?"
"아니에요, 많이 잤어요."
"많이 긴장했는가 보다. 일찍 일어난 걸 보니."

그래, 단잠이나 잘 수 있었겠느냐. 그걸 네가 말 안 해도 알겠다. 이젠 전부 지난 날이지만 나도 학생 너처럼 경험했기 때문이다. 아무튼 청송식당에서 한번 보내보라고 말은 했지만, 취직자리가 정해진 것도 아닌데 말이다.

"긴장이 풀려서인지 잠은 잘 잤어요. 아저씨, 감사합니다."

"감사는 무슨 감사야. 그래, 아침은 공짜로 줄 테니 그리 알고 일단은 가봐."

"거기가 어디예요?"

"광주에서도 중심가인 금남로 청송식당이야, 사장이 오십 대 여자분이라 좀 까다로울지 몰라. 그런 점도 각오하고 열심히 해 봐."

"예, 알겠습니다. 그런데 금남로 가는 버스는 있어요?"

"금남로 가는 버스는 많지. 그러니까 청송식당 가는 버스는 160번이야. 그리고 주소와 전화번호는 줄 테니 들고 가."

"아저씨, 감사합니다."

"또 감사야, 일단은 성공해서 잘되면 잘됐다는 소식이라도 전해주어."

"알겠습니다."

말이야, 알겠습니다. 했으나 취직은 될 건지 마냥 긴장만 된다. 저 자동차들은 임찬호가 누군지도 모르고 달릴 것이다. 비록 세상살이가 각오한 대로 가지 않을 수도 있겠지. 피나는 노력에도 불구하고 성공의 신은 외면할지도 모른다. 그렇지만 이 임찬호는 보란 듯 성공한 사람이 되고 말 거다. 기필코 성공하겠다.

"그래, 자네는 잘될 줄로 믿지만 잘되기까지는 그만큼의 어려움도 있다는 걸 알아야 해."

말이야 그만큼의 어려움도 있다는 걸 알아야 해, 그랬지만 생각해 보면 나도 어려움이 만만치 않았다. 내 고향은 장흥군 용산면 금곡리다. 바다가 그리 멀지 않은 곳이지만 바다와는 상관이 없고, 동네에서도 제일 가난하게 살았다. 가난은 했어도 아버지 어머니 금슬은 그리도 좋으셨음인지 퍼질러 놓은 자식들은 6남매나 된다. 그래서든 식구는 많지, 토지는 작지, 앞으로 살아갈 길은 막막하지, 이대로는 도저히 안 되겠다 싶어 부모님 몰래 뛰쳐나와 어찌어찌해서 중국요리 기술자가 됐고, 만리장성이라는 간판도 걸고, 명색이 사장 신분까지 왔다. 그렇기는 하나 만리장성식당 운영은 아직은 가족 단위의 작은 규모다.

비록 지금은 그렇지만 더 큰 식당을 운영할 꿈이 있다. 학생인 너도 나와 비슷한 처지인 것 같은데 어떤 각오로 일하느냐에 따라 다르지 않겠나. 아무튼 성공의 길은 열려있다. 건강하고 열심히 뛰어라. 나의 지난날을 생각해서만은 아니나 아침을 공짜로 먹여 줄 테다. 만리장성 아저씨는 그리하셨고 성공하면 연락이나 전하라고 하셨다.

"밥 더 줄까?"
"아니에요. 많이 먹었어요."
"그래. 일단은 가봐."

만리장성 주인은 임찬호에게 청송식당 주소도 전화번호도 건네 주었다.

"아저씨, 안녕히 계세요."

임찬호는 그렇게 해서 아침도 얻어먹고 만리장성 주인에게로 다가가 인사까지 한다. 그런 인사는 고마움 때문이겠지만 이제 갓 열여덟 살이라 그런지 임찬호 눈가에는 이슬이 맺힌다.

"그래, 잘 가. 가서 반드시 성공하기야. 저기 금남로행 버스가 온다."
"예, 옵니다. 안녕히 계세요."

손을 흔들어주기까지 하시는 만리장성식당 아저씨, 그동안 베푸신 은혜는 잊지 않겠습니다. 아저씨, 부자 되세요. 임찬호는 유리문 열고까지 인사를 한다. 이것이 사람 사는 모습일 텐데도 여우(정치인)란 자들은 입에 붙은 민주화만 그리들 외치는가 말이다.

택시는 우리 아버지 어머니 연세보다 높아 보이는 분을 태운다. 그러면 저 어른들은 나처럼 야반도주 식으로 뛰쳐나와 성공한 자식 집에 가시는 걸까. 성공까지는 상상도 못 할 별별 일을 겪기도 했을 것이다. 신입사원을 선한 맘씨로 가르쳐주는 사람은 회사를 거느리는 사장이 될 가능성이 얼마든지 있을 것이나, 고약한 심보로 대하는 사람은 노조위원장이 될 가능성이 높다. 그런 고약한 생각을 나는 왜 하고 있는가. 취직이 오늘로 해서 잘 되리라는 기분 좋은 생각도 얼마든지 할 수 있음에도 말이다.

어쨌든 나는 부모님 품으로부터 떠나 금남로행 버스를 타고 만리장성 아저씨가 가르쳐 준 청송식당을 찾아간다. 그렇지만 이런 사실을 부모님은 모르고 계실 것이다. 모르시겠지만 들통까지는 시간문제다. 그러니까 "우리 둘째가 안 보이는데 어디 심부름 보낸 거요?" 아버지는 그러실 거고. 엄마는 야반도주임을 알아차리시고 사실대로 말씀드리기는 아닌 것 같아 "아마 친구를 만나고 있을 거요, 둘째 신경은 쓰지 마시고. 아침이나 먹읍시다." 그러실지도 모른다. 부모님이야 그런 정도이실 테지만 학교에서는 정문성 선생님도, 그동안 희희낙락하고 놀던 친구들도 궁금한 나머지 우리 집에 찾아와 임찬호가 학교에 나오질 않아 찾아왔노라고 할 것이다.

그렇지만 말도 없이 야반도주하다시피 와버렸으니 부모님은 나에 대해 어떻게 말씀하시겠는가. 아버지께서는 이 녀석이 혹 잘못되지나 않았을까? 걱정하실지도 모르겠다. 우리 엄마는 돈을 벌겠다고 뛰쳐나간 게 틀림없다는 생각에 눈물을 흘리실지도 모른다. 모르지만 엄마가 알고 데리러 온다 해도 나는 이미 집을 나와 버렸고, 금남로행 버스에 몸을 실어버렸기에 만리장성 아저씨가 말한 청송식당 사장이라는 분이 나를 어떻게 대하실지, 생각이 거기에만 머물러 있다. 그러니까 이 시점에서 - 집으로 되돌아가지도 않겠지만 - 하는 일이 아무리 어려울지라도 집으로 되돌아갈 수는 없다.

그런 생각은 언제부터였는지 몰라도 조상 대대로 이어져 온 가난, 그런 가난만은 무슨 수를 써서라도 벗어나야만 한다는 생각이었다. 그 생각으로 인해 집을 뛰쳐나와 버렸고 금남로행 버스까지 탄 것이다. 그러나 도전하는 자에게 따른 운이라고 해도 될지 몰라도 만리장성 주인이 말한 대로 일자리가 생기게 될 터다.

생각해보면 형이 있기에 나는 부모님과 떨어져 살아도 될 작은 아들이다. 누구는 아니라고 말할지 몰라도 집을 야반도주 식으로 뛰쳐나온 건 그래서다. 어떤 이유로 집을 나오게 됐던 성공한 아들임을 부모님께 보여드리는 게 나의 의무일 수도 있다. 성공한 아들이 되기 위해서는 일반인들이 쉽게 말하는 운이 아니라 그만큼의 노력이 필요하다. 그러니까 아버지 어머니 덕으로 괜찮게 생긴 점도 한 몫을 할 것이다.

아버지, 어머니. 말도 없이 몰래 집을 뛰쳐나와 버려 죄송해요. 죄송하지만 나는 반드시 성공한 둘째가 되고 말 거예요. 기대하셔도 돼요. 제가 학교 공부를 그만두기까지는 그만한 이유도 있는데 설명하자면 세상은 내 편만이 아닐 거라는 생각 탓이어요.

그렇지만 성공하고 말겠다는 각오만은 누구도 가로막지 못할 거요. 두고 보시면 아시겠지만 제가 어떤 녀석이요. 똑똑한 녀석까지는 아니어도 한번 먹은 마음은 반드시 지키고야 말 겁니다. 그래서는 아버지, 어머니. 저는 광주 중심가 금남로 가는 버스에 몸을 실었습니다. 그러니 제 걱정은 하나도 마시고 아프지나 마세요. 여기는 도시라 그런지 차창 밖은 차들이 바쁘게들 달리네요. 바쁘게들 달리기도 하지만 수많은 사람이 오갑니다.

아버지, 어머니. 저 수많은 사람 중에 저처럼 야반도주를 한 사람도 있지 않았을까요? 그건 아니겠지만 엄마뻘 되시는 분이 택시를 잡아타시네요. 그러면 택시를 잡아타시는 여자분은 엄마가 그동안 많지도 않은 농산물을 팔아 비상금으로 만든 돈을 훔치기까지인 저 같은 엉터리 아들이 생각지 못한 천우신조로든 장가는 물론, 예쁜 손주도 둘 만큼 잘 된 아들을 보러 가시는 건 아닌지입니다. 어쨌든 한산할 수 없는 광주라는 도시이지만 도시는 너무도 복잡한 것 같아요. 복잡하기도 하지만 눈먼 돈도 굴러다닐 거라는 엉뚱한 생각도 하게 되네요. 그러니까 누구 말대로 돈 벌 생각이면 도시로 가야 한다고 말이요. 그래요, 생각해 보면 엄마도 인정하시겠지만, 농촌은 돈 벌 수가 없잖아요.

우리 집은 그나마 다행이랄까 굶을 정도는 아니기는 하네요. 그렇기는 해도 논밭 몇 마지기가 돈이 될 수는 없잖아요. 돈까지는 못 돼도 풍년이라도 되어야 삼시 세끼 밥 정도 아니겠어요. 그러니까 농촌은 내일도 없다는 거요. 전날을 안 살아봐서 모르기는 하나 동네를 보면 부모님이 세상을 떠나시기라도 하면 삼년상이라는 제사를 지내면서 복타령만 하다가 세상을 끝내곤 하잖아요. 보성에서도 사슴골 말이요.

이건 엉뚱한 생각일지 몰라도 명심보감을 달달 외우고, 삼강오륜을 달달 외워서 어디다 써먹자는 건가요. 돈을 벌자는 데는 전혀 쓸모

없는데 말이요. 저렇게 내달리는 자동차들은 누가 타고 다니는지는 몰라도 좋게만 보여 저도 돈 많이 벌어 달달 자동차라도 한번 타볼 거예요. 다들 타고 다니는 자동차, 저라고 해서 못 탈 이유 없잖아요. 물론 아직은 부럽게 보일 뿐이지만 말이요. 그래요. 일자조차 없는 처지라. 어림없을지 몰라도 세상에 태어났으면 그만한 삶을 누리며 살아갈 거다. 둘째는 그런 생각으로 금남로행 버스를 탄 거예요.

벌써 생각이지만 엄마는 저를 동네 사람들에게 보여주시려 늘 데리고 다니셨고, 저 또한 엄마 따라다니는 것을 너무도 좋아했습니다. 물론 아버지 따라다니는 것도 좋아했고요, 엄마들은 당연한 일로 여기실지 몰라도 엄마는 아버지를 하늘처럼 모시려 했고, 아버지 또한 엄마가 만든 음식을 그리도 맛나게 드시고 말이요. 그래서든 저는 그런 순한 가정에서 태어난 작은 아들이나 고등학교 졸업장도 내게는 필요 없다는 생각에 이렇게 나오게 된 거예요. 고등학교 졸업장도 내게는 필요 없어요. 그런 이유까지 말할 필요는 없을 것이나. 고등학교 졸업장이 돈 버는데 무슨 가치가 있겠어요. 그러니까 돈 버는데 평가 기준이 될 수 없다면 세월만 보내서는 안 되잖아요. 뿐만이 아니라 저는 작은 아들이기에 따로 살아갈 수밖에 없을 거잖아요.

이런 생각은 지금이 아니라 고등학교 1학년부터였어요. 학교 공부가 반에서 꼴찌까지는 아니나 성적도 오르지 않은 건 그래서요. 신경을 공부에다 두지 않았으니 성적이 오를 리 없겠지만 저는 그랬어요. 어쨌든 돈 벌겠다고 몰래 나와 버렸으니 앞으로 돈 많이 벌어 예쁜 색시와 결혼도 해서 자식을 두게 되면 그때 말씀드리겠지만 말이요. 물론 그때가 언제일지는 몰라도요.

그러니까 부모님에게는 둘째가 없어진 이유를 어머니는 짐작하고 성공이나 해라. 어머니는 그리 말씀하실 것으로 봅니다. 그러나 성공은 하루아침에 이루어질 일이 아닐 것이기에 그동안 아버지 어머니는 안 계실지 모르겠습니다. 말도 안 될 엉뚱한 생각이지만 아버지 어머니, 제가 일자를 얻어 성공할 때까지는 무슨 일이 있어도 더 늙지 마시고 아프지도 마세요. 그런 다짐 앞에서 눈물까지 난다. 그렇게 해서 청송 식당에 들어서니, 모두가 아침밥을 먹고 치우는 중이다.

002

"안녕하세요."

임찬호는 청송식당 주인일 것으로 보이는 분 앞으로 다가가 인사했다.

"아니, 그러면 자네가 송정리 만리장성에서 보내서 온 청년인 건가?"
"예, 저는 임찬호입니다."
"사람 구하기는 해야겠지만 그렇다고 아무나는 곤란해서 묻는 건데 집은 어딜까?"
"집이요?"

사람을 쓸 사장으로서 집이 어디냐고 묻는 건 당연할 것이나, 출퇴근이 가능한지를 묻는 걸까? 만리장성식당 아저씨 말대로 좀 까다로울 수도 있을 테니 그리 알라고는 했지만 말이다.

"집은 어디냐고 묻는데 왜 대답이 없어, 혹 말귀가 어두워?"

"사실은… 어제는 잘 곳도 없어 만리장성 사장님이 재워주셨어요."

"그래? 그러면 생각을 달리해야겠는데…"

"그러면 취직이 안 된다는 건가요?"

임찬호는 불안하다. 여기가 아니어도 일자리를 찾아보면 없지는 않겠지만 이 집 저 집 찾아다니며 일자리 구하기는 자존심도 있지 않은가. 누구도 인정해주지 않을 자존심… 그러니까 맘먹은 대로 성공은 그만두더라도 앞으로 살아가자면 말도 안 될 자존심부터 깨부수지 않고서는 안 된다.

"안 될 거야 없지만 조건이 있어."

"조건이요…?"

"그래, 조건…"

"엄마는 학생에게 너무 무섭게 묻는다."

청송식당 막내딸 박만순이 하는 말이다.

"야! 박만순, 네가 사장이냐~!"

"그게 아니라 엄마가 너무 무섭게 하니 그렇지."

"그런데 자네 나이는 몇 살일까?"

"나이는 고등학교 2학년이어요."

"그러니까 열여덟 살?"

"예, 열여덟 살이어요."

"우리 청송식당 일꾼이니 나이가 열여덟 살이고, 아니고는 상관은 없지만 이쁘기는 하다."

이쁘기는 하다는 말은 며칠 전 일이지만 채용한 청년이 온다 간다, 말도 없이 그만두었기 때문이다. 한참 바쁘다 싶을 때 일꾼이 부족하다는 이유로 깊은 생각도 없이 채용은 했으나 정말 말도 없이 그만둔 탓이다.

"제가 사장님 맘에 꼭 들게까지는 몰라도 저 일 잘할 수 있어요."

저 일 잘할 수 있어요. 그런 말을 덧붙이는 이유는 다른 곳도 아닌 밥 먹는 식당이니 밥만 먹여 주면서 좋은 일자리 찾아보라고 할지도 몰라서다.

"엄마는 남자를 이쁘다고 한다. 여간 잘생겼다. 그래야지. 오빠, 안 그래?"

임찬호는 청송식당 막내딸 박만순이가 자신을 오빠라 부르는 말에 피식 웃는다.

"만순이 너, 처음 보는 학생에게 오빠라고 하는 거냐!"

"나는 중학생이지만 임찬호 오빠는 고등학생이잖아."

"그래도 그렇지, 그건 그렇고 박만순 너, 커피나 타와라."

"알았어. 그리고, 오빠는 벌 받을 죄인처럼 그렇게 서 있으면 어떻게 해. 그렇게 서 있지만 말고 앉아 있어."

박만순은 의자를 임찬호 엉덩이까지 밀어주기까지 한다.

"아이고, 우리 만순이 임찬호를 너무 좋아하는 것 같다."

청송식당 사장이 그런 말을 꺼내는 까닭은 사윗감을 찾던 중이기 때문이다. 뒤에서 다시 이야기하겠지만 막내딸은 저가 의지해야 할 귀한 딸이다.

"그러면 엄마는 임찬호 오빠를 좋아해선 안 된다는 법이라도 있다는 건가?"

박만순은 막내라서 그런지 좀 덜렁대는 태도다.

"누가 좋아하면 안 된다고 했냐. 그런 잔소리 그만하고 커피나 타와라."

"오빠 건 물을 너무 많이 붓지 않았나 모르겠네."

박만순은 임찬호에게 호감 어린 표정을 지으면서 커피잔을 내려놓는다.

"야! 박만순 너, 내 딸이 맞기는 하냐? 딱 한 잔만 타오게?"

"엄마는 아까 마셨잖어."

"어디 커피 마시고 싶어서 타오라는 줄 아냐. 얘기를 더 하려는 거지. 아무튼 임 군을 채용하더라도 아까 말한 대로 조건이 있어."

"조건이요?"

청송식당 사장님은 무슨 조건을 말려고 하시는 걸까?

"그러니까 밥은 식당이니까 그냥 먹어도 되겠지만 문제는 누워 잘 곳이야."

"그러면 월세방 하나 구해주시면 안 될까요?"

"월세방…?"

"예, 월급은 얼마나 주실지 몰라도요."

"받을 월급?"

"그러니까 비싼 곳은 안 되고, 잠만 잘 잘 수 있으면 될 것 같아서요."

"허술한 방이어도 상관없다면 월세 5천 원짜리 방이 있다던데 한번 물어는 볼까?"

"차를 타야 할 곳이라면 차비도요."

"아니, 차비? 별거 다 묻는다. 아무튼 차 탈 필요도 없는 이 근방이야."

"차 탈 필요도 없으면 됐네요."

"참, 그리고, 임 군은 노동법을 알까?"

"식당도 노동법이 있다는 말은 못 들었어요."

"그러니까 3개월이라는 입사 수습 기간 말이야. 물론 식당에서까지는 아니기는 해도."

"사장님, 저를 받아만 주시면 아까 말한대로 저는 잘 할 수 있습니다. 저는 오늘을 위한 각오를 고등학교 1학년 때부터 했어요."

"아니, 임 군은 오늘을 위한 각오를 고등학교 1학년 때부터 했다고?"

"예, 그랬어요."

"그건 상관없고. 임 군을 우리 청송식당 일꾼으로 채용은 할 테니 그리 알고, 일이나 잘해."

'따르릉 따르릉 따르릉'

"예, 무등복덕방입니다."

"안녕하세요. 저는 청송식당입니다."

"아이고, 청송식당 사장님이시군요. 그런데 뭘 알아보시려고요?"

"뭘 알아보려는 게 아니라 저번에 말한 월세방 지금도 있나 해서요."

"월세방이 있기는 한데 누가 쓰려고요?"

"그러니까 새로운 직원을 채용해서요."

"그래요? 맘에 들지는 몰라도 그대로는 있어요."

"그러면 매달 나가는 월세는요?"

"월세는 저번에 말씀드린 것 같은데 월 5천 원 그대로여요."

"임 군, 전화 소리 들었지. 괜찮다면 한번 가보게."

"가보지요, 잠잘 수만 있으면 될 테니 말이요."

"그러면 일단은 가보자고."

보성 촌닭일 수도 있는 임찬호는 그렇게 해서 월세방을 얻게 된다.

"저 일만큼은 열심히 할 테니 월급도 괜찮게 주셨으면 해요."

일만큼은 열심히 할 테니 월급도 괜찮게 달라는 말은 야반도주하다시피 했던 처지라서다. 아무튼 좋은 일자리는 아니어도 드디어 취직이됐다는 안도감에서 생겨난 말일 것이다. 그렇지만 사장의 눈치를 살피게 되는 건 어쩔 수 없는 태도다.

"괜찮은 월급이라면 자네가 생각하는 월급은 얼마?"

"그러니까 얼마라기보다 매달 나가는 월세보다 모자라서는 안 될 것같아서요."

"그거야, 말할 필요도 없지. 임 군은 어디까지나 우리 청송식당 직원인데."

"그런데 사장님은 저를 채용은 하실 거예요?"

"채용이 아니면 방까지 보러 가자고 하겠어. 그런데 월급은 식당 수입 사정상 많이는 못 주고 선배들과 형평을 맞추어야 해서 조금 적은 1만 5천 원은 줄 수 있어. 그러면 너무 적은 건가?"

"아니에요. 감사해요. 저 열심히 할게요."

"월급을 1만 5천이라서 그만두겠다고 할까 봐 걱정했는데 임 군은 시원시원하다."

이 청년의 부모는 누굴까? 아직 어리기는 해도 잘도 생겼다. 임찬호 네가 어떤 놈인지 더 두고는 봐야겠지만 내 사윗감으로도 괜찮겠다. 일단은 열심히나 해라.

"사장님. 저는 복이 많은가 봐요."

"뭐…?"

"청송식당에 취직되게 도와주신 만리장성부터 사장님은 너, 어떤 놈 인 거야 꼬치꼬치 따져 묻지도 않으시고 채용을 해주시니 말이요, 어 떻든 저 열심히 할게요."

"그래, 열심히 해, 밥도 많이 먹고…."

"예, 그런데 사장님!"

"왜?"

"나 사장님께 큰절 한 번 드리고 싶어요."

"그게 무슨 소리야. 그런 아부는 싫어, 무슨 말인지 알겠지?"

"아부요? 저는 아부가 무엇인지도 몰라요, 걱정하실 우리 부모님 생 각이 나서요."

"그러면 부모님도 모르게? 그러니까 야반도주…?"

"사장님 죄송합니다."

"나한테 죄송할 게 아니라. 부모님께 죄송하다는 편지라도 써, 취직했다고, 물론 좋은 일자리가 못되기는 해도 말이야."

"예 알겠습니다."

"어떻든 오늘은 일찍 보내줄 테니 방 정리도 하고. 그리고 참, 이불이 있어야겠지? 새 이불은 아니어도 깨끗하게 빨아놓은 이불을 줄 테니 가지고 가서 덮어."

"사장님, 감사합니다. 그리고, 식당 문은 아침 몇 시쯤에 열어요?"

"새벽같이 올 필요는 없어, 문 열기는 아침 손님이 있기도 해서 아침 여섯 시 반쯤에 열기는 해도."

"예, 알겠습니다."

나는 본시 늦잠이 없는 편이다. 그렇기도 하지만 좀 일찍 일어나서 식당 문 앞 주변 청소를 할 것이다. 식당은 바깥도 청결해야 할 것 같아서다. 어떤 식당은 삿갓 등에 거미줄이 늘어지기도 해서 저것은 아닌데… 하기도 했다는 말을 들었던 적이 있다. 아무튼 청송식당 손님은 임찬호로 인해 많아져야 한다. 그렇게 하려면 어떻게 해야 할지 이미 답이 나와 있다. 머리모양도 깔끔하게 하는 것은 물론, 누구에게든 밝은 표정 말이다. 이건 월급을 많이 받기 위함이 아니다. 일꾼으로 채용해주신 사장님을 향한 감사의 표시이기도 하다. 문제는 선배 일꾼들이다. 눈에 띄게 잘해서는 선배들로부터 왕따를 당할지도 모르기 때문이다. 그것을 무마하려면 선배 일꾼들 맘에 들게도 해야 한다. 이를테면 세숫물도 떠다 주고 그런 식 말이다. 그런 생각 때문에 잠은 좀 늦게 들기는 했으나 임찬호는 청송식당 주인보다 한 시간 먼저 일어나 식당 문 앞 청소도 하고 식당 문 열기만을 기다리다 들어갔다.

"아니, 벌써 일어난 거야?"

"저는 본시 일찍 일어나요."

"그래도 그렇지, 임 군은 잠이 많을 나이잖아. 아무튼 잘 자기는 했어?"

"맘이 놓여서 그런지 꿈도 기분 좋은 꿈도 꾸었어요."

"좋은 꿈이면 무슨 꿈?"

"그러니까 제가 성공해서 사장님을 특별히 뵙는 꿈이요"

"뭐! 나를 특별히 보는 꿈? 에이… 그건 아니다. 너무 심한 아부다."

"저는 사장님께 아부하는 것이 아니어요. 증거를 댈 수는 없으나 아무튼 그런 꿈이었어요."

"아무튼 손님이 있기 전에 우선 밥부터 먹어. 그리고 말이야, 점심도, 저녁도 제시간에 못 먹는 줄 알아."

"예, 알겠습니다."

식당 일도 그렇지만 사회생활로는 왕초보다. 왕초보 딱지 떼기까지는 몇 개월이나 더 필요할지 모르겠으나 여러 형태의 손님들이다. 이런 손님들에게 하는 대접은 음식도 맛있어야겠지만 보기 좋게 대접해드리는 태도가 중요하다. 그러니까 밝은 표정말이다. 셋째 고모로부터 들은 얘기지만 어느 한의원은 신윤자 간호사 때문에 찾아오는 환자가 많다고 한다. 한의원을 찾는 환자는 대개 노인들이지 않은가. 그래서이기도 하겠지만 한의원 원장은 그러는 신윤자 간호사가 맘에 들어 며느리로 삼고 싶은 맘에 "신 간호사도 사귀는 남자친구 있을까? 없으면 우리 아들 한번 볼 거야?"그런다지 않은가. 밝은 표정을 짓는 데는 돈도 안 든다. 몸짓이면 된다. 아무튼 청송식당 사장님 말씀이 아니어도 부모님께 편지를 쓸 생각이다.

〈아버지 어머니, 갑자기 없어진 저 때문에 걱정이 크실 겁니다. 그러나 이젠 걱정 안 하셔도 돼요, 고급 자리 취직은 아니어도 취직이 됐으니까요. 그래요. 취직도 다니는 학교 졸업이나 하고 취직해야지, 잘 다니던 학교도 그만두면서까지 취직하는 것이 말이나 되냐. 아버지는 그러실 겁니다. 그렇지만 제 생각은 달라요. 그러니까 우리 집은 대학 갈 형편도 못 되잖아요. 그래서 취직을 한 거예요. 남자로서 괜찮은 일자리는 아니어도 사장님이 얼마나 잘해 주시는지 몰라요. 부모님 같아요. 밥도 맘껏 먹고, 잠자리도 좋아요. 그래서 제가 열심히만 하면 자가용차 몰 수도 있는, 그러니까 희망이 있는 일자리에요. 그래서 말인데 아버지 어머니는 우리 아들 취직했다고 자랑하셔도 돼요. 아버지 어머니께서도 들으셨겠지만 도시는 눈 감으면 코도 베어간다는 말도 있어서 처음에는 두렵기까지 했으나 그게 아니라 도시도 사람이 살 만한 곳이에요. 그러니까. 제가 취직 운이 좋아서 그런지는 몰라도 만나는 사람마다 저를 도와주려고 해요. 그래서 사회가 굴러가기는 저를 위해 굴러가는지도 모른다는 생각까지도 들어요, 아버지 어머니께서는 아닐지 몰라도요. 저는 잘 왔다고 생각해요. 아버지 어머니도 인정하실 것으로 농촌은 노력을 죽을 만큼 해도 삶의 질이 오르지 않지만 도시는 안 그럴 것 같아요. 노력을 얼마나 많이 하느냐에도 있겠지만 제가 노력만 하면 그만한 대가는 주어질 것 같아요. 아버지 어머니, 저 누군지 아시지요. 용감한 거. 그런 용감함이 도시에서는 절대로 필요한데 그런 용기만은 가지고 성공할 거예요. 기필코요. 아버지 어머니는 저를 믿으셔도 돼요. 그리고 조금만 기다리면 동생들도 부를 거예요. 형도 마찬가지이지만요. 그러니까 저 혼자만 잘 되자는 것이 아니에요. 저는 아버지 어머니가 바라시는 대로 성공할 것으로 믿고. 성공하면 우리 형제들도 광주로 불러올릴 거예요. 아무튼 아버지 어머니! 지금은 하는 일이 너무도 바빠 밖에 나갈 시간조차 없지만, 명절엔 금의환향까지는 아니어도 자가용 끌고 갈 거예요. 그러니 아버지 어머니는 그때까지 아프지도 마십시오.〉

— 둘째 임찬호 올림

003

임찬호 편지는 여지없이 부모님께 전해지고, 임찬호 형 임기호는 광주에서 취직했다는 친구 박근성에게 한번 가보라는 편지를 쓴다.

〈근성이 너, 하는 일, 할 만하냐? 그래, 동네는 근성이 너도 금석이도 없어서 그런지 너무도 쓸쓸하다. 아무튼 돈이나 많이 벌어 장가도 가거라. 장가는 나도 뒤이어 갈 테니.... 그건 그렇고, 내 동생 찬호가 금남로 청송식당에서 근무 중이라는 편지가 왔다. 그러니 시간이 되는대로 한 번 가봐라. 물론 나도 곧 가보겠지만.〉

임찬호 형 기호 편지를 받아본 박근성과 양금석은 퇴근하자마자 임찬호가 근무 중인 청송식당으로 가본다.

"어서 오세요. 식사는 무엇으로 시키실지요?"

너무 바빠서 그렇겠지만 임찬호는 얼굴도 안 보고 말로만 대꾸한다.

"돼지 볶음밥 둘이요."

고향 형, 박근성과 양금석은 임찬호가 준 밥을 급하게 먹고는 누구 듣기라도 할까 봐 조용히 부른다.

"임찬호!"
"어… 아니 형들은 웬일인 거여?"

임찬호는 깜짝 놀라며 어떻게 알고… 그런 태도로 고향 형들을 본다.

박근성과 양금석은 적당한 시간에 전화하라는 전화번호만 주고 나가버린다. 고향 형들이 찾아오기까지는 나중에 알게 됐지만 기호 형이 말해서란다. 아무튼 임찬호 편지를 받아본 임기호는 광주로 와 동생 임찬호가 있다는 청솔식당에 있음을 확인만 하고 취직했다는 박근성과 양금석 친구를 찾아가 만나게 된다.

"야, 너희들이 하는 일, 할 만하냐?"

임찬호 형 임기호 말이다.

"하는 일이야 그냥 그래."

박근성 친구 말이다.

"아니, 네 동생 찬호 일로 온 거냐?"

양금석 친구 말이다.

"그렇지. 그래서 청송식당에 있는 걸 확인만 했다."
"일부러 왔으면 만나는 봐야지 확인만 했냐. 말도 안 되게."
"만나볼까도 했는데 아닌 것 같더라."
"아무튼 반갑다. 그건 그렇고 한 시간만 있으면 점심시간이니 멀리 가지는 말고 이 근방만 왔다 갔다 구경하다가 시간이 되면 이리로 와. 점심이나 먹게."

철공소에서 일하는 박근성 친구 말이다.

"알았어."

말도 없이 집 나간 동생 때문에 광주까지 오기는 했으나 임찬호 형은 고향 친구를 만난다. 박근성과 양금석 이 두 친구는 중학교 동창이기도 하지만 밥 벌어먹겠다는 생각으로 제작년 봄에 올라와 자동차 정비업소와 철공소에 취직해서 일하는 중이다. 기술자까지는 아직 아니나 열심히 배워 기술자가 되겠다는 각오일게다.

"점심은 무엇으로 시킬까?"

"난 식당 음식을 먹어본 기억이 없어서, 김치찌개가 괜찮을 것 같다. 그러면 근성이 너는?"

"나는 부대찌개."

"부대찌개나 김치찌개나 값은 같아."

"같고 안 같고가 뭐야. 이렇게 만났는데 돈까지 왜 따지냐."

박근성이 타박한다.

"그러면 나는 부대찌개다."

임찬호 동생을 만나러 온 기호가 하는 말이다.

"너 부대찌개는 비싼 줄 알았지?"

박근성이 놀리듯 하는 말이다.

"말이야 들었지만 먹어보질 않아서 말이지."

오늘의 부대찌개야 이름뿐이지만 콩나물국도 넉넉하게 먹기 어렵던 시절, 부대찌개는 돈푼이나 있는 사람이나 먹을 수 있는 고급 음식이었다. 그러니까 부대찌개의 시작은 동두천 의정부라고 보면 될 게다. 동두천이나 의정부는 사실상 미군기지일뿐더러 미군은 고기가 일반식이다 보니 먹다 남은 음식이 많이 버려지게 되는데 그걸 곧 수거해 깨끗하게 씻어 고춧가루 등 양념을 더해 맛나게 만든 게 바로 부대찌개다. 부대찌개 말이 나와 하는 생각이지만 우리나라가 얼마나 가난했으면 병이 들어 죽은 소라서 산에다 묻어버렸는데 그걸 알게 된 사람들이 다시 파내 맛나게 먹었다는 이야기가 기억에 있다. 그래, 병든 소를 먹고 죽었다는 말이 없는 걸 보면 병도 가난한 사람의 건강을 해치지 않겠다는 그러니까 일말의 배려심인지도 모르겠지만, 그때는 그랬다.

"그래서 김치찌개인 거야?"
"미안하다."

임찬호 형 임기호가 하는 사과다.

"미안이 다 뭐냐. 그건 그렇고 네 부모님 잘 계시지? 우리 부모님도…?"

친구인 양금석의 염려다.

"네 부모님 잘 계시지. 물론 동네 사람들도 잘 있고."
"그러면 맹금순이도 잘 있고? 맹금순 그 가시내, 작달막하기는 해도 여간 예쁜데 생각난다."
"생각만 나면 뭐 하냐. 이 가시내, 내가 이렇게 있으니 어떻게 할 수도 없고."

"그런데, 맹금순이한테 나도는 말이 있는 모양이던디."

"뭐야?"

"아니야, 한 번 해 본 말이야. 보고 싶으면 불러올려라. 그러면 될 거 잖아!"

"어디 그럴 사정이나 되냐, 일단은 기호 너 손대지는 말아라."

"나더러 하는 말이야?"

"그래, 난, 네가 손댈까봐 신경이 솔찬히 쓰인다."

"그런 염려일랑은 붙들어 매라. 난 금순이에게 손댈 시간도 없으니까."

"믿기는 하겠다만. 기호 너를 믿어도 괜찮을지 모르겠다."

"믿고, 안 믿고가 어디 있냐. 동네 사람들 눈도 있는데."

"믿기로 하고, 이렇게 왔는데 기호 네 동생 만나보지도 않고 그냥 갈 거야?"

"너희들도 봤으니 그냥 갈게. 외로울 수도 있는 내 동생에게는 너희들이 있어 다행이다."

"다행이라니, 말도 안 되게. 찬호가 기호 네 동생이면 내 동생도 되는 거야."

"그렇기는 해도 잘 부탁한다."

"부탁이 뭐야, 찬호는 너무도 똑똑해서 우리가 배워야 할지도 모르는데."

"너희들이야 그렇게 말할지 몰라도 내가 보기엔 아직 어린애야."

"아니야. 문제는 여자들이 채 갈지도 몰라. 찬호는 기호 너처럼 잘도 생겨서."

"야, 잘생긴 놈이 지게를 지고 사냐."

"지게는 농촌이니까 지는 게지. 너는 말도 안 되게…"

"다른 말은 말고 집에 가면 우리 부모님에게는 앞으로 돈 많이 벌 것 같더라는 말이나 해 드려라."

양금석이 전하는 말이다.

"알았어. 그런 말 맹금순한테도 전해 줘야겠지?"

"이놈의 가시내, 당장 올라오게 해야 할 텐데. 토실토실하기도 한 이 놈의 가시내랑 엎어지고 뒤집어질 그런 집 언제 구하냐."

박근성은 혼잣말처럼 중얼거린다.

"아까도 말했지만 만나서는 찬호가 곤란해할 것 같아 그냥 갈 건데 돈이나 많이 벌어라."

"돈 많이 벌라고?"

"그러면 아닌 거야?"

"그래, 돈 벌어야지. 맹금순 그 가시내 내 것으로 삼으려면…"

"아무튼 다시 말이지만 찬호 잘 부탁해. 내 동생이니까."

임찬호 형 기호가 당일치기로 집에 돌아간 후, 양금석과 박근성은 친구 동생 임찬호를 청송식당이 아닌 곳에서 다시 만나게 된다.

"찬호 너, 방 혼자 쓰냐?"

"혼자 써. 그건 왜 물어?"

"방세는 얼마고?"

박근성이 묻는다.

"월 5천 원, 그런데 좋은 방은 못 돼."

"방이 좋으면 뭐 하냐. 잠만 잘 건데. 우리도 방을 각기 얻었는데 방세가 만 원씩이나 돼. 너무 비싸. 그러니 집주인에게 말하고 함께 지냈으면 해서야."

"그러니까 함께?"

"왜, 싫어…?"

"싫지는 않지만…."

"그래서 말인데 월세 절감도 하고 말이야, 살림집도 아니고 잠만 자는데 월세를 많이 낼 필요가 있겠어. 그래서 둘이 의논 한 거야. 우리는 모르는 사이도 아니고. 한동네 친구들이잖아. 그래서야."

박근성 말이다.

"집주인이 별말 안 할까?"

"말할 필요가 있겠어. 화장실도 물도 더 쓰게 될 테니. 그것만 더해주면 되겠지, 안 그래?"

"그러면 나한테로 합치기?"

"그래, 우리는 조금 늦게 출근해도 되니 네가 있는 집으로 합치면 어떨까. 해서야."

"형들이 있는 곳은 여기서 멀어?"

"그리 멀지는 않아도 버스를 타야만 해."

"그러면 직장도 버스를 타?"

"그렇지, 직장도 버스를 타야만 해."

"그러면 집주인에게 물어는 볼 테니 그리 알고 연락 번호나 줘."

"연락 번호?"

"그렇지, 연락 번호."

"연락 번호는 회사밖에 없는데. 062-332-9966 자동차 정비업소야."

양금석의 말이다.

"그래, 알았어. 연락 곧 줄게."

양금석과 박근성은 모르는 사이도 아닐뿐더러 월세 절감 차원에서도 괜찮은 일이라 임찬호는 복덕방 주인에게 전화를 건다.

"아저씨, 안녕하세요. 저 김만수 씨 집에 월세로 사는 임찬호예요."

"그래, 웬일로…?"

"다름이 아니라 고향 형들과 같이 있어도 될지 집주인에게 한번 어쥐봐 주실 수 있을까 해서요."

"그래? 그러면 한번 물어볼게. 전화 끊고 기다려?"

연락이 금방 됐는지 복덕방으로부터 전화가 걸려 온다.

"임찬호 씨?"

"예, 임찬호예요. 안 된다고 하셨나요?"

"안 될 이유야 없지, 화장실 이용료 물값 더해서 5백 원 더하면 되겠다는데, 그렇게 할 거야?"

"일단은 그렇게 알고만 있을게요."

"알고만 있다니. 그건 왜?"

"형들에게 물어봐야 해서요."

월세가 한 달에 5천 5백 원이면 개인별로는 2천 원꼴이다. 임찬호는 고향 형 양금석에게 전화로 말한다.

"그래…? 그러면 오늘은 안 될 것 같고 내일 갈게."

"내일이든 모레든 급할 건 없고 살림도 할 집이 아니라 잠만 잘 방이니 괜찮을지 일단은 와봐."

임찬호는 그렇게 해서 고향 형들과 한방에서 지내게 된다. 그런데 어느 날, 고향 형들이 죽기까지의 사태가 벌어지게 된다. 그러니까 생각하기도 싫은 5·18 사태 말이다.

"형들은 나가지 말어. 위험하잖아."

"나가지 말라고?"

"그래, 나가지 말어."

"그게 아니야. 민주화라는데 우리가 가만히 구경만 해서는 안 되잖아."

"형들한테 이런 말까지 해도 될지 몰라도 민주화가 무엇인지나 알어?"

"나야 모르지만, 찬호 너는 아냐?"

"나도 민주화가 무엇인지 잘 몰라. 그런데 고등학교 선생은 좀 별나서 그런지 민주화를 말하더라고."

"뭐라고 했는데."

"민주화라고 해서 나라마다 다 같을 수는 없다고 하더라고."

"그러면서 뭐라고 말했는데."

"민주화는 내적 민주화, 외적 민주화를 구분해서 말할 수도 있다는 거여."

"아니, 내적 민주화, 외적 민주화라니… 그게 무슨 소리야."

"나도 형들처럼 그게 무슨 소리야 했는데 지금 생각하니 이해가 돼."

"이해가 어떻게 되는데?"

"그러니까 내적 민주화는 형들과의 의논 문제이고, 외적 민주화는 나와는 상관없고 누구도 인정하는 상식적 문제라는 거여."

"그런 말은 좀 이상하다만 그러면 찬호 너는 어느 쪽이냐?"

"그러면 형들은…?"

"그거야, 당연히 우리 문제이기는 하지."

양금석 말이다.

"잘 아네. 생각을 해 봐, 형들도 가난을 벗어나고자 광주에 온 거잖아."
"찬호, 네 말이 틀리진 않다만 젊다는 게 문제다."
"잘 아는 게 아니라 손님에게서 들은 얘기 그대로 하면 대학 휴교령이 내려진 바람에 군인들 십여 명이 대학교 정문을 지키고 있는데 그것을 알아차린 대학생 백여 명은 책가방 속에 몰래 가지고 간 돌멩이로 군인들을 향해. 마구 던진 거여. 그런 돌멩이를 맞게 된 군인들은 성질이 나 그랬지만, 도망치는 학생을 붙잡아 위협용인 곤봉으로 마구 두들겨 팼는가 봐. 그러니까 맞아 죽을 정도로 말이여. 그런 사실이 계엄 당국에까지 보고가 되자. 말로만으로는 안 되겠다 싶었음인지 군인 중에서도 가장 강하다는 공수부대원들을 조선대학 캠퍼스에다 풀어 놨다지 않은가 말이여. 꼭 그래서만은 아니나 형들은 나가지 말라는 거여."
"그렇다고, 아무나 붙잡아 두들겨 패겠냐."
"나도 형들 생각처럼 아닐 걸로 믿고 싶어. 그러나 공수부대원들은 얼마나 무서운지 형들이 안 봤으면 모를 거잖아."
"그러면 찬호 너는 알고?"
"그거야 나도 모르지. 그런데 얘기를 들으면 살아 꿈틀거리는 산 뱀도 훈련용으로 먹기도 한다는 거여. 살아 있는 뱀까지도 와작와작 씹어 먹을 정도면 그게 군인이기 전에 어디 사람이겠어, 안 그래?"
"꿈틀대는 뱀도 씹어먹는다는 건 거짓말이다."
"꿈틀대는 뱀도 씹어먹는다는 건 나도 못 믿어, 그렇지만 공수부대원으로 만들려면 산 뱀도 먹게 해야만 한다는 거여."

"사실이라면 지독한 놈들이기는 하다."

"만약 산 뱀 먹기를 머뭇거리기만 해도 군홧발로 다리는 걷어차는 게 아니라, 아, 예. 면상이 찌그러지게까지 한다는 거여."

"아무려면 얼굴이 찌그러지게까지 심하게 하겠냐. 그건 지어낸 말이다."

"나도 형들처럼 그럴 걸로는 봐. 그런데 이것도 사실인지는 몰라도 송정리 출발 군용열차가 있는데 맨 앞칸은 공수부대원들이 타고 가운데 칸은 해병대원들이 타는데 해병대원들은 육군을 밥쯤으로 알고 그러겠지만 해병대 두 명이 곤봉을 들고 쓱 지나가기라도 하면 숨소리조차 못 내는가 하면 공수부대는 해병대 칸을 지나가면 해병대도 마찬가지라는 거여."

"그거야 군인끼리니까 그러겠지. 문제는 젊다는 게 문제다."

"젊다는 게 문제? 형들은 말도 안 되는 말을 다 하네. 그래서 말이지만 밖에 나다니는 대학생은 한 명도 없음을 형들은 알아야 해."

"밖에 나다니는 대학생이 한 명도 없는지 찬호 너는 보고 하는 말이야?"

"뭐?"

"한 명도 없는지 봤냐는 그런 말은 엉터리 말이다."

"엉터리 말이든 말을 하다 보면 그런 말도 하게 되는 거 아녀?"

"이해해 주어 고맙다."

"무슨 고맙다는 말까지 하는 거여. 말도 안 되게… 그건 그렇고 그런데 모르기는 해도, 대학생이라 우리처럼 가난하지는 않을 거잖어. 그러니까 광주에서 하숙생으로든 말이여. 그래서든 부모들은 너무도 놀라 자식들을 밖으로 나가지 못하게 할 건 짐작까지 필요하겠어. 안 그래?"

"그렇기는 하겠다만 젊다는 게 문제다"

"내가 형들에게 이런 말까지 해도 될지 몰라도 우리가 광주로 올라 온 목적이 뭐여? 지겨운 가난 벗어나자고 올라온 게 아니여. 내 말이 틀린 거여?"

"그렇기는 하다."

짜-식, 고등학교까지 다니더니 꽤 아는 척하네. 박근성은 그런 눈으로 임찬호를 뚫어지게 본다.

"그러니까 나도 마찬가지이지만 형들이 하는 철공소 일이나 자동차 정비일을 하면서 나도 언젠가는 그 분야에서만이라도 성공한 사람이 되겠다는 희망으로 일하면 안 되냐는 거여?"

"일을 그런 희망도 없이 하냐?"

"형들은 잘 아네."

"찬호, 네 말대로 그렇기는 하다만 젊은 놈이 군부 독재를 비겁하게 눈 감아서는 안 되잖아."

"군부 독재를 비겁하게 눈 감아서는 안 된다고?"

"그래."

"그렇지만 형들도 생각을 해 봐, 다른 사람들은 벼슬할 기회가 왔다 고 좋아들 하는데 그런 엉터리 속셈도 모르고 굿판에서 덩더꿍 덩더꿍하듯 해서는 되겠냐는 거여."

"굿판에서 덩더꿍 덩더꿍하듯, 찬호 너, 그런 말 어디서 얻어들었어."

양금석 말이다.

"얻어듣고 말고가 어디 있어. 계엄령이 선포되었으니 시장이나 직장 말고는 계엄령 해제 때까지는 밖으로 나오지 마십시오. 함부로 나다녔 다가는 위험하니! 외치는 소리 형들은 못 들었어?"

"듣기는 했지."

"계엄령 해제 때까지는 나오지 말라는 삐라도 뿌린 것 같은데 형들 은 못 봤어?"

"삐라는 못 봤고 말만 들었지."

"들었으면 나가지 말어. 제발 부탁이여. 나 이렇게 빌게…"

"설마 죽이기까지 하겠냐?"

"설마가 무슨 말이여. 말도 안 되게. 그래, 위험하더라도 나가 외치기 만 해도 괜찮은 일자리라도 주겠다면 또 모를까? 그래서 다시 하는 말 인데 형들을 광주를 부모님께 돈 벌러 가겠다고 인사드리고 왔는지 몰 라도 나는 야반도주식으로 송정리에 내리기는 했으나 일자리 걱정은 물론이고 아침도 못 먹은 상태라 짜장면이라도 먹여야 해서 만리장성 으로 들어가 짜장면 보통을 시켜 먹고 그냥 앉아 있었더니 주인은 왜 안 가느냐는 거여. 그래서 일할 곳 없겠냐고 했더니 만리장성 사장은 어디론가 전화를 한 건데 그게 지금 청송식당인 거여. 그런 얘기를 더

하면 청송식당 사장은 낼 보내라고 했는가봐. 그래서 하룻밤을 보내야만 해서 만리장성 주인에게 말하길 오늘 밤만 재워주시면 안 되겠느냐고 말하니 만리장성 주인은 재워줄 방은 없고 음식 재료 창고에다 자리를 펴주면 잘 수 있겠냐는 거여. 그래서 너무도 감사해서 절까지였어. 그래서든 나는 오늘까지 온 거여."

"고생했다."

"그런 고생이 어디 나만이겠어. 형들도 고생했고, 지금도 고생이지만 말이여. 그런 지금의 고생이 쉽게 풀리지는 않겠지만 그래도 내일을 위해 일하는 거잖아. 그러니까 고생은 얼간이 정치인들을 위하자는 게 아니라는 이야기여. 이런 말까지는 필요 없지만 우리가 비록 가난한 보성 출신이기는 해도 나도 한번 승차감 좋은 차 한번 몰고 갈 거다. 그런 희망 말이야"

그러니까 박근성과 양금석 두 형들은 찬호가 사는 동네 건너편에 사는데 중학교조차도 간신히 다닐 만큼 가난했다. 그런 가난한 집안 출신임에도 어찌 된 셈인지 답답하기만 해서 하는 말이다.

"그러기는 하다만 찬호 너는 말도 많고, 겁도 많다. 젊은 놈이…"

철공소에 다니는 박근성 말이다.

"다시 말하지만 괴짜 선생님이라고 할 수 있는 체육 선생님이 그러는데, 민주화란 내적 민주화 외적 민주화로 구분해 말할 수 있다는 거여."

"그게 무슨 말이야?"

"그러니까 쉽게 설명하자면 내적 민주화는 내가 형들에게 요구하는 게 내적 민주화라는 거고. 외적 민주화는 계엄군이 들고 있는 총 치워 달라는 거여."

"계엄군 총 치우라는 말이 맞는 것 같다. 그러니까 지금의 대모가 바로 그거잖아."

"그러면 내가 부탁하는 말은?"

"그렇기는 해도 찬호. 너 이 형들을 어떻게 할 생각은 말아."

"형들을 내가 어떻게 해. 말도 안 되게. 아무튼 형들은 밖으로 나가지 말았으면 해."

"젊은 놈들 다 나가는데도 그걸 보고만 있기는 비겁하잖아."

"아니, 비겁? 그러면 형들은 비겁에 살고 비겁에 죽을 거여? 말도 안 되게. 그래서 다시 말이지만 '계엄령 선포 중이니 계엄령 해제 때까지는 시장가거나 직장에 가는 일 말고는 밖에 나오지 마십시오. 위험합니다!' 외치는 소리. 이미 형들도 들었다면 엉뚱한 행동은 제발 하지 말어."

"찬호 네가 말한 엉뚱한 행동은 안 할 거다. 그래서 고민이다."

"고민은 무슨 고민이여. 이 동생 말도 좀 들어 줘. 위험할 수도 있으니 말이여! 다시 말이지만 정부는 계엄군에게 사살권까지 부여했다잖어."

"아니, 계엄군에게 사살권까지?"

"그래, 사살권이란 뭐겠어. 계엄군 말 안 들으면 총으로 쏴버리라는 그런 거 아니겠어."

"그렇기는 해도 네가 우리를 어떻게 할 생각일랑은 하지 마라."

"이런 말도 형들을 좋아하니까 하는 말인 거여."

"그래 찬호 너만 좋아한 게 아니야. 우리도 찬호 너를 좋아해."

양금석 말이다.

"다시 말하지만 형들은 제발 나가지 말어."

계엄령이 발령됐다는 건 곧 전쟁을 말함이다. 그러기에 군인들은 실탄이 장전된 총을 소지했을 게 아닌가. 그랬을 가능성을 알면서까지 나가든지 말든지 할 수는 없지 않은가. 나야 형들보다야 아직 어리기는 해도 양금석 형, 박근성 형 집도 우리 집처럼 가난하다는 것을 너무도 잘 알기 때문이기도 해서다. 그러니까 양금석 아버지는 머슴살이를 여러 해 동안 했다. 그렇게 어려운 형편이면 열심히 살라는 말 안 해도 잘살아보겠다는 각오라야, 5·18 데모에 함께하려고 해서야 되겠는가. 논리가 아니다. 계엄군 총구에 의해 죽을 수도 있는 아주 위험한 문제이기 때문이다. 그러니까 계엄군의 총구에 자비란 있을 수 없다는 것이다.

"찬호 네가 하는 말 알겠고 고맙기는 하다만 아무래도 나가봐야겠다."

"고집들 그만 피워. 제발 부탁이여. 형들은 밥 벌어먹자고 광주에까지 와 고생하는 거지. 민주화는 무슨 얼어죽을 민주화 여. 그러니 불나방처럼 불덩이 속으로 뛰어들지 마. 민주화는 가문에 영광쯤으로 여기려는 여우들에게나 해당이 되는 이야기인 거여. 형들은 그런 줄도 모르고 행동해서는 바보 천치 말도 듣게 될 거여. 바보천치라는 말도 모른다면 더 할 말 없겠지만 말이여. 이 사건이 어떤 사건인지 형들도 생각해 봐. 형들이나 나나 아무리 봐도 보성에서도 가난한 촌놈들이여. 아까도 말했지만 잘났다고 하는 대학생들은 사태 심각성을 파악하고 다들 어디론가로 숨어 버린 거여. 형들은 그런 줄이나 알어."

"신군부는 불법으로 정치를 하겠다고 나섰고. 계엄령도 발표했잖아?"

박근성 말이다.

"그래서 가만히 있을 수가 없어 형들은 총을 든 군인들과 싸우겠다는 거여? 말도 안 되게."

"그냥 외치기만 할 건데 총질까지 하겠냐."

양금석 말이다.

"그러면 총질 안 할 건지, 계엄군들한테 물어는 봤고?"

"그거야…"

"그거야 는 무슨 그거야. 아닌 줄 알면서까지 형들은 고집부린다."

아무리 말려도 안 될 것 같다. 너무도 걱정이다.

"알았으니 일단 잠이나 자자."

양금석 말이다.

"내가 신군부를 찬성하자는 건 결코 아니여. 그렇지만 몸 다치면 형들은 어떻게 할 건데? 또 하는 말이지만 형들은 잘들 생각해 봐. 제발."
"젊은 놈이 몸 다칠까봐 뒤로 숨는 건 아니다?"
"형들이 그렇다면 더할 말은 없지만, 대학생들은 어디로 숨었는지부터 보라는 거여."
"대학생들은 없다고?"
"이 사태에 대해 또다시 하는 말인데, 나도 마찬가지이지만 형들은 지겨운 가난을 벗어나기 위해 광주까지 온 처지여. 민주화는 무슨 얼어 죽을 민주화여. 형들이 생각하는 민주화는 결론적으로 정치인들 벼슬자리 꿰차게 해주는 짓이여. 현재의 정부가 그러니까 돈을 못 벌게 해, 시집 장가를 못 가게 해, 연애를 못 하게 해, 아이를 낳지 못하게 해, 고급 자동차 못 타게 해, 여행을 못 하게 해, 미국으로든 이민 못 가게 해, 맛있는 것 사 먹지 못하게 해, 가고 싶은 대학 못 가게 해, 시골 사람이라 도시로 못 가게 해, 부모에게 효도를 못 하게 해, 종교를 갖지 못하게 해, 정당에 가입 못 하게 해, 국회의원에 출마 못 하게 해, 이웃을 돕지 못하게 해, 장사를 못하게 해, 통반장을 못 하게 해, 남녀끼리 몸 비비지 못하게 해, 도와줄 사람 도와주지 못하게 해. 간절한 낮잠 못 자게 해, 술을 못 마시게 해, 돈을 못 벌게 하느냔 말이여. 생각을

해 봐. 이보다 더한 민주주의가 세상엔 또 있느냐고. 아니라고 못 할
북한 김일성 정치 체제가 너무도 좋아서든, 아니든. 가진 자들 것 빼앗
아 개인 통장으로 수억 원씩 입금해 준다는 민주주의도 있다는 거여,
뭐여. 형들이나 나나 분수를 알고 주어진 일에나 충실하자는 거여, 그
러니까 잔꾀나 부리는 여우들 득 보게 해 줄 생각은 말자고."

004

"임찬호."

청송식당 주인 천 여사는 임찬호를 그동안 눈여겨본바 그만하면 됐다 싶어 데릴사위로 삼고자 부른 것이다.

"예."
"예가 아니라 일을 너무 잘하려고만 하지 말어. 자네는 그리 안 해도 우리 청송식당을 여기까지 오게 한 공로자야."
"아니에요. 지금의 일이 재미가 있을 뿐이어요."
"지금의 일이 재밌다면 다행이기는 하다."
"다행은 사장님이 아니어요. 제가 다행이지요"

다행이라고 한 건 진짜다. 내가 이렇게까지 되리라 어디 짐작이나 했겠는가마는 언젠가 기회가 주어지기라도 하면 안아도 보고 싶은 박만순은 오빠라고 하면서 다정하게 불러주기까지 하는데 말이다. 엄마가 내 색싯감으로 눈여겨보기도 하셨다는 송근표 씨 막냇딸 송은희보다 더 예쁘기까지 하다.

"아무튼 우리 청송식당이 잘 되기까지는 임찬호 자네 덕분이야."

청송식당이 잘 되기는 임찬호 자네 덕분이야. 천 여사의 그런 말은 임찬호를 데릴사위로 확실히 점찍어 둘 필요가 있어서다.

"말씀은 감사합니다만 그건 아닙니다."
"임찬호 자네야 아니라고 하겠지만 그건 사실이야. 자네가 오기 전엔 여자 손님이 이렇게까지 많지 않았는데 지금은 자리가 부족할 정도잖아. 자네도 보다시피."
"아닙니다. 청송식당이 잘된 것이 어디 저 한 사람 때문이겠어요. 모두가 잘해서이겠지요. 거기에다 청송식당 위치도요."
"아니야. 여자 손님이 많은 건 임찬호를 보기 위함일 거라고 나는 그렇게 생각해."
"그런 말씀은 칭찬의 말씀으로 듣겠으나 어디 그럴 수 있겠어요."
"여자 손님이 많은 이유를 살펴보면 내가 비록 할머니라 불릴 나이에 들어서기는 했어도, 요식업이 잘 되려면 음식 맛도 손님을 대하는 서비스도 좋아야겠지만 임찬호처럼 멋지게도 생긴 남자가 있어야 한다는 거야."
"아이고… 사장은 저를 너무 띄우지 마세요. 제가 여자 손님이 많게까지 잘생기지도 않았어요."

"임찬호 자네야 아니라고 하겠지만 내가 이 청송식당 운영자이기는 해도 임찬호 자네를 남자로 보게 되는 건 어쩔 수 없어. 나도 어디까지나 여자니까."

"허허…"

임찬호는 잘 생겼다는 말에 미소만 짓는다.

"웃을 게 아니야. 여자들이 오는 건 자네를 보고자 함이야."

"그러니까 광주 여성분들이 저를 보고자 여기 온다는 그건 그저 사장님 말씀이어요."

"아니야, 우리 청송식당 운영은 음식만 파는 그런 식당이 아니야."

"음식을 파는 식당이 아니면요?"

"그러니까 손님들이 어떤 계층들인가도 보일 거야."

"그렇게까지요?"

다른 사업도 마찬가지이겠지만 장사는 팔릴 수 있는 물건인지를 보고, 돈은 될지 따지고, 고객층들 또한 그렇다. 이건 장사꾼으로서의 기본 상식이다. 그래서 장사에 필요한 요령 공부도 해야겠지만 손님을 만족시키는 서비스가 장사로 성공하느냐, 그렇지 못하느냐의 성패가 달려 있다고 보면 될 것이다. 그렇기에 장사꾼이 지닌 선천적 인상은 매우 중요한데 식당에 노인들이 설거지 일이라도 보태겠다는 맘으로 얼쩡거려서는 그 식당은 곧 문 닫게 될 것임을 식당 사장들은 무시하지 말아야 한다. 물론 소규모 식당은 아니겠지만 말이다. 이렇게 말하는 건 노년들을 비하하는 말 같아 조심스러우나 식당 손님들 대부분이 노년들을 불편하게 여길 수도 있는 젊은이들이기 때문이다.

"임찬호 자네야 민망해할지는 몰라도 미남 중에서도 미남이야."
"제가 그렇게까지요?"
"그래, 본인 앞에서 말하는 건 민망해할지는 몰라도."
"아이고, 그런 말씀까지는…"

자네를 내놓고 말하는 건 민망해할지는 몰라도, 그런 말씀은 민망합니다. 어떻든 그런 말씀은 기다렸던 말씀이나 무슨 말씀을 하려고 이러시는 걸까? 물론 만순이도 나를 좋아하는 것 같은 그런 눈치이기는 해도 말이다.

"그런데다 임찬호 자네는 여자 손님이 많이 찾아오게 하는 매력을 가진 직원이야. 칭찬 같지만 그래."
"어디 그럴 수가 있겠어요. 아무튼 칭찬 말씀 감사합니다."
"그런데 이 청송식당. 임찬호 자네가 운영하면 어떨까."

말만 오늘일뿐, 생각은 오래 전부터 해왔다. 사회적으로야 괜찮은 세 녀석의 청송식당을 임찬호가 운영하면 어떨까. 그리 말 한 건 아들이 있기는 하나 함께 살아줄 자식들이 아니기 때문이다. 이런 문제에 있어 짐작이기는 해도 대부분 아들보다는 딸이 더 편하게 느껴지지 않겠는가.

"예?"

임찬호는 느닷없는 말이라는 듯 당황스러워하는 표정이다.

"지금 한 말이 임찬호로서는 놀랄 말일지 몰라. 하지만 나는 청송식당 사장이기는 해도 식당 사장직 은퇴를 해야 할 노년의 나이에 들어섰어."
"아무리 그러셔도 저는 아니어요."
"그렇게 하려면 우리 만순이와 결혼을 해야지 않겠어?"
"만순이랑 결혼이요?"

사장님, 지금의 말씀만을 기다렸지요. 임찬호는 그렇게 말하듯 청송식당 주인인 천 여사를 감사의 눈으로 바라본다.

"솔직하게 말하면 내 데릴사위야. 데릴사위라는 말은 듣기 싫을 수도 있겠지만 아무튼 그래."
"아이고. 사장님 감사합니다."

임찬호는 박만순이가 너무도 예뻐 데릴사위든, 사위든. 되어달라는 말을 들을 수는 있을까 싶어 솔직히 없는 행동도 했었다. 그 자리에서 벌떡 일어나 큰절까지 올린다.

"그런 말 했다고 무슨 큰절까지야."

"사실은 만순이를 제게 주시면 했던 참이었어요. 사장님도 보시는 바와 같이 만순이도 저를 많이 좋아하잖아요."

"우리 만순이도 임찬호 자네를 좋아하는 줄 나도 알아. 그래서 내 데릴사위가 되달라는 거야. 물론 부모님께서 정해 놓은 색싯감이 없어야겠지만 말이야."

"제 색싯감을 부모님이 정하시다니요. 그런 거 없으셔요. 아무튼 데릴사위든 아니든 제가 사장님 사위까지는 생각할 수도 없는 일인데요. 그러나 만순이를 제게 주시면 앞으로 보란 듯이 잘 살게요."

지금의 상황에 이르러 임찬호에게 삶에서 가장 기쁜 일이 무엇이냐고 누가 묻기라도 한다면 마음에만 두었던 사람을 배우자로 삼게 되는 일이라고 대답할 것이다.

"당연히 보란 듯이 살아야지, 아무튼 대답한 걸로 알고 이제부턴 우리 만순이랑 언제든 만나도 돼."

"감사합니다."

"감사하단 말은 그만하고 우리 만순이 많이 사랑해 주어. 나는 청송 식당을 운영하는 사장이기는 해도 만순이를 낳고 키운 엄마로서 오늘이 제일 기쁜 날이기도 해. 그래서 하는 말인데 이 청송식당 운영도 자네에게 넘길 생각이니 임찬호 자네는 그런 줄로 알아."

"예?"

"그래, 임찬호 자네야 무슨 말이냐고 하겠지만 나도 생각이 있어서야."

"저야 좋지요. 그렇지만 만순이도 좋다고 해야지요."

그래요. 만순이도 내게 찰싹 붙어 있다시피 하기는 하지요. 그러니까 만순이도 좋고, 나도 좋다는 거지요. 그래서 생각이나 만순이와 결혼까지면 보성 촌놈이 성공을 넘어, 출세까지이지요. 그러니까 물려주시겠다는 대형식당 사장까지 될 테니 말이요. 만순아! 우리가 결혼해서 자식도 여러 명 두고 잘살아 보자. 만순이 네 엄마 말씀이 아니어도 나는 만순이 너를 죽도록 사랑할 거다.

"그런 문제는 임찬호 자네 대답이면 되는 일이야."

"알겠습니다, 그러면 사장님 말씀대로 할게요."

"내가 보기엔 우리 만순이도 임찬호 자네를 여간 좋아하는 눈친데 뭐가 문제인 거야?"

"좋아하는 것과 결혼 문제는 다를 수 있을 텐데요."

"임찬호 자네는 말이 너무 많다."

"말이 많은 게 아니라 그런 말씀은 생각지도 못한 말씀이라서요."

"그러면 내가 말한 대로 하겠다는 거지?"

"그거야…"

"임찬호를 만난 처음부터 가지고 있었던 맘이지만 이제야 하게 되는 말이야."

"아이고, 사장님은 그렇게까지… 저도 이제야 드리는 말이지만 만순이가 처음부터 좋았어요."

박만순이가 좋기는 해도 사위를 넘어 청송식당을 물려받을 생각을 했던 것은 아니어요. 만순이랑 입맞춤만이라도 했다면 또 몰라도요. 그래요, 만순이와의 관계를 사장님은 이미 파악하고 하시는 말씀이겠지만 저는 만순이가 너무도 좋아요. 만순이도 저를 좋아하고 말이에요. 우리 엄마, 그동안 며느릿감으로 보셨던 송은희보다 더 예쁜 며느릿감 곧 보여줄 테니 그리 알고 아프거나 그러지 마십시오. 임찬호는 어느 때보다도 기쁜 기색이다.

"이렇게까지는 하루아침에 된 일이 아니야. 우리 집 사정을 임찬호 자네에게 말 안 해도 어느 정도는 알고 있겠지만, 이 청송식당을 물려받아 운영할 사람이라고는 임찬호 자네뿐이라 하는 말이야."

"청송식당 운영에 대한 말씀은 감사하나 저는 아니에요."

"그래, 자네야 아니라고 하겠지. 비록 식당이기는 해도 내 자식에게 물려주어야 할 재산 문제라서."

"지금의 말씀이 무슨 말씀인지 알겠습니다. 그렇지만 형님들이 엄연히 계시는데요."

말이야, '형님들이 계시는데요.'했으나 청송식당을 물려주겠다는 사장님의 말씀은 그냥 하시는 말씀이 아닐 게다. 물려줄 재산 문제이기 때문이다. 그렇다면 나는 좋다는 말을 해도 되는 걸까. 지금으로서는 그런 감조차도 잡히질 않는다. 그렇지만 사실일 가능성도 높다. 박만순을 아내로 삼으라고 하셨지 않았는가. 엄마, 엄마의 작은아들이 곧 승차감 좋은 차 타고 갈 테니 엄마는 환영해 줘. 동네 사람들도 데리고 나와서. 이 임찬호는 며칠 후부턴 고등학교 중퇴자가 아니라 일꾼을 채용도 하는 당당한 사장이 될 테니까 말이요, 임찬호는 그런 생각에 빠져 입가에는 미소까지 떠오른다.

　"그렇기는 하지. 물려줄 재산으로야 그렇지만 그들은 식당운영과는 거리가 먼 자식들이야. 그래서 자네한테 부탁하는 거야, 내가 너무 억지 부리는지는 몰라도."
　"아니에요."
　"그래서 말인데, 임찬호 자네는 식당 운영 공부 안 해도 돼. 내가 임찬호의 사실상 장모이기도 하니까."
　"아, 예."
　"그리고 참, 아들들은 아닐 테지만 며느리들은 부모 재산을 물려받고자 할지도 몰라서 하는 말인데 청송식당 명예만은 박만순 앞으로 할 거야. 무슨 말인지 알겠지?"
　"알겠습니다. 그런데 큰형님은 봐서 알지만 둘째 셋째 형님은 못 봐서…"

"그런 얘기까지 하려면 길어."

"그러면 오늘 말고 담에 듣기로 하겠습니다."

"아니야, 말할게. 둘째는 미국 뉴저지에 가서 살고, 셋째는 독일 뮌헨으로 가서 살아. 그러니까 둘 다 이민인 셈이지."

"그러시군요. 그러면 큰형님은요? 물론 만순이로부터 조금은 듣기는 했어도요."

"설명하자면 세 녀석 다 전남대학 출신이기도 해."

"세 형님들 다 대학까지 나오셨고 생활 형편도 될 게 아니에요. 제게 말씀하신 이 청송식당도 형님들이 계시는데 괜찮을까요?"

"생활 형편이야 여유까지는 못 돼도 그런대로들 살아가는가 봐. 대학까지도 큰 어려움이 없이 보냈어. 만순이 할아버지가 물려주신 돈으로 말이야."

"궁금한 게 또 있어요. 그러니까 큰형님도 시내에 계셨으면 위험도 했지 싶은데요."

"그러니까 5·18 사태 때를 말하는 거지?"

"그렇지요. 물론 밝으신 표정만으로는 몰라도요."

"큰아들은 금남로와 좀 떨어진 진월동에서 살아. 그렇기도 하지만 고등학교 교사이기도 해서 5·18 사건이 무엇인지를 그들은 누구보다 잘 알고 있었는지. 밖으로는 절대 나가지 말라는 단속까지 하더라고."

"그러셨군요. 그건 그렇고, 만순이가 싫어하는 만순이라는 이름은요?"

"허허, 만순이 이름은 만순이 아버지가 지어준 이름인데 말하자면 아들 셋만 낳게 하고, 일본을 가버린 거야. 그래서 나는 난데없이 생과부가 되어버렸지."

"아이고…."

"그래서 하는 말이지만 생과부든, 생과부가 아니든 과부는 너무도 어려워."

아이가 생길 조짐이 있으면 속옷이 거추장스럽다는 말이 내게도 해당이 된 거야. 그렇다고 아들이 셋이나 되기도 하지만 아무 씨나 받을 수는 없으니 얼마나 견디기 힘들었는지 몰라. 그렇게 어려웠던 얘기를 임찬호 자네 앞에서 솔직히 말할 수는 없어도.

"아, 예."

"그래서 하는 말이지만 만순이 아버지는 일본 여자와 살아가는 게 아닌가 싶어. 괜찮은 남자에게 재가 생각도 솔직히 했어."

"그때는 그러셨으나 이겨내길 잘하셨네요."

"이겨내나 마나 그럴만한 남자도 없을뿐더러 두 눈 부릅뜬 세 녀석들이 내 눈앞에 어른거리는 거야. 이 청송식당 운영도 그런 이유라고 보면 돼. 할 일이 없이 한가해서는 다른 남자 생각이 멈추지 않은 것 같았어."

"아, 예."

"아무튼 식당에 기대 이상으로 손님이 많아지게 되자 재미가 붙은 거야. 그래서 결국은 오늘까지 왔네."

"그러시군요."

"더 말하면 여자들만의 생리라고 말할 수도 있는 돈만 보일 뿐 다른 남자는 안 보이더라는 거야."

"그때는 그러셨어도 지금은 아니시지요?"

"지금은 당연히 아니지. 지금까지도 돈만 보였으면 이미 죽었을지도 몰라. 이건 기독교인에게서 듣게 된 얘기지만 욕심이 잉태한즉 죄를 낳고 죄가 장성한즉 사망을 낳느니라. 무서운 말이 성경에도 있다잖아."

"욕심이 잉태한즉 죄를 낳고 죄가 장성한즉 사망을 낳는다. 그런 말씀은 제게도 해당이 되는 말일까요?"

나도 이런 식당 하나 마련코자 현재 주시고 있는 월급보다 더 주시면 하는 욕심이 있는데 말이요. 임찬호는 그런 생각을 하며 청송식당 주인을 본다.

"욕심이라는 말도 그래, 내 배만 부르자가 아니겠어. 안 그래?"

"그렇겠지요. 그건 그렇고 마땅치 않게 생각하는 만순이 이름은요?"

"만순이 이름도 그래, 만순이 아버지가 지어준 거야. 그래서 나는 많고 많은 예쁜 이름들은 다 놔두고 하필이면 제일 안 이쁜 이름이냐고 나는 그런 거야."

"그러셨군요."

"만순이 아버지는 아이를 또 낳을 거냐고 묻는 거야. 그래서 나는 지금 몇 살이냐고 했더니 아이 낳기 그만이면 끝이라는 의미로 짓게 된 이름인 거야."

"그러기는 하나 제가 보기엔 건강하고 예쁘기만 한데도 만순이는 이쁘지 않은 이름이라 불만인가 봐요."

"그래?"

"제가 보기엔 그렇게 보이더라는 거지요."

"그러면 말이야, 세상을 살아가는데 이름이 좋냐 안 좋냐에 따라 잘 사는 게 아니라는 말도 해 줘."

"세상을 이름이 좋냐, 안 좋냐에 따라 사는 게 아니라는 그런 말까지는 못 할 것 같은데요."

"그건 그래, 아무튼 만순이가 중학교 들어가자마자 돌아가시고 말았지만 만순이 아버지는 줏대가 없다고나 할까. 좀 싱거운 사람이야. 그렇게 말하는 건 손님들 모시는 중인데 일본에서 오지 않을 것 같던 박동진이라는 사람이 불쑥 나타난 거야."

"불쑥이면 그동안 연락도 없었다는 거잖아요."

"연락도 없었지, 식당을 운영하는 사람이면 누구나 그러리라 싶지만 나도 손님을 보게 되는데 그런 손님 중에 내 남편과 비슷한 사람이 앉아 있는 거야."

"아버님처럼 보였으면 사장님은 놀라셨겠네요?"

"놀라기까지는 아니고, 그 손님이 자꾸만 눈에 들어오기는 하더라고."

"그래서요?"

"그래서가 아니라 만순이 아버지도 나를 자꾸만 보는 거야. 내가 과부라서 나를 좋아하는 사람도 있나 보다. 그리 생각만 한 거야."

"아버님을 몰라보시기는 몇 년 만인데요?"

"그러니까 십 년이 넘을 것 같은데, 만순이 아버지는 다가오더니 꿇어앉으며 미안해, 그러더라고. 물론 손님이 없는 시간 이었지만."

"사장님, 지금 말씀은 소설만 같네요."

"그래, 소설 같은 얘기지. 아무튼 만순이 아버지가 밉기는 해도 내 남편이라는 생각에 반갑기는 하더라고."

"그런데 아버님이 십여 년간 일본에 계실만한 이유는 있었을까요?"

"그런 얘기까지 하려면 뭘 먹으면서 해야 할 게 아니야."

"알았어요."

임찬호는 배부르지 않을 음료수와 과일을 찔레꽃무늬 쟁반에다 담아온다.

"아니, 쟁반이 찔레꽃무늬 쟁반이잖아."

"찔레꽃무늬 쟁반이기는 한데요?"

임찬호는 쟁반을 잘 가져왔나 싶은지 눈을 크게 떴다. 경험자들이야 알 것이지만 이것이 종업원들의 서글픔이기도 하다.

"눈을 그렇게 크게 뜰 필요는 없어. 야단치려고는 아니니. 아무튼 그러면 임찬호는 내 맘을 알고 그런 건가?"

"아니요."

"아니야. 찔레꽃무늬 쟁반을 보니 만순이 아버지와 맞선을 봤을 때가 생각이 나서야."

"아, 예."

"그러니까 당시 다방 이름이 찔레꽃 다방이었다는 기야."

"그러면 결정은 아버님이었어요?"

"임찬호 자네는 궁금한 것도 많다."

"궁금한 거, 말하려면 이거 말고도 많아요."

"그러면 지금 몇 시야."

"세 시예요."

"세 시면, 아니다. 내일은 쉬는 날이지?"

"쉬는 날이기는 해도 우리 밥은 제가 해야지요."

"그렇기는 하겠지. 그러나 바쁘지 않으니 과거 소녀 시절에 있었던 얘기지만 우리 친정아버지는 장사를 일본 사람 점원으로부터 시작한 거야. 친정아버지가 그래서 나는 아버지 잔심부름꾼처럼 자랐어. 그것을 두고 누구는 아버지를 닮은 여자라고 말할지 몰라도 오늘까지 왔지. 그리고 만순이 아버지는 큰 부자까지는 아니어도 부잣집 큰아들로 고등학교 시절부터 일본 와세다 대학을 다니던 사람이었어. 그래서라고 해야겠지만 만순이 아버지는 일본 사람이나 다름없었어. 만순이 아버지는 그래서 여자친구들도 있었을 테고, 짐작이지만 그들과 연애도 했을 거잖아. 아무튼 만순이 아버지도 임찬호 자네처럼 잘도 생긴 남자야. 만순이 아버지가 그런 남잔데 일본 여자들이 가만히 뒀겠어, 안 뒀겠어?"

"아이고, 그런 말씀까지는 민망합니다."

"임찬호 자네 면전에서 하게 된 말이라 민망하겠지만 자네가 잘생긴 건 우리 만순이도 인정하잖아. 그러니까 듣기 좋게 꾸민 말이 아니야."

"그러면 만순이랑 결혼하라는 말씀도 궁금해요."

이런 말까지는 하지 말 걸 그랬나. 싫어하실지도 모르는데… 임찬호는 그런 생각이 들어 어색해하는 표정을 지었다. 말 잘못 하는 것이 어디 어른들만이겠는가마는 말 한마디 잘못이 그동안 좋기만 했던 관계를 회복 불가능할 만큼의 관계로까지 만들어버릴 수 있음을 우리는 알아야 할 게다. 그래서 나온 말이 말은 은이요, 침묵은 금이라고 했는지 모른다.

"임찬호 자네는 궁금한 것도 많다."

"궁금한 건 생각지도 못한 아버님과 결혼까지라서요."

"만순이 아버지와는 연애가 아니었어. 시대적으로, 그러니까 어른들이 맺어준 결혼인 셈이야. 그때는 결혼이라고 하지 않고 혼인이라고 했지만 말이야. 결혼이든 혼인이든 우리의 결혼은 연애 반 중매 반이었어."

"그러시면 아버님과 만나자는 말은 누가 먼저 하셨나요?"

"만나자는 말 누가 먼저 했겠어. 당연히 내가 했지."

"그러셨군요."

"식당도 아무나 못 해. 남자를 휘어잡을 만큼 용감해야 할 수 있지. 학생 때는 전교생 부회장도 해봤던 이력이야."

"아, 예."

"그러니까 시아버지 이름은 박금만 씨로 건설업자이고, 친정아버지 이름은 천윤식 씨로 건설자재 도매상 운영자인 거야. 그러기에 나는 친정아버지 사무실에 자주 들락거리게 되는데 그걸 시아버지께서 눈여겨보시고는 친정아버지에게 말씀하시길 일본 유학 중인 아들 녀석이 있는데 한번 보실래요? 두 분이 그러셨던 게 결과적으로는 이렇게 된 거야."

"그 덕에 저는 혜택을 톡톡히 보게 되네요."

"혜택은 무슨 혜택이야. 임찬호가 있어 준 덕에 오늘까지 온 거지."

박만순 엄마 천 여사는 청송식당 일꾼일 뿐인 임찬호를 데릴사위로 삼아야 맘이 놓일 것 같아 없는 말까지 하게 된다. 그래, 청송식당 운영자로는 임찬호가 아니어도 누구든 그동안의 가게를 넘겨줄 만한 대상을 찾기 마련일 테다. 그렇지만 박만순 엄마, 천 여사는 임찬호로 됐다 싶은지 오늘은 식당 일은 그만하고 얘기나 늘어놓을 참으로 말을 잇는다.

"아니에요. 그런데 말씀하셔서 하는 말이지만 만순이랑 만나도 돼요?"

"당연하지, 그걸 왜 또 물어."

"당연하다 해도 결혼식이라는 게 남아있어서요."

그걸 왜 또 물어. 사장님 말씀은 깊이 생각할 필요도 없이 부부처럼 지내도 된다는 말씀이지 않겠나. 그러니까 만순이 너는 이제부터 임찬호 것이다. 나도 만순이 네 것이고 말이다. 그렇지 않아도 만순이 너는 이 임찬호를 첫날부터 좋아하지 않았는가.

"임찬호 자네 말 듣고 보니, 그런 것 같기는 하다. 그러나 만순이와 결혼 문제를 허락도 해주어야 할 부모로서 우리 박만순이와는 천생연분으로 보인다는 거야. 그러니까 내가 바라기는 귀여운 손주들도 쑥쑥 뽑으라는 거야."

손주들도 쑥쑥 뽑으라는 거야. 그런 말을 임찬호는 우스갯소리로 들었을지 몰라도 이게 시집보내는 친정 부모 마음이다. 아들 위주로 살던 시대이기는 하나 부모는 딸 시집보내는 날부터 걱정이 태산이다. 그것은 시부모가 바라는 자식을 쑥쑥 뽑아야만 해서다. 그래도 나는 씨밭이 좋은 덕인지. 아들만 내리 셋을 뽑은 것이다. 그렇게 뽑았으니 시부모는 얼마나 좋아하셨겠는가. 시부모께서야 그러셨을 텐데도 남편이란 작자는 온다간다 말도 없이 일본으로 도망가다시피 가버렸다가 부모님이 생활비를 보내주질 않아 하는 수 없이 돌아온 게 아닐까. 그런 생각은 괜한 생각이지만 친정 부모로서 없어서는 안 될 만순이도 낳게 해주었으니 죽어버리고 없는 남편이지만 고맙다고 해야 할 것 같다. 인간사 좋고 안 좋고는 특정인이 아니라 누구든지 마찬가지일 테다. 수명을 다해 죽을 때 임종을 지켜줄 것은 자식뿐이라는 게 나이 먹어서의 생각들일 테고 나 또한 그렇다.

"아이고, 자식을 쑥쑥 뽑으라는 말씀까지는…"
"자식 쑥쑥 뽑으라는 말 싫지는 않지?"
"싫고 안 싫고, 그게 아니어요. 결혼식도 아직이라서요."
"그러면 임찬호에게 솔직히 말할게. 만순이 큰 오빠가 태어난 것도 그렇게 해서 태어난 거야."
"그러면 만순이가 형님들과 터울이 큰 이유는요?"
"터울이 먼 건 다름이 아니라 아기씨를 심어주어야 할 남편이 일본으로 도망간 바람에 그런 거야. 내가 임찬호 앞에서 별말을 다 하고 있지만 아무튼 그래, 그러니까 세상살이가 학교에서 배우게 되는 교과서적인 것들로만 이루어질 수는 없다는 거야."

"그렇겠지요. 교과서적일 수만은 없겠지요."

"그리고 만순이가 좀 덜렁대기는 해도 내가 보기에 그만하면 괜찮은 여자야."

"괜찮은 게 아니어요. 만순이는 너무도 좋아요. 그러니까 친동생 같기도 해요."

"그래, 친동생 같아야지, 그래서 말인데 임찬호가 오자마자 오빠라고 한 건 친오빠들 사랑을 많이 받은 영향은 아닐까. 나는 그리 보여."

"사장님은 만순이를 덜렁댄다고 하시지만 저는 그게 더 좋아요. 그러니까 이건 들은 얘기지만 덜렁대는 여자라면 맘씨도 좋을 것으로 보면 될 거니 장가들 신랑감들은 참고하라고 해서요."

"임찬호 자네는 모르는 게 뭐가 있을까?"

"사장님, 저는 아는 게 아니라 귀를 항상 열어놔서 듣게 된 거예요."

"뭐? 귀는 항상 열어놔?"

"죄송합니다."

"죄송은 무슨 죄송이야. 아무튼 만순이가 싫다 하는 것만 아니면 만나도 돼. 내가 이미 허락한 거니."

"아이고…"

"좀 아닌 말까지라서 쑥스럽다거나 그럴 필요는 없어. 찬호와 만순이는 어차피 부부가 될 거잖아. 그러니까 아이도 쑥쑥 뽑아야 할 부부 말이야."

"이 청송식당을 사장님은 언제부터 운영하셨는지도 궁금해요."

"그런 말까지 하면 욕심이 이 청송식당까지인 거야. 물론 애들 학비가 부족해서만은 아니었지만."

"그러셨군요."

"그것도 있지만 내가 고등학교까지 나온 탓인지 사람을 부릴 맘도 들어 결국은 이 청송식당 운영까지 온 셈이야. 그래서 생각하기에 식당 운영을 위한 자격으로는 대학 나온 사람이 아니라 고등학교만 나왔어도 충분해."

"아니, 대학 나온 사람은 식당 운영 못 한다고요?"

"못하는 게 아니라 안 하는 게지, 임찬호야. 아직은 사회생활이 서툴러 잘 모르겠지만 대학 나온 사람들은 실패라는 사업보다는 안정적인 사무직에 눈을 돌리게 돼 있어."

"그러면 대학은 발전을 가로막는 셈이네요."

"꼭 그렇게 볼 수는 없어도 한번 해 보겠다는 각오로 덤벼드는 것은 고등학교만 나온 나 같은 사람들이야. 물론. 임찬호 자네 같은 사람일 테고."

"사장님이야 고등학교 졸업생이시지만 저는 고등학교 중퇴뿐이어요."

"고등학교는 2학년에서 그만뒀다고 안 했어?"

"그러기는 했지요."

"고등학교 중퇴라고는 해도 일하는 걸 보면 졸업생이나 마찬가지야. 거기다. 임찬호는 우리 청송식당을 빛내고 있는 일꾼이야."

"말씀만이라도 감사해요."

"말만이 아니야. 난 사실을 말하는 거야. 그래서 말인데 청송식당을 살리는 멋있는 청년이라는 말, 임찬호는 어떻게 들었는지 몰라도 그동안의 하루 5백여 명 정도였던 손님이 이젠 너무 많아서 감당 못 할 정도잖아. 그래서 일꾼을 더 뽑기도 해야겠지만 옆 건물도 우리 청송식당으로 확장할 생각이야."

"그런 말씀은 인정이 되나 사장님께서 너무 저만 위하시는 거 아니요?"

"이렇게 말하는 건 임찬호가 내 사윗감이기도 해서야. 그래서 하게 되는 말이나 우리 만순이를 임찬호에게 주려는 건 다름이 아니라 사위 덕도 좀 보자는 거야."

"무슨 말씀이세요. 덕은 제가 보고 있는데요."

"덕을 누가 보든, 우리 한번 잘해 보자고. 알겠지?"

"예, 알겠습니다. 그건 그렇고, 사장님께 이런 말까지 해도 될지 몰라도 제 명의로 된 식당도 가졌으면 해요."

청송식당에 일꾼으로 근무하면서부터이기는 하나 그동안의 꿈이었지 않은가. 그러니까 승차감이 좋은 빛나라 자동차를 끌고 다닌다 해도 데릴사위라는 말은 따라붙지 않겠는가. 그렇지만 내 명의로 된 식당이면 부모님은 물론 형제들에게도 자랑이 될 것 같아서다. 생각해 보면 그동안 일만 했을 뿐 식당 운영에 있어서는 완전 일자무식이다. 괜찮다 싶은 식당 자리는 권리에 비등하여 달라는 게 다 돈일 것 아닌가. 그동안 모은 돈으로는 맘에 들 식당 자리를 얻으려면 청송식당 사장님의 도움이 필요하다.

금남로 데릴사위

"그거야, 환영할 일이지만 그건 왜?"

"제 명의로 된 식당이면 부모님이 자랑하스러워 하실 것 같아서요."

"그건 좋은 생각이다. 그러면 말이야, 도와줄 테니 장소나 알아봐. 그리고 자네 이불 세탁할 때가 된 것 같은데 가져와. 세탁기에 돌리게."

"이불이요?"

"그래 자네가 덮는 이불."

"이불 세탁은 석 달도 안 돼 새것 같은데요."

"여러 말 할 거 없어, 그냥 가져와! 임찬호 네 아내가 될 만순이 더러 세탁하라고 할 참이라서야. 그러니까 우리 만순이가 오빠, 오빠 하기는 해도 정까지는 아직이잖아. 그래서 하는 생각인데 살도 비빌 시간도 가지라는 거야. 결혼식 전 손주도 만들고 말이야. 그런 일을 동네방네 떠벌리면서까지는 못하겠지만 부모인 내가 허락한 이상 지킬 필요도 없지. 젊은 사람은 젊음대로 살아가라는 거야. 그러니까 임찬호는 어떻게 볼지 몰라도 내 생각은 신세대들이 가진 생각과 별반 다르지 않아. 다만 몸만 젊은이가 아닐 뿐이야. 남녀 성 윤리를 너무 따져서는 바보짓이나 다름없어. 그래서 하는 생각이지만 부모가 허락한 남녀의 성은 결혼식을 고집할 필요도 없어. 필요하면 언제든지 사용해도 돼. 물론 자식을 둘 목적이 아닌 쾌락이어서는 안 되겠지만."

"알겠습니다. 가져올게요."

임찬호는 또 벌떡 일어나 청송식당 사장에게 큰절을 넙죽 한다.

"자네 자꾸 무슨 짓이야. 그리고 이건 잘못된 일이라 말할 필요는 없 겠지만 방문 열기조차 맘 편치 않을 것 같은데 어때?"

"저는 그런 거 없어요."

"그런 거 없다면 배포도 있다는 건데."

"배포가 아니어요. 저는 그러니까 성공한 사람이 될 거기 때문이랄 까 그래서요."

"그렇기는 해도 방문을 우리 만순이랑 같이 열면 싶은데 어때?"

"제 방문을 만순이랑 같이 여는 건 아직 결혼 전인데요."

"아니야. 부모인 내가 허락한 거니 결혼 전, 그런 말은 안 해도 돼."

"사장님 감사합니다."

임찬호는 감사합니다, 하면서 청송식당 사장께 먼저처럼 큰절이다.

"무슨 짓이야. 아까도 큰절했으면 그만이지. 또 큰절인 거야."

"아니에요. 저는 걱정하실 엄마 생각이 나서요."

"엄마 생각이 나면 그런 절은 엄마에게나 해야지. 말도 안 되게."

"제가 엄마 돈도 훔쳐 야반도주 식으로 왔는데 사장님은 저를 한 가 족쯤으로 생각해 주시잖아요. 어떻게 그런가 보다만 하겠요, 그러니 까 돈도 필요 없는 고개만 끄덕일 뿐인데요."

"그러면 임찬호가 우리 집에 오기까지의 일을 말해줄 수는 있겠어?"

"당연하지요. 그러니까 사장님도 아시는지 몰라도 한두 끼 굶는 것쯤 은 숙명으로 알고들 살아들 가는 곳이 바로 보성이어요. 그러나 저의 집은 토지가 좀 있어서 굶기까지는 아니라서 고등학교까지는 나왔어요. 하지만 내일을 생각하니 앞이 안 보이는 거예요. 그래서 저는 엄마에게 우리가 이렇게 가난한 건 언제부터야. 저는 생뚱맞은 말을 해버린 거요. 제가 그렇게 말하고 있자니 아버지께서 집안 문중 시제에 다녀오시면서 혼자 먹어도 부족할 음식을 엄마에게 주시곤 한 점씩 나눠주라고 하시는 거요. 식구가 엄마까지 일곱 식군데. 그것이 기가 막힐 정도였지요.

도망칠 생각은 학교 공부가 싫어지기 시작한 때부터 했어요. 도망갈 궁리만 하다 도망을 치자니 그만한 돈은 있어야만 해서 엄마가 몰래 감춰둔 돈 몽땅 가지고 송정리행 첫차를 타버린 거요. 아무튼 그렇게 해서 버스 종점인 송정리에 내리기는 했으나 어디로 가야 할지도 막막하고, 그래서 시외버스 대기실 출입문 반대쪽에 비 맞은 가을 닭처럼 쪼그리고 앉아 버스를 타고 내리는 사람들만 봤어요. 그러니까 시간만 흘러 점심시간이 넘었지 뭐요. 버스를 엄마 몰래 새벽에 타느라 밥도 못 먹어, 바로 옆에 보이는 만리장성식당에 들어가 짜장면 한 그릇 시켜 먹고 그냥 앉아 있는데 그것을 보신 사장님께서 왜 안 가고 있느냐는 거요. 그래서 저는 어디 일자리 없을까요. 물으니 집은 어디냐고 묻더니 사장님과 통화를 하셨지요. 사장님은 만리장성과 언제부터 어떻게 아셨어요?"

"아는 게 아니라 사돈 문상 때문에 해남에 다녀오던 길에서 만리장성에 들르게 됐는데 만리장성에 들르는 손님 중에 시골에서 광주로 올라올 청년들도 있을 거라는 그런 생각에 부탁한다, 했더니 명함을 들고 온 게 임찬호인 거야."

"아이고, 그러셨군요. 그러니까 결과적으로는 저를 위해서요."

"뭐 임찬호를 위해서라고?"

"예, 그래서 하던 얘기 그대로 하자면 오늘은 말고 낼 보냈으면 한다는데 어떻게 할 거냐고 만리장성 사장님이 묻지 않겠어요. 그래서 저는 오늘만 재워주시면 안 될까요? 하니 재워줄 방은 없고 음식 재료 창고에 자리를 펴주면 잘 수 있겠느냐고 하시는 거요. 그래서 저는 이제 살았다 했고, 희망의 꿈도 꾼 건데 금남로행 160번 버스를 태워주시면서 하시는 말씀이 청송식당 사장은 50대 여성분으로 좀 까다로울 수도 있으니 그런 점도 참고로 하고, 앞으로 성공하라 하시는 말씀이 너무도 감사했어요. 좀 덜 바쁘다 싶을 때 찾아뵐까 해요."

"내가 50대로만 보였을까. 하기야 나이가 60대 나이라도 젊게 말하는 건 상대를 위한 배려심이기는 하겠지. 그런 점 임찬호도 참고로 해."

"사장님은 지금도 60대로 안 보여요."

"60대로 안 보인다는 건 임찬호 말이야. 암튼 고마워, 그건 그렇고 임 군!"

청송식당 사장은 딸 박만순과 만나도 된다는 생각으로 부른 것이다.

"예."

"임찬호 자네는 양금석과 박근성이가 그렇게 되어버려 지금의 방이 싫을 것 같은데 어때?"

임찬호 너는 고향 형들이 그렇게 된 바람에 빈방이라 무섭기도 할 게 아닌가. 그런 일로든 기분이 나빠서야 식당 일에도 지장이 있을 것 같아서다.

"싫지 않아요."

"싫지 않다고? 나는 여자라 그런지 몰라도 무섭기도 할 것 같은데 아니라는 거야?"

"무섭기는요. 저는 그런 거 없어요."

"그래? 찬호 자네 그런 용기는 어디서 나오는 거야!"

"허허, 용기요? 사장님은 저를 대단한 사람으로 보시는가봐요?"

"그러면 아니라고?"

"저는 전혀 아니어요."

그래요, 저는 청송식당 직원으로 있기까지는 그 무엇도 두려워해서는 안 된다는 각오 때문이기도 해서요. 고향 형들이 귀신으로 나타날지라도 저는 무섭다거나 하지 않을 거예요. 다만 살아볼 만한 세상에서 고향 형들은 맛나게 살아보지도 못하고 무덤이 되고 말았다는데 안타까울 뿐이어요. 금석이 형, 근성이 형, 왜 그리도 고집이었는지 몰라요. 이 임찬호가 할 말은 아니나 솔직히 잘나지도 못한 보성 촌놈이면서 말이요. 누가 대통령 되면 호남지방이, 잘될 것으로 믿었다면 모를까. 그때의 일을 후회한들 아무 소용도 없는 일이 되고 말았지만, 회복할 수도 없는 일 생각할 필요도 없지만 생각해 보면 형들을 밖으로 니

004

103

가지 못하게 할 수도 있었는데 죽음까지는 아닐 거라 생각만 했어요. 양금석 형, 박근성 형에게 미안해요.

"임찬호 자네 지금 무슨 생각을 그리도 한 거야?"

"저 아무 생각도 안 했어요."

"아무 생각도 안 한 사람이 천정을 왜 쳐다봐."

"사실은 고향 형들을 구하지 못해서요, 아무튼 사장님은 저를 예쁘게도 봐주시니 감사합니다."

"감사는 무슨 감사야. 임찬호 자네는 뭔가를 해내고 말겠다는 그런 각오가 있는 사람으로 보여서 좋아."

"말이 나온 김에 제 소원을 말씀드린다면 사장님 덕으로든 저도 개인적 식당 하나 운영하고는 싶습니다."

"그거야 당연한 일이지. 그러면 이 청송식당은 박만순이가 운영하는 걸로 하고, 물론 어디까지나 명예이지만."

"말씀만이라도 저는 힘이 납니다."

내 이름으로 된 식당 운영을 예비 장모님께 말씀드렸는데 바라는 데로 도와주실 것 같다. 감사하기만 하다.

"힘이 난다고?"

"예, 재미도 있고 힘이 나요."

"그래서 현재의 방 그대로 쓰겠다고?'

"그동안 쓰던 방이기도 해서 다른 방으로 옮길 필요는 없어요."
"나는 괜찮은 방도 생각했는데 임찬호는 그런다."

임찬호는 우리 청송식당 직원이기도 하지만 제 사위로 삼을 청년이 아닌가. 우리 막내딸 만순이도 임찬호 너를 처음부터 좋아하는 눈치이기도 했고. 청송식당 사장인 천 여사는 그런 눈으로 임찬호를 한참 바라본다. 임찬호를 한참 보는 건 다름이 아니다. 지금처럼 아프지 않고 건강하게 늙는다 해도 노인이 될 것이 분명한데, 그렇다면 노인이라는 이유에서라도 보호받아야만 해서다.

"사장님 감사합니다."

보성 촌놈을 직원 이상으로 대해 주시는데 어찌 감사하지 않겠는가.

"찬호 오빠!"

청송식당 주인 딸 박만순은 단둘이 시간을 갖고 싶어 임찬호를 부른다.

"그런데 만순이 너 어디 안 가도 되는 거야?"
"오늘은 갈 데도 없지만 어디 가고 안 가고는 내가 알아서 할 테니 오빠 우리 뒷동산에나 올라가자."

"뒷동산에 올라가다니, 무슨 느닷없는 말이냐?"

"오빠는 느닷없는 일일지 몰라도 나는 느닷없는 일이 아니야. 엄마가 이런 말 오빠에게도 했는지 몰라도, 그냥 오빠로만 생각지 말라는 거여. 그러니까 우리는 어차피 결혼하게 될 테니 사랑해도 된다고 말이야. 물론 말 그대로는 아닐 수 있어도."

"만순이 네 말대로 그렇게 하는 것도 좋겠지만, 조금 있으면 저녁 시간이야."

"조금만 있으면 저녁 시간이라니… 말도 안 되게, 청송식당은 오빠 없이도 잘 돌아갈 건데 오빠는 그런다."

"알았어. 그러면 거울도 좀 보고."

"아니, 뒷동산 가는데 거울은 왜 봐?"

"거울이 화장실에도 있잖아."

거울도 좀 보겠다는 말은 소변을 보고 오겠다는 말을 에둘러 한 말이다. 그렇지만 박만순은 순수한 맘으로 들었을까. 상관은 없다. 아내는 너무 똑똑해서는 남편으로서 설 자리가 없을 것이다. 물론 내 생각이지만 말이다.

"알았어, 다녀와."

"야, 날씨가 너무도 좋다."

진달래 피고 새가 울면은 두고두고 그리운 사람
잊지 못해서 찾아오는 길
그리워서 찾아오는 길
꽃잎에 입 맞추며 사랑을 주고받았지
지금은 어디를 갔나 그리운 그 시절. 그리워지네
꽃이 피면은 돌아와 줘요
새가 우는 오솔길로
꽃잎에 입 맞추며 사랑을 속삭여 줘요
봄이 가고 여름이 오면 두고두고 그리운 사람
생각이 나서 찾아오는 길 아카시아 피어있는 길
꽃향기 맡으며 행복을 약속했었지
지금은 어디 갔나 그때가 그리워지네
여름이 가고 가을이 오면 낙엽이 쌓이는 길
겨울이 오기 전에 사랑을 속삭여 줘요
사랑을 속삭여 줘요.

"오빠도 이 노래 알아?"

"그러니까 노래 부를 줄 아느냐고? 그런 노래는 꽃이나 좋아하는 박만순이가 부를 노래잖아."

"오빠는 그게 문제야. 옆에 예쁜 나를 놔두고…."

"지네다~!"

"으악~!"

박만순은 지네라는 말에 너무도 놀라 그랬을까. 임찬호 앞가슴에다 얼굴을 파묻고. 임찬호는 박만순을 사랑으로 끌어안아 주고 말이다. 그러기를 임찬호와 박만순의 시간이 얼마나 흘렀을까. 봄날 햇볕은 따듯함만 더할 뿐, 더 이상의 아름다움의 행위는 안방에서나 하라는 것 같아 임찬호가 쓰고 있는 방으로 바쁘게도 달려가 훗날 지구를 짊어질 아기씨를 심는다. 그렇게 심기는 예비 장모가 허락한 실질적 내용이라 하겠다. 물론 아기씨가 심어지라는 그런 짓은 아니다. 아무튼 남녀라는 본연일 것이나 생각해 보면 이게 번성하라는 하나님의 창조일 것이다. 어쨌든 박만순과 임찬호가 실질적 부부가 되는 순간이다.

"지네다! 하는 말을 만순이 너는 진짜인 줄 안 거야?"

임찬호가 '진짜인 줄 안 거야?' 묻는 것은 만순이 너를 얼마나 좋아 했는지 모르지? 그런 의미의 말일 것이다. 그러니까 임찬호가 청송식당 일꾼으로 시작일 때부터라고 해도 될 게다. 남자라면 누구든 그러리라 싶지만. 만순이 너는 말솜씨로든 여간 예쁘기도 해서 내 취향에 딱 맞을 여자다, 그래서 하늘이 만순이 너를 만나 연애를 하라고 바람도 멈춰 주었는지는 몰라도 만순이 너와 나는 만나도 된다고 만순이 네 엄마가 허락하신 것이다. 그러니 남몰래 만날 필요가 있겠냐. 만순이 너와 나는 예쁜 아기 만들기까지인 줄 알아라. 임찬호는 그런 생각으로 박만순을 꼭 껴안고, 박만순은 임찬호를 미소까지 지으며 벌거벗은 그대로 올려다본다. 임찬호를 그렇게까지 올려다보는 건 설명도 필요 없이 임찬호의 유전자가 박만순 몸에 심어졌기 때문은 아닐 것이나, 바라기는 영웅 칭호를 받는 나폴레옹처럼 자질 있는 아이도 태어나지 않을까. 임찬호와 박만순에게 축하할 일이다.

"알고 모르고가 어디 있어."

"그렇기는 하지."

"나는 오늘까지 벌써 말할까 고민은 했어. 그러나 엄마 눈치가 보여 참기만 했는데 드디어 오늘이 된 거야."

내가 오늘이기까지는 엄마는 좀 깨신 분이라 그걸 아시고 둘이 만나라고 해서 우리는 동산에 올랐고, 임찬호 오빠는 지네다. 했고, 나는 너무 놀라워했고, 오빠는 끌어안아 준 것이다.

"그러니까 누구로부터든 떼어 내야만 할 처녀라는 딱지까지도 오빠는 떼 준 거야."

"만순이 너 딱지같은 말은 오늘까지만이야, 그러니까 결혼한 부부라도 해서는 안 될 말이야."

"그건 나도 알아."

"만순아!"

"왜?"

"우리는 더도 말고 덜도 말고 이렇게만 살자."

"그거야 당연하지. 오빠, 사랑해."

오빠 사랑해, 박만순 그런 말은 더없이 행복해서일게다. 그러니까. 어떤 사람도 아니라 못할 자연일수밖에 없는 종족 번식에 있어서도 말이다.

"나도 사랑해."

"그런데 오빠가 태어나길 이 박만순을 위해서일까?"

"그러면 만순이 너도 태어나길 이 임찬호를 위해서일까?"

"아저씨, 저 누군지 기억나세요?"

임찬호는 짜장면 값을 치르고서 묻는다.

"아니, 누구실까?"
"그전에 재워주신 임찬호예요."

만리장성식당 주인으로서는 모르는 척해도 될 나를 재워주시기까지 했으니 결코 잊을 수 없어 일부러 찾아왔다.

"그러니까 말도 안 되게 음식 재료 창고에다 재워준…"
"예, 저는 사장님의 고마운 호의 덕분에 바라던 일을 성공까지 했어요. 음식 재료 창고이기는 하나 저를 재워주셨고, 청송식당에 취직이 되게 애써 주셨어요. 그래서 사장님을 찾아뵙기 위해 송정리행 버스를 타고 왔습니다. 물론 그때의 버스는 아니겠지만 이 버스는 금남로 칭송식당으로 가보라고 아저씨는 태워주셨다는 생각으로 이렇게 오기는 했으나 송정리는 발전이 아직이네요."

"송정리는 광주로 편입됐을 뿐 발전하기에는 아직 변두리야. 아무튼 생각지도 못하게 찾아주어 고맙네. 그런데 장가는 아직이지?"

"사장님, 저 결혼식만 남았어요."

"그래? 결혼식만 남았다면 결혼식은 언제고?"

"결혼식 날짜는 아직이어요, 그런데 이건 사장님에게는 자랑하고 싶은데 청송식당 운영을 놀랍게도 제가 하게 될 것 같아요. 그러니까 지금 말한 색싯감도 누구도 아닌 청송식당 사장님 막내딸이어요."

"색싯감까지면 잘 됐다. 자랑할 만도 하다. 그래, 자네는 성공한 사람이 될 줄 알았어. 아무튼 잘 됐다니 축하부터 하겠네."

"감사해요. 이렇게까지는 제가 말했는지 몰라도 저는 말도 안 되게 부모님도 모르게 야반도주했지만 오늘이 왔어요."

"그건 야반도주가 아니야, 자네는 작은아들이라면서."

"그렇기는 해도요."

"그렇기는 해도가 아니잖아. 임찬호 자네는 어차피 따로 나가서 살아가야 할 거잖아."

"사장님 말씀대로 우리 부모님 생각도 그러시겠지요."

"당연하지. 그런데 5·18 사태 때 임찬호 자네는 밖에 왜 나가지는 않았을까? 그러니까 청송식당이 5·18 사고 한복판이라 묻는 거야."

"저는 대담한 성격이 못되기도 하지만 계엄령이 발효되었으니. 계엄령이 해제되기까지는 밖으로 나오지 말라고 해서 안 나갔어요."

금남로 데릴사위

"안 나가길 잘했네. 위험한 줄 알면서까지 밖으로 나가서는 안 되지."

"그러면 5·18 사태 때 송정리는 조용했나요?"

"송정리야 조용은 했으나 모두가 긴장만은 놓을 수가 없었어."

"그래요, 청송식당은 금남로 광주 한복판이잖아요."

"그렇지. 광주 한복판이지."

"난리도 그런 난리는 세상에는 없을 거요. 그러니까 총소리는 여기 저기서 나지. 장갑차는 굉음까지 내며 달리지, 고속도로나 달려야 할 고속버스는 시내를 휘젓고 다니지. 그런데도 한방에서 같이 지내던 고향 형들은 데모 무리에 합세한 바람에 그만 5·18 묘지에 누워있어요."

"아니, 고향 형들이 5·18 묘지에 누워있다고?"

"예, 그래서 맘이 너무도 무겁고 가슴이 아파요."

"한방을 쓰던 형들이 그랬다면 가슴이 당연히 아프겠지."

"그때 밖으로 나가려고 해서 저는 형들에게 말하길 형들은 돈 벌러 광주에 온 거지, 누굴 출세를 시켜 주려고 광주에 온 거냐고 자극하는 말도 했어요."

"자네가 그렇게까지 했어도 고향 형들이 결국은 아니게 되고 말았다고?"

"그래서 말하길 대학생들은 불만 질렀을 뿐, 단 한 명도 피해자가 없을 거라고도 했어요."

"대학생들은 불만 질렀을 뿐. 단 한 명도 없을 거라는 생각은 뭘 보고?"

"5·18 심각성은 머리가 트인 대학생들이 빨리 알아챌 거고, 부모들이 놀라 자식을 밖으로 못 나가게 했을 것에 짐작까지 필요하겠어요."

"그렇겠지."

"그러니까 고향 형들을 밖으로 나가지 못하게 막아줄 사람이 없었다는 거지요."

"그래서 임찬호 자네가 설득했다면서."

"설득이야. 당연히 했지요. 그렇지만 제 말에 응할 형들이 아니었어요. 그래서 후회이지만 옷이든, 신발이든 감추는 건데 그러지를 못했다는 게 두고두고 후회여요."

"아니야. 나 같아도 더 이상 설득은 못 했을 거야. 아무튼 이미 지난 일을 무슨 좋은 일이라고 다시 꺼내 말해서야 되겠는가마는 사람이 자기 분수를 알고 살아야 할 건데 그들은 그렇지도 못한 바람에 안타깝게 되고 말았네"

"그래서 당시의 아픈 일들을 지울 수가 없어 고향 형들이 누워있는 5·18 묘지를 찾아가 보기도 해요."

"찾아가는 걸 잘못이라 할 수는 없어도 맘만 아플 뿐이잖아."

"사장님 말씀대로 맘만 아프지요. 그러나 찾아가져요."

"임찬호 자네는 진짜 선한 사람이야."

"아니에요."

"아니기는. 다른 사람 같으면야 벌써 잊어버렸을 건데. 그래서 말인데 자네는 최소한 시의원이라도 한번 나가봐. 인간 같지도 않은 작자들만 나와 시민을 피곤케 해서 하는 말이야."

"아이고… 그렇게까지는. 재목이나 돼야지요. 제 학력이 고등학교 중퇴 뿐이기도 하고요."

"아니, 고등학교 중퇴?"

"예, 고등학교 중퇴에요. 그러기는 해도 청송식당 사장님은 저를 좋게 보신 것 같아요."

"자네야 감사하다고 그리 말하겠지만 내가 보기엔 그게 아니라 청송식당 사장이 고맙게 봤기에 사위까지 들인 걸 거야."

"청송식당 사장님은 그랬을까 모르겠는데. 어느 날 부르시더니 사위가 되어주면 하는데 어떠냐고 물으시는 거요."

"그러면 대답은 뭐라고 했어, 그러니까 감사합니다. 하는 말 말이야."

"감사하는 말보다는 아, 예. 큰절을 올렸어요. 사장님 딸과 결혼하게 해줄 것 같아서요."

"잘했네, 남자로서 확실히 해둘 필요도 있어. 나야 그런 경험이 없어 잘은 모르나 시집 보낼 딸이 있다면 사윗감을 찾게 될 건데."

"아무튼 청송식당 사장님은 그랬을까요?"

"그랬을까가 아니야, 청송식당 사장은 임찬호 자네를 사윗감으로 이미 택했을 테고, 둘이도 좋아하는지도 보지 않았겠어."

"청송식당 사장님은 저를 그렇게 보셨는지 몰라도 저는 이미 사위가 된 거나 다름이 없어요. 그동안 살아오신 경험 말씀까지도 하시대요. 물론 묻기는 제가 물었지만 말이요."

"청송식당 사장님이 그렇게까지 했다면 이젠 장모님이잖아."

"그래서 그렇게 된 제 사정 얘기를 부모님께 편지도 써 놨어요."

"부모님께 드릴 편지. 써 놓기만 했다고?"

"그것은 제 아내 될 여자가 읽어 보게 한 다음에 우표를 붙이려고요."

"그러면 언제 붙이려고?"

"오늘 중으로 부칠 건데 잘 썼는지 한번 읽어 볼게요."

〈엄마, 나 말도 안되게 야반도주는 했으나 이젠 청송식당 사장이 되기까지 결정이 났어. 엄마가 그동안 며느릿감으로 맘에 두었던 송은희보다 더 예쁜 며느릿감을 데리고 갈 거야. 그러니 엄마는 동네 사람들에게 우리 며느릿감이라고 자랑할 생각이나 해. 그러니까 엄마 며느릿감은 누구도 아닌 청송식당 사장님 딸이야. 엄마가 효도 받을 만한 그런 며느릿감. 효도 받을 만한 며느릿감일지는 살아가면 봐야겠지만 웃는 모습이 내 맘에 딱 들어서야. 좀 덜렁대기는 해도 말이야. 여자가 덜렁대는 건 야무지지는 못해도 탈 없이 잘 살거라고 엄마도 말했잖아. 아무튼 엄마 사랑해. 물론 가족 모두도 마찬가지로 사랑하지만.〉

"편지 내용이 군더더기 없어 잘도 썼지만. 엄마 사랑해. 그런 문구가 참 좋다."

"칭찬 감사합니다. 그런데 먼저 해야 할 말을 뒤에서 하게 되는데 이렇게 오면서 저는 빈손으로 왔어요."

"빈손이 아니면 황소라도 끌고 오려고 했다는 거야? 말도 안 되게. 말하지만 이렇게 찾아와준 것만도 얼마나 고마운가. 그러니까 하룻밤 재워주었을 뿐인데, 그것도 방도 아닌 음식 재료 창고에다 말이야. 임찬호 자네를 음식 재료 창고에 재워주고 보니 내가 너무 야박한 사람이구나. 그런 후회도 되더라고. 그래서 늦기는 했으나 이제라도 미안했다는 말 하겠네."

"사장님이야 미안하다고 하시지만 오갈 때 없는 막막한 저를 살리신 거예요. 그래서든 빈손으로 오기는 했지만. 시외버스 승객 대기실이 그대로는 있는지 한번 가봤는데 전날 그대로 있어서 처음에 앉아봤던 긴 의자에 앉아보기도 했어요."

"그랬으면 감회가 새롭기도 했겠다."

"그랬지요. 감회가 새로웠지요."

"그래. 그때는 그랬지만 지금은 잘 됐잖아"

"그래요. 지금은 잘 된 편이지요."

"이젠 이미 지난 일을 기억할 필요는 없겠으나 야반도주하기까지는 쉽지 않았겠지?"

"저는 가난을 벗어날 길은 우선 보성을 떠나는 거다. 그런 생각은 고등학교에 들어가서부터라고 해야 할까, 아무튼 그랬어요. 사장님도 인정하시겠지만, 박정희 대통령은 보릿고개를 없애려고 월남 파병까지 했었잖아요. 물론 아니라고 말할 사람도 없지는 않겠지만 말을 들으면 박정희 대통령분향소에 다녀오는 아줌마들마다 울었다네요, 그렇다면 그런 울음은 무엇을 말함입니까. 그리도 지겨운 보릿고개라도 벗어나게 하고자 애를 썼다는 거잖아요. 하지만 두 형들은 그게 아니었던 건지 말도 안 되게 무덤을 이루고 있어요."

"나는 임찬호 자네 말만 들을 뿐이지만 맘 아픈 일일세."

"당시 상황이야 어떻든 이미 죽어버린 두 형들 부모님은 너무도 억울해하실 것 같아 다음 주에 찾아뵈려고 해요."

"그러면 임찬호 혼자?"

"혼자는 아니어요. 제 색싯감이랑요. 그러니까 부모님으로부터 결혼식 날짜도 받을 겸요."

"그렇구면. 아무튼 그렇게 찾아가면 고마워는 하시겠지만 우실 것 같다."

"우시겠지요, 그래서 말이지만 광주를 대표하는 인물들도 찾아가 지켜주지 못해 미안하다는 말이라도 했을까 몰라요. 그러니까 빈말이라도요."

"그분들은 해외 출장이다. 뭐다 그래서들 너무도 바빠 찾아갈 시간이나 있겠어."

"그래서 저는 조만간 민주화라는 선전 선동에 휘말려 죽게 된 영혼들을 위해서라도 한마디 할 생각입니다. 물론 글로 잘 될지는 몰라도요."

"임찬호 자네 용기로 봐 인정은 하겠으나 함부로 말했다가는 위험할 수도 있으니 그런 점 참고로 해."

"위험하다는 생각이 들면 이런 말도 하지 말아야지요."

"그렇기는 하지."

"제 글이 잡지에라도 실리기라도 하게 되면 연락드릴 테니 한번 보십시오."

"보는 거야 어렵지 않지. 그렇지만 용기를 너무 앞세우기까지는 하지 말어. 그렇게 말하는 건 우리 광주는 전날의 광주가 아니어서야."

"예, 지금 하신 말씀 새겨듣겠습니다."

"실천까지는 아니어도 그러니까 임찬호 자네처럼 광주를 위하겠다는 사람 누구도 없어 보여. 가끔이지만 지하철을 타보면 김대중 컨벤션 역의 노벨 평화상을 타신 김대중 대통령이라는 문구까지 있어 쳐다만 보기도 여간 불편해."

"김대중 노벨 평화상 문구는 광주가 처음이 아닐까요?"

"그러니까 국가에 도움도 못 될 그런 노벨 평화상이라서?"

"이미 공개된 사실이지만 김대중 대통령은 말하길 북한이 핵무기 만들면 내가 책임지겠다고 하셨잖아요."

"그런 말도 여기서만이야."

"알겠습니다. 그렇지만 김대중 대통령이 서울 현충원이 아닌 옆에 계시기라도 한다면 물을 겁니다. 북한이 핵무기 개발을 하게 되면 책임지겠다고 하셨는데 지금도 같은 생각이시냐고요."

007

"만순이 너 나갈 준비, 다 된 거야?"

임찬호는 만순이와의 결혼 승낙을 예비 장모로부터는 허락이지만 고향 부모님으로부터도 허락받아야만 해서다.

"내가 준비할 게 뭐 있어. 그냥 가면 되지. 그런데 오빠 나. 이만하면 예쁘지?"
"그래, 예쁘다."
"그냥 예쁘다가 뭐야. 나는 예쁜 모습 자랑하고 싶어 하는 말인데."
"그래. 예뻐. 그래서 하는 말인데 만순이 너는 아무리 봐도 천상 임찬호 색싯감이다."

임찬호는 야반도주하듯 고향을 떠나 오늘 색싯감까지 데리고 가게 됐다. 그러니까 내가 괜찮게 됐다는 사정을 엄마는 소문까지 내셨을 것이고, 동네 사람들은 이 임찬호를 보길 금의환향 눈으로 보실지도 몰라서다.

"그러면 오빠는 나를 좋아는 해?"

"안 좋으면 만순이 너를 안아봤겠냐. 말도 안 되게."

"오빠도 좋고. 나도 좋으면 천생연분인 건가?"

그렇지 않아도 엄마는 단둘이 만나도 된다는 의미의 말인 이 식당을 운영할 사람은 임찬호 오빠뿐이다. 그런 말도 하셨지 않았는가. 그래서든 우리 둘이는 뒷동산에 올라 임찬호 오빠는 희망의 하늘을 보게 됐을 테지만 나는 정훈희 가수가 부른 진달래꽃 노래도 부르다가 결국은 엄마가 말한 행위까지도 앞당겨 해버린 상태라 배 뱃속에는 임찬호 오빠 아기가 자라는 중이기도 하다. 그러니까 현재 임신 중임을 예비 시부모에게 자랑도 할 참이다.

"난 박만순이가 좋지만 잘살게 해줄 자신까지는 부족한데 그래도 괜찮아?"

"부족한 부분은 아내가 채워주면 될 거잖아. 난 그렇게 할 자신이 있어."

"그런 말은 언제 배운 거야. 여기저기 뛰어다니기도 바빴을 텐데…"

"무슨 말이야, 난 하나도 안 바빠."

"하나도 안 바쁘다고? 내가 보기엔 아닌 것 같던데. 그러니까 내 이름 부르기도 바쁠 텐데 말이야."

"오빠, 이름을 부르기도 바쁘다니, 찬호 오빠는 웃기만 하는 줄 알았는데 유머도 있네. 맘에 든다."

"나는 만순이 네가 맘에 들고. 아무튼 고향에 다 왔다. 여기가 우리 동네야. 기사님 저기 보이는 양철집 앞이어요."

임찬호는 부모님부터 찾아뵙는 게 아니라 5·18 사건 때 희생당한 박근성 부모와 양금석 부모를 먼저 찾아뵐 생각에서다.

"여간 멀 줄 알았는데 금방이네."

"생각만 멀 뿐이야."

임찬호는 그런 말을 하면서 박근성 엄마 집에 들어가니 박근성 엄마는 기다렸다는 듯 들에는 안 나가시고 멍석에다 펼쳐 놓은 녹두를 만지고 계시는 게 아닌가.

"어머님 안녕하세요. 저 임찬호예요. 그동안 어떻게 지내셨어요?"

"아이고. 누구냐. 네가 찬호 아니냐."

"예, 찬호예요. 그런데 집엔 어머님만 계세요?"

"그래, 들에들 나갔나 보다. 그런데 네 아버지 어머니는 뵙고 오는 거냐?"

"아니요."

"아니라고?"

"예, 부모님과의 얘기는 길어질지도 몰라 어머님부터 뵈려고요."

"그러니까 지금 오는 길이냐?"

"예, 지금 오는 길이어요. 그리고 얘기를 들으셨는지 몰라도 여기는 제 색싯감이요."

"그래. 여간 이쁘기도 하다."

여간 예쁘다. 박근성 엄마 말은 내 아들도 잘못되지만 않았어도 찬호 너처럼 예쁜 며느릿감도 볼 건데. 그런 생각에서 하게 되는 말씀일 게다,

"안녕하세요."

박만순은 처음 뵙는 분이라 그런지 어리둥절한 태도로 인사한다.

"그래, 고마워, 말은 듣고 있어. 그런데 찬호야. 너저분한 집이기는 해도 방에 들어갈까? 그러니까 양금석 엄마도 오라고 하게."

"아니오. 제가 찾아뵐게요. 그렇게 안 바쁘시면 어머님도 같이 가시지요."

"그게 낫겠다. 가자."

임찬호는 색싯감을 데리고 박근성 엄마랑 양금석 엄마 집에 가니 양 금석 엄마도 박근성 엄마처럼 집에 계신다.

"어머님, 저 왔어요."
"아이고, 누구냐. 너 찬호 아니냐. 몰라보겠다. 그런데 여기는 누구 냐. 찬호 네 색싯감이냐?"
"예, 안녕하세요."

박만순은 박근성 엄마에게 했듯이 인사한다.

"그래, 나 찬호 네 색싯감 손 한번 만져볼란다."

양금석 엄마는 박만순 손을 붙들면서 운다. 물론 박근성 엄마도 덩 달아 울고. 이놈의 세상. 박근성과 양금석이가 중학교만 나온 게 아니 라 대학생이었다면 어땠을까? 정치하는 마당에서 출세도 꿈꿀 대학생 들은 민주화라는 이유의 불을 시내에다 질러놓고 어디론가 숨어버렸 을 테니 말이다.

"미안하다. 귀한 너희들 앞에서 웃지도 못해서."
"아니에요. 저는 할 말도 없어요."

눈물은 어머님들만 아니어요. 저도 눈물이 나요. 사건 당시에 있었던 사실까지 말씀드릴 수는 없겠으나 6.25 전쟁처럼 나라가 빼앗길 상황에 놓인 것도 아닌 정권을 신군부로부터 빼앗느냐 아니냐를 두고 인간살상을 아무렇지도 않게 여기는 매우 위험한 상황임을 잘 알고 있었다면요. 두 형들을 밖으로 나갈 수 없게 신발을 감춰버리던지, 그게 아니면 잠잘 때 벗어 놓은 옷이라도 감춰버렸다면 계엄령은 지나가는 소낙비였을 텐데요. 그러니까 간단하면서도 아주 손쉬운 짓도 못 한 바람에 박근성 형과 양금석 형, 두 형은 망월동 묘지에 눕게 한 죄, 결코 가벼울 수는 없는 법적으로는 미필적 죄 말이어요. 어머님들을 먼저 찾아뵙는 이유도 거기에 있어요. 제 색싯감을 자랑하고자는 결코 아니라요. 임찬호는 그런 생각인지. 보성 녹차밭 방향을 한참 본다.

"찬호 네가 왜 미안하냐. 지네들 거기까지만 살라는 명인 것이지."

양금석 어머니의 안타까운 말씀을 듣게 된 박만순은 양금석 어머니 손을 위로의 맘으로 붙들고, 양금석 어머니는 고맙다면서 박만순을 끌어안고. 슬프면서도 행복해하시는 고향 어르신들…:

"저는 부모님 뵈러 왔기에 이만 가볼랍니다. 그러니 아프거나 그러지는 마세요."
"알았다. 그런데 찬호, 네 결혼식은 언제 올릴 거냐?"
"사실은 결혼식 땜에 온 거예요."
"그러면 어서 가봐라. 부모님 기다리시겠다."

"아니, 어른들이 우시던데 그럴 이유가 있었어요?"

하루를 이용키로 한 택시 기사가 하는 말이다.

"예, 그럴만한 일이 있어요. 그런 얘기를 하자면 얘기가 너무 길어 집으로 되돌아가면서 하겠습니다만. 저는 두 형을 죽게 한 죄인일 수도 있어요. 그러니까 법적으로 미필적 살인 죄인이라고 할까 그래서요."

한편 임찬호 부모는 곧 오겠다는 아들을 마중하기 위해 미리 나와 기다리신다.

"엄마, 벌써 나와 나를 기다린 거요?"
"야, 뭔 소리야. 엄마 눈 빠지는 줄 알았다."
"안녕하세요."

박만순은 고개를 끄덕이는 것만으로 인사한다.

"그래, 먼 길 오느라 힘들었겠다. 일단은 집으로 들어가자. 아버지는 집에서 기다리고 계신다."
"아버지 어머니, 저 인사 올릴게요."

임찬호는 신발을 벗자마자 색싯감인 박만순과 큰절을 한다.

"그래, 고맙다. 그런데 좀 늦게 출발했었냐?"

"아니에요, 제시간에 왔어요. 제시간에 오기는 했으나 생각해 보니 박근성 형 어머니, 양금석 형 어머니를 먼저 찾아뵙는 게 옳을 것 같아 거기서 오는 길이어요."

"그래? 잘했다."

잘했다. 임찬호 부친 말씀은 너희들은 그런 모습으로 산다는 걸 한시도 잊지 말아라. 그런 말씀이지 않겠는가.

"그렇게 어렵게 앉지 말고 편하게 앉아."

임찬호 엄마는 둘째 며느릿감에 벌써 취해 있다.

"예, 어머니."

박만순은 임찬호를 보며 조금은 고쳐 앉는다.

"그런데 다른 얘기보다 궁금한 건 찬호 네가 5·18 데모대에 휩쓸리지 않은 일이다. 그때는 얼마나 조마조마했는지 모른다."

"아버지 제가 누구요, 비록 잘 다니던 학교를 중퇴는 했어도 지금은 이만큼이니 아버지 용서해 주세요"

"용서가 뭐냐. 한시름 놓게 해주어 고맙다. 그런데 찬호 너는 데모대에 휩쓸리지 않은 건 고맙기도 하지만 이유도 궁금하다."

"제가 데모대에 휩쓸리지 않은 건 다른 이유도 있지만 특히 엄하신 아버지 밑에서 자란 이유라고 생각해요."

"뭐? 아비가 엄하게 했다고?"

"그러니까 다른 애들은 돈만으로 대학생이 되었을 뿐일 거요."

"다른 애들은 돈만으로 대학생이 됐다?"

"이런 말은 장모가 되실 분에게도 했지만, 아버지는 삶을 판사처럼 사신 거예요. 그래서 저도 아버지처럼 살아갈 거예요."

"그래서 박근성 양금석 어머니에게도 찾아가게 된 거라고?"

"그러니까 박근성 양금석 두 형들을 죽지 않게 할 수도 있었는데 그렇지를 못 한 게 두고두고 후회여요."

"그렇게까지 미안한 이유가 뭔데?"

"그런 얘기를 하자면 박근성 양금석 두 형들은 말하길 월급이라고 해봤자 얼마 안 되는데 방세로 나가는 돈이 너무 많아 함께 지내면 어떻겠냐고 해서 저는 좋다고 했지요. 그러니까 살림방이 아니고 잠만 잘 방이라서요."

"그러니까 근성이도 금석이도 그동안은 한방에서 지내지 않고 따로들 지냈다는 거냐?"

"예, 따로 지내다가 매달 나가는 월세가 너무 많아 제 방으로 합친 거예요. 아버지."

"그래서."

임찬호 부친 말씀은 다른 게 아니라 양금석과 박근성 이가 왜 그렇게 쉽게 죽어버렸냐는 것이다.

"그래서 얘기를 더 하자면 그럴만한 이유가 있었어요. 설명하지만 박근성 형과 양금석 두 형들과 같이 지낸 지 칠개월쯤 되었을까, 광주 사태가 터진 거예요. 그러니까 계엄령이 발효됐으니 계엄령 해제까지는 밖으로 나오지 말라고 하는 거예요. 그런 말을 들은 박근성과 양금석은 없는 욕까지 해대더니 밖으로 나가려고 하는 거요. 그래서 나가면 안 된다고 말렸으나 기필코 나가더니 그렇게 되고 말았어요."

"끝까지 막을 수는 없었더냐?"

"잘못될 줄 알았으면 막았겠지만 설마하는 생각으로 출근한 사이 밖으로 나간 거요, 그러니까 저는 출근이 형들보다 먼저였어요."

"그러면 찬호 너는 근무처가 멀어서?"

"아니요. 하는 일이 식당 일이라서요."

"식당과의 거리는 얼마나 되고?"

"거리는 달려가면 2분 정도 되는 거리에요. 그러니까 거리 문제가 아니라 사태 심각성을 알고는 박근성, 양금석 형에게 말하길 형들이나 나나. 광주에 올라온 건 가난만은 벗어나자고 올라온 거지, 김대중을 대통령으로 만들고자 온 게 아니잖아. 저는 그랬어요."

"요것들이 자기 분수도 모르고 죽어버리기까지냐."

"그러면 그때의 사정 얘기를 그대로 해 볼까요?"

"가야만 될 일이 바쁘지 않다면 한번 해 봐라."

여보, 물 한 잔 떠다 주시오. 예비 시아버지 말은 들은 박만순은 동작도 빠르게 식당에서 봤던 그대로 공손하게 떠다 드린다.

"야. 시원하다."

물을 받아마신 임찬호 부친은 예쁘기도 한 예비 며느리를 바라본다.

"그래, 꼭 듣고 싶은 얘기는 아니나 기왕에 말이 나왔으니 해 봐라."
"그러니까 생각이 나는 대로 말씀드리면 다음과 같이 말했었던 것 같아요. 그러니까 형들은 나가지 말어. 형들도 나도 광주에 온건 우리도 한번 잘살아보자고 올라온 게 아니여. 내 말 인정한다면 김대중을 위하자는 엉뚱한 생각은 하지 말자는 거여. 아버지, 저는 형들에게 그렇게 말했어요. 그러나 결과는 아니게 되고 말았어요."
"그래, 그들이 찬호 네 말을 안들은 건 그들보다 나이가 작은 이유도 있다. 그러니까 누구도 인정해주지 않을 자존심 말이다."
"자존심이요?"
"못난 사람이 자존심만 세 가지고. 그런 말도 있잖아. 그래서야."
"아버지 말씀대로 그렇겠네요. 생활 형편도 괜찮아, 학교도 제대로 나왔다면 생각의 여유도 있었을 텐데요."

판사 같으신 아버지가 그들에겐 없다는 게 잘못된 거라고 저는 생각해요. 그런 말도 하려다 만다. 그렇다. 아무렇게나 살아가는 집안에서 성장한 자식들과 질서가 잘 잡힌 가정에서 성장한 자식들은 분명 다를 것이다. 그래서 잘못 해동하는 사람을 두고 하는 말이 배우지 못한 놈이라고 비하하는 말도 하지 않는가.

여기서 생각해 볼 수 있기로. 인간 본심을 착하게 태어났다는 맹자의 성선설과 악하게 태어났지만 배움으로 순해진다는 순자의 성악설 차이를 살펴볼 수 있지 않을까. 그러니까 배운다는 게 뭔가. 굳이 설명까지 하자면 인간사회를 지탱해가야 할 보편적 가치를 몸소 체득하는 게 아니겠는가. 그렇다면 돈이면 다 된다는 산업 사회가 된 오늘날에서는 순자의 성악설이 맞지 않을까 싶다. 곧 배움 말이다.

"엄마도 아버지처럼 궁금한 게 없으세요?"

"궁금한 게 많지. 어찌 없겠냐. 찬호 네가 없어진 날은 밥도 먹을 수가 없었다. 그때는 그랬지만 이젠 네 색싯감까지 데리고 와서 기분이 좋다. 만순이에게는 미안은 하나".

"아니에요."

박만순이 하는 말이다.

"그런 얘기를 하자면 세상은 저를 위해 있는 건가. 싫어져요. 그러니까 엄마 몰래 새벽차를 타고 송정리에 내리기는 했으나 가야 할 곳조차 없는 거요. 그래서 집으로 되돌아갈까 그런 생각도 해봤지만 - 잘나지도 못한 자존심 때문이라고 해야겠지만 - 터미널 구석진 의자에 길

터앉아 들고 나는 버스들만 보고 있는 거요. 그러니까 처량하기가 비 맞은 가을 닭이나 다름없었어요. 아침도 안 먹었으니 뭐라도 먹기는 해야 해서 터미널 바로 근처 중국 음식점에 들어가 짜장면 한 사발 사 먹고 앉아 있는데 식당 주인이 누굴 기다리는 거냐고 묻는 거요. 그래서 나는 그게 아니라 취직자리 구하려고 해요. 했더니 식당 주인은 하는 말이 아니 학생인 것 같은데 이런 사실을 부모님도 알고 계실까? 물었죠. 아니요. 부모님 몰래 왔어요. 그러면 말이 좀 그렇지만 야반도주? 야반도주인 셈이기는 하지요. 그랬더니 집은 어디며 등을 묻더니 어디론가 전화를 걸어요. 그러니까 광주 중심가 금남로 청송식당 사장님과 한 통화인데, 당장은 말고 낼 보내라고 했는지 오늘은 여관방에서 자라는 거요. 그래서 맨바닥도 좋으니 식당에서 자면 안 될까요 했더니 그러면 자네도 보다시피 재워줄 방은 없으니 음식 재료 창고에다 자리를 펴주면 잘 수 있을까? 식당 주인은 그러는 거요. 그래서 얼마나 감사한지 울 번도 했어요."

"오빠가 고생을 그렇게까지 했다고?"

덜렁대는 박만순 성격은 예비 시부모 앞에서까지 드러난다.

"아무튼 고생했다. 이건 모두가 아는 말이지만 젊어서 고생은 사서라도 하라는 말 우리 찬호에게 해당되는 말인 것 같다. 한 가지 묻겠는데 아가씨는 우리 아들을 좋아하는 건가?"

임찬호 부친 말이다.

"그걸 물으시면 어떻게 해요. 좋아하니까 이렇게 따라온 건데요"

임찬호 엄마 말씀이다.

"만순이는 여자라 사주까지는 못 물어도 좋아하냐고는 물어야지요."
"그러면 사위 삼으실 분은 우리 찬호 사주가 어떤지 물을까요?"
"그거야 모르지요. 그러나 사주로 밥 먹고 사는 사람 누구도 없을
거요. 앞에다 앉혀놓고 말하기는 좀 그러나 우리 찬호처럼 도전할 줄
아는 사람이 밥 먹고 사는 거야. 아가씨도 인정할 줄로 알지만."
"그런데 내가 없어졌을 때 학교에서들 왔어요?"
"안 왔겠냐. 왔었다."
"왔으면 선생님 혼자만 아니라 친구들도 왔을 거잖아요."
"어디 선생님 혼자만 오셨겠냐. 찬호 네 친구들도 왔었다."
"그래서요?"
"외가에 보냈는데 아직 안 오고 있다고 말한 것 같다."
"엄마는 거짓말도 하실 줄 아시네요."
"거짓말 안 하고 사는 사람도 있다더냐."
"그렇기는 하지요. 그런데 엄마 비자금 내가 훔쳤는데 그걸 언제 알
았어요?"
"그거야 찬호 네가 안 보일 때 알게 된 거지. 그렇지만 비자금이라고

해 봤자, 몇 푼 안 되는데 어떻게 했냐?”

“그런 얘기를 하자면 눈물날 일인데 그래도 할까요?”

“해 봐라. 엄마는 너무도 궁금하다.”

“그러니까 새벽 첫차로 송정리에 내리기는 했으나 찾아갈 곳도 없어 집으로 되돌아갈까 그런 생각도 했었어요. 그랬지만 되돌아가기는 자존심 때문에 못 하고 일단은 터미널 바로 옆에 있는 중국 음식집에 들어가 짜장면 한 사발 시켜 먹고 그대로 앉아 있었더니 식당 주인은 왜 안 가고 있느냐는 거요.”

“오빠는 그런 말 이제야 해? 그런 말은 우리 엄마에게도 했어야지”

“아니, 오빠?”

임찬호 엄마 말이다.

“아직 결혼 전인데 오빠라고 해야지. 뭐라고 하겠소.”

임찬호 부친 말이다.

“얘기가 끊기겠다. 그러고서는 어땠냐?”

“그러니까 식당 주인은 집은 어디고 나이는 몇 살이고 등 묻더니 어디론가 전화를 걸어요, 그러더니 널 보내라고 하는데 어떻게 할 거냐고 묻는 거요. 그래서 식당에서 재워주시면 안 될까요? 말을 그렇게 한 거요. 엄마가 모아둔 훔친 돈도 있어서 여관에서 자도 될 건데.”

"뭔 소리야, 찬호 너는 배짱도 있는 줄 알았는데 그게 아니었구나. 너를 낳은 엄마로서 실망이다."

"그런 일에 배짱까지? 아무튼 그래서 말이지만 훔친 엄마 돈 안 갚아도 되겠지?"

"갚는 건 손주를 낳는 걸로 해라."

"그런데 아버지 어머니, 기뻐해 주세요. 제 몸에는 손주가 자라고 있어요."

"야, 그런 말까지 하면 어떻게 하냐."

"뭔 소리야. 어떤 녀석이 태어날지는 몰라도 임신은 바라던 좋은 일인데. 결혼식 전이라 좀 그렇기는 하다만."

"아버지, 죄송합니다."

"그러면 찬호 네 얘기는 거기까지냐?"

"그러면 얘기 더 하라고요?"

"뭔 소라야. 취직 얘기까지도 해야지."

"말하면 만리장성식당 주인은 방이 모자라 재워줄 방은 없고 음식 재료 창고에 자리를 펴주면 잘 수 있겠냐고 하는 거요."

"그래서?"

"그래서 나는 얼마나 감사한지 눈물이 나올뻔했어요."

"방이 아니라서 추웠을 거잖아."

방이 아니라서 추웠을 거잖아, 말은 엄마로서 품어 키운 본능이기도 해서일 것이다. 그러니까. 어버이날에서 부르게 되는 '아버님 날 낳으시

007

135

고 어머니 날 기르시니' 그래서 하는 말이나 아들에게 있어 엄마는 모든 것이고, 엄마에게 있어 아들은 엄마 본인의 생명이다. 그러니까 아들은 엄마를 위해 죽을 수는 없어도 엄마는 아들을 위한 일이면 죽음도 두렵지 않다는 것이다. 그래서 하고 싶은 말이지만 건강한 귀들은 지금 무슨 말을 하고 있는지 들을지어다.

"내일은 일자리가 생기겠구나 싶어 편안한 맘으로 잤어. 잘 자기도 했지만 꿈도 꾸었어."
"아니, 꿈까지도 꾸었다고?"
"그런데 엄마는 문만 살짝 열어보고는 그냥 가버렸어?"
"창고에 자기까지 어려움에도 엄마 생각은 해지더냐?"
"아무리 어려워도 엄마 생각을 안 하면 아들이 아니지. 아무튼 잠은 일찍 깨져서 밖으로 나가볼까? 그러고 있는데 주방에서 딸그락 소리가 나기에 나가니 식당 주인은 하는 말이 바쁠 필요도 없는데 벌써 일어났냐고 친인척처럼 말해서 고마웠어."
"그러면 식당 주인은 어디 사람이고?"
"벌교 사람."
"나이는 몇 살로 보이고?"
"엄마는 별거 다 묻는다. 아무튼 쉰 살은 넘게 보이더라고."
"쉰 살이 넘어 보이면 식당도 오래됐겠다."
"오래됐는지까지는 몰라도 아침밥은 공짜로 줄 테니 앞으로 성공이나 해. 그러면서 청송식당 주인은 50대 여자분이라 좀 까다로울지 모르니 그런 점도 참고하라고 그러더라고."

"만리장성 주인이 말하길 우리 엄마가 까다로울지도 모른다고 했으면 오빠는 걱정도 했겠다."

임찬호와 찬호 엄마가 주고받는 얘기를 듣고만 있던 박만순이 하는 말이다.

"걱정은 안 했어. 주인으로서 까다롭게 할 건 당연할 테니."
"남자라면 걱정을 안 하는 건 당연하지."

임찬호 엄마 말이다.

"아무튼 밥을 먹고 나니 찾아갈 주소도 전화번호도 주면서 160번 버스를 타라고 버스를 태워주기까지 하더라고."
"그래서…?"
"그 부분은 제가 말할게요. 그러니까 학생인 듯한 청년이 불쑥 들어오더니 우리 엄마에게 꾸벅 절하면서 만리장성에서 보내왔다고 하는 거요. 그런데 엄마는 밥을 먹었느냐면서 말도 안 될 노동법을 꺼내는 거요. 그러니까 입사 수습 기간은 아느냐고 묻는 거요. 오빠는 처음 듣는 말이라 그랬지만 괜한 나를 쳐다보는 거요. 그것을 보신 엄마는 눈이라도 마주칠까 봐 그랬는지 커피나 타오라는 거요."
"그런 말은 꾸며낸 말은 아니고…?"

"눈이라도 마주칠까봐. 그런 말은 제 생각이지만 오빠는 잘도 생겼 잖아요"

"그러면 우리 찬호가 잘생겨서 오빠로 부르는 지금까지 왔다는 건 가?"

"그런 얘기까지는 천천히 해도 되겠지만 우리 엄마가 오빠를 사위로 점찍기는 그래서요."

"찬호 너도 인정하냐?"

"그건 잘 모르겠고 만순이는 나를 졸졸 따라다녔다고 할까. 아무튼 그래서 결혼하자 했고, 이렇게 온 거여. 엄마."

"봐라. 찬호 너는 다른 동네까지는 몰라도 우리 동네에서는 솔직히 자랑할 만도 하다."

"저는 어머님의 작은며느리로 잘 살아갈게요. 제가 이런 말까지 해 도 괜찮을지 몰라도요."

"잘살기까지는 바라지도 않아. 사니 못사니 그러지 않고 탈 없이 살 아주면 돼."

예비 시아버지 말씀이다.

"아까. 네 엄마가 하려다 만 얘기를 다시 하면 찬호 너에게 잘해주신 분 찾아봬야겠다."

"그거야 찾아뵀지요. 그런데 누구라고 말해서야 비로소 알아보시더 라고."

“그러면 찬호 너 혼자?”

“오빠 혼자 갈 줄 미리 알았으면 따라갔을 건데 왜 혼자만 간 거야? 서운하게.”

“결혼한 사이도 아닌데. 어떻게 같이 가겠어.”

“그건 찬호 잘못이다. 지금이 남녀유별한 시대도 아닌데 말이다.”

“오빠는 아버지 지금의 말씀 기억해 두기여.”

박만순이 하는 말이다.

“야, 그런 말은 집에 가서나 해.”

“아무튼 잘했다. 만리장성식당 주인은 고맙기도 했겠다.”

“고마워만이 아니라 잘될 줄 알았다면서 결혼식 때는 축하하러 가겠으니, 날짜와 장소는 잊지 말고 꼭 알려달라고 하던데요. 그렇기도 해서 오늘은 아버지 허락받고자 이렇게 온 거예요.”

“임자는 찬호 말 듣고 있는 거요?”

“듣고야 있지요. 그렇지만 결정은 영감님이 내려야 하는 거 아니어요?”

“그러면 임자는 광주에 한 번 다녀와야겠네요. 그러니까 상견례 말이요.”

“상견례는 여자끼리만이라도 괜찮을까요?”

“괜찮다기보다 저쪽은 남자가 없다면서요”

그렇다 결혼은 남녀 당사자 둘만이 아니다. 집안과 집안끼리 만남이기도 해서다, 그러니까 친인척처럼 맺게 되는 중요할 수 있어서다. 더 말하면 친손주라는 이름으로 외손주라는 이름으로 연결되는 인간적 대사 말이다

"그러면 지금 가시면 안 될까요?"

예비 며느리 박만순이 하는 말이다.

"그러니까 오늘 당장?"
"그렇지요, 저희가 타고 온 택시로요."
"아무리 바빠도 그렇지, 인간대사인 결혼식 문제를 번갯불에 콩 볶듯 할 수는 없어."
"그렇지만 쇠뿔은 단김에 뽑는다는 말도 있잖아요. 그래서요."
"그러면 나, 오늘부터 아가씨에게 말 낮춘다."

임찬호 부친 말씀이다.

"아버지 감사합니다."

박만순은 감사합니다. 하고 일어서서까지 인사를 드린다.

"그런데 이름은 안 물어봤는데…"

임찬호 부친 말씀이다.

"제 이름은 박만순이어요, 제 이름 안 이쁘지요?"
"이쁘고 안 이쁘고는 잘 모르겠고 이름짓기는 아버지께서…?"
"거기까지는 모르겠고요. 말 배울 시기부터 듣게 된 이름이어요."
"그러면 지금 학교는?"
"제 나이는 찬호 오빠보다 세 살 아래예요."
"학교를 말했는데 금방 알아차리네. 그러니까 토끼띠…?"
"아니, 띠라는 게 여자들에게도 해당이 되는 거요?"

임찬호 엄마 말이다.

"그건 아니지. 내가 엉터리다. 남자들에게도 써먹지 말아야 할 띠 말
인데. 아무튼 임자 광주에 지금 다녀와요. 결혼식이 그렇게 급하지는
않으나 쇠뿔은 단김에 빼라는 말을 듣고 보니 걱정이 될만한 일은 그
때그때 해결해 버리는 게 편할 것 같아서니."
"그러면 다녀올게요. 그런데 빈손으로 가는 건 예의가 아닐 것 같은
데 어쩌면 좋냐…"
"어머니, 빈손이 맞아요. 우리 집은 아무것도 필요 없어요. 찬호 오
빠면 다 돼요."

"그렇기는 해도 손님으로 가려면 빈손으로는 아닌 거여."

"…손님으로 가려면 그게 아니라고요? 처음 듣는 말인데요."

"아무튼 말이 나온 김에 가자고. 그런데 나, 다녀올 테니 영감님은 어디 가지 마시고 집 지키세요."

"집 지키라니요. 말도 안 되게."

"그러니까 물이 짜잔한 집이기는 해도 누가 가져가 버리면 안 되잖아요."

임찬호 엄마는 좋아서 너스레까지 떤다.

"우리 집이 물 짜잔한 집이라니요. 부모님이 물려주신 집인데."

"그런 말은 잘못했네요. 생각해 보면 우리 애들도 키워낸 집인데."

"기사님 점심을 시원찮게 대접한 것 같아 미안해요."

임찬호 엄마는 남편에게 그렇게 말하고 곧 택시에 올라탄다.

"아니에요. 보성에서 맛본 반찬이기도 하지만 맛나게 먹었어요. 그리고 아주머니는 광주에 간 적이 별로 없으신가요?"

"자주가 뭐예요. 처음이어요. 그런데 광주가 멀어요?"

금남로 데릴사위

"길만 원활하면 약 한 시간 정도면 돼요."

"저는 늦게라도 집에 와야만 해서요."

"아드님 결혼식 문제면 하루 정도는 쉬었다 가시지 그러세요."

택시 기사로서는 손님에게 당연한 덕담이다.

"어머니, 쉬었다 가세요. 기사님 말씀대로요. 그러니까 찬호 오빠가 일하는 모습도 보시고요."

"말은 고마운데 그렇게까지는 우리 손주가 태어나면 할게, 낼 해야 할 일도 있어서 안 돼."

찬호 엄마 입장에서는 남의 집뿐만이 아니라 예비 사돈집에서 잔다는 건 상상도 못 할 일이기 때문이다.

"엄마 다 왔네. 기사님 저기 보이는 청송식당 앞에 세워주세요."

"아이고, 엄마 벌써 나와 있었네. 어머니, 우리 엄마예요."

박만순은 예비 시어머니를 모시고 온 게 너무도 좋아 어쩔 줄 몰라한다.

"어서 오세요. 기다렸어요. 오시느라 수고하셨습니다. 임찬호 어머님이라는 분은 어떤 분이신지 그동안 뵙고 싶었는데 드디어 뵙게 되네요. 아무튼 반갑습니다."

임찬호 예비 장모는 반갑게 손까지 붙들면서 이야기한다.

"예, 저도 뵙고 싶었습니다."

임찬호 엄마가 뵙고 싶다는 말은 찾아간 손님으로써 덕담 수준의 말이 아니다. 그러니까 내 아들을 직원으로 삼아 주기도 했지만 더한 사위로까지 삼아 주려 하기 때문이다.

"저도 뵙고 싶었습니다. 아무튼 이렇게 오셨으니 우선 임찬호가 일하는 장소부터 한번 보십시오."

임찬호의 예비 장모는 3백여 명의 손님도 모실 수 있는 호실 다섯 곳을 다 보여주면서 이야기한다. 이렇게까지는 누구도 아닌 당신 아들 임찬호가 만든 거라는 자랑의 말이기도 하다. 임찬호 엄마는 벌어진 입을 다물지 못한다.

"정말 대단합니다. 그렇지만 사장님께서 떠돌이 같은 제 아들을 따뜻하게 받아주신 덕입니다. 감사합니다."

임찬호 엄마는 감격스러워한다.

"임찬호 어머니께서는 지금 보신 내용도 그렇지만 우리가 상견례라기보다 결혼식을 서두르면 어떨까? 해서입니다. 그러니까 제 딸이 임신을 한 상태라서요."

"사장님 말씀이 아니어도 임신 중이라는 말을 하대요."

"그래요? 요것이 부끄러운 줄도 모르고 그랬네요."

"아니에요. 우리 집 양반은 임신했다는 말이 좋은가봐요, 그러니까 어쩔 줄 몰라해요."

"그러시다면 다행이지만 제 딸은 좀 덜렁댄다고 할까 그래요. 임찬호 어머니께서는 그런 점도 예쁘게는 봐주십시오."

"아니에요. 우리 집 양반은 너무도 좋아해요. 물론 저도 마찬가지로 좋고요."

"좋게 봐주신다니 감사합니다. 그래요, 제 사정을 조금만 말씀드리면 저는 아들 셋에다 딸 하나인데 딸은 제 막내 오빠와 터울도 열 한 살이나 차이가 나요. 그러니까 만순이는 오빠들로부터 사랑만 받고 자라서인지 행동이 좀 덜렁거려요, 덜렁거리는 성격 탓인지는 몰라도 임찬호가 처음 왔을 때이기는 하나 임찬호를 보자마자 오빠라고 하면서 졸졸 따라다녔어요. 그러니까 그때가 중학교 2학년 때인 거요, 아무튼 제 딸이 그러는 걸 보면서 그래. 임찬호 자네는 내가 의지해야 할 사윗감이야. 그러니 누가 더 좋을 조건을 제시하면서 오라고 해도 절대로 가지는 말라고 했어요. 물론 맘속으로요. 아무튼 그래서인데, 이 청송식당은 임찬호에게 줄 맘이어요. 아니, 주기로 했어요."

"아니, 이 거대한 식당을 제 아들에게요?"

"놀라실 필요는 없어요. 그러니까 재산상으로야 제 아들들에게 물려주는 게 옳을지 모르겠으나 두 녀석은 미국과 독일로 가버린 상태이고, 큰아들은 시내에서 부부 교사로 살아가요. 그러니까 물려받을 재산 욕심들도 없다고 해야 할까. 아무튼 그렇기도 해서요."

"그런 말씀은 제 아들에게도 이미 이야기를 하셨다는 거요?"

"예, 임찬호에게도 말했어요. 다만 명예만은 제 딸 앞으로 하겠다고 했어요. 그것은 돈이란 좋기도 하지만 나쁘기도 해서 제 며느리들이 그러려니 하지 않을 수도 있어서요."

"그러셨다면 저는 감사하다고 해야 할지 잘 모르겠네요."

임찬호 엄마는 생각지도 못한 말이라 어리둥절하다.

"그리고 임찬호가 자기 이름으로 된 식당도 하나 갖고 싶다고 해서 괜찮은 자리를 찾아보라고도 했어요."

"사장님께서 그렇게까지요?"

"그래서 하는 말이나 임찬호 어머니께서는 아들을 빼앗긴다는 섭섭함이실지 몰라도, 임찬호를 저의 데릴사위로 삼겠다는 거요."

"섭섭함이라니요. 그건 아니에요. 우리 아들은 어차피 따로 살아가야 할 작은아들입니다."

"그렇기는 해도 데릴사위로는 싫으실 텐데요."

"아니에요. 제 아들을 데릴사위로 삼겠다고 하시는 건 복을 주시는 겁니다. 그러니까 찬호가 작은아들이라 따로 살아가도록 해주어야 할 건데 죄송합니다만 그렇게 해줄 여력이 저는 없어요."

"그러서도 복은 제가 받는 겁니다. 그렇게 말하기는 임찬호 같은 젊은이는 어디서도 못 봐서요."

"아이고, 그렇게까지는, 혹 찬호가 5賭사건에 걸려들지 않도록 사장님께서 단속이라도 하셨을까요?"

"단속까지는 아니고 나는 찬호 자네만 믿네, 저는 그러기는 했어요."

"그런 말씀을 듣게 된 제 아들은요?"

"두 형들을 밖으로 나가지 말라고까지 했는데요, 찬호는 그러더라고요."

"다행이네요."

"그래서 하는 생각인데 임찬호는 스스로가 아니라 부모님의 유전자를 이어받은 거라고 저는 생각합니다. 그러니까 며느릿감이나 사윗감이나 선을 볼 때 잘생긴 얼굴만 보는 게 아니라 자라온 집안 사정을 더 중요하게 여긴다는 말도 있어서요."

"그렇다고 해도 저는 나쁘다는 말만 안 듣고 살아갈 뿐입니다."

"듣기로 임찬호 아버지께서는 판사처럼 살아가신다면서요."

"동네에서는 그렇지요."

"어머님께서는 쉽게 하시는 말씀이나 동네이기는 해도 판사처럼 살아간다는 것까지는 모두가 인정해야 할 게 아니요. 그래서 생각이나 임찬호는 판사같이 공과 사가 바른 아버지를 보면서 자랐을 거라는 생각입니다."

"말씀대로는 아닐 거요."

거대하다면 거대한 청송식당만이 아니라 내 아들 이름 식당도 주겠다는 사장의 말에 감사하다고 해야 할지 모르겠지만 데릴사위가 무슨 상관이겠어요. 임찬호 엄마는 그런 생각일 것이다. 그것은 엄마, 우리가 언제까지 가난하게만 살아야 해. 불만의 말도 했던 그런 아들이기 때문이다.

"아무튼 이렇게 오신 김에 결혼 날짜를 정해 버리면 어떨까 합니다."

막내딸을 시집보내야 할 청송식당 사장 말이다.

"그러시면 결혼 날짜는 언제로 하고요."

"생각해 보니까 결혼식 날짜는 우리끼리가 아니라 임찬호 아버님께서 정하시는 게 맞을 것 같네요"

"그렇기는 해도 우리 집 양반은 결혼식 날짜까지 정하고 올 줄로 알 거요."

"그러시면 저는 아무 때고 상관은 없으나 영업상 화요일이었으면 합니다."

"화요일이면 일단은 그렇게 하기로 하고 다음 달로 정합해 버립시다. 날짜는 집에 가서 전화로 다시 말씀드리기로 하고요. 그리고 저는 내일 해야 할 일 준비 땜에 이만 일어서겠습니다."

"그러면 지금 가시게요? 그렇지 않아도 제 딸애는 찬호 어머니랑 함께 잘 거라고 하던데요."

"함께 자다니요, 냄새나 날 사람과 자겠다니요."

"냄새는 무슨 냄새요. 며느리가 되려면 시어머님과 끌어안고 자다시피 하는 것도 권장할 일인데요."

"아니, 끌어안고 자기까지요? 고마운 말이나 갈게요."

"제 딸애가 먹은 맘이니 그렇게 하세요. 보시다시피 제 집은 미안해 하실 남자도 없잖아요."

"그렇기는 해도 저 이만 일어나겠습니다. 또 뵐 때까지 안녕히 계세요."

임찬호 엄마는 곧 일어나 집에 갈 택시를 타는데 아들 임찬호도 예비 며느리도 같이 탄다.

"나 혼자 가도 될 건데 그러냐."

"저는 어머니를 위함이 아니어요. 찬호 오빠를 누가 데려가 버리면 어떻게 해요. 기사님 그만 갑시다."

"예. 출발합니다. 그런데 지금의 얘기가 며느님인 것 같은데 그러면 어머님께서는 행복하시겠습니다."

"예, 행복합니다."

임찬호 엄마는 어리둥절해서인지 의례적으로 하는 대답이다.

"찬호 너, 사장님 말씀에 응했냐?"

"응하다니. 엄마는 뭘 말하는 거요? 그러니까 청송식당을 물려주시겠다는 그런 말씀?"

"그러니까 네 이름의 식당도 말이야."

"엄마 나 보성에서만큼은 괜찮은 놈이 될 거야. 물론 만순이가 도와주어야 하겠지만."

"오빠는 무슨 말이야. 오빠 잘되는 게 내가 잘되는 일인데."

"고마운 말이다. 그러나 그런 일로든 다투지는 말아라."

"저는 두고 보시면 아시겠지만 다툴 일 없어요."

"그런 말이 나와 하는 생각이지만 찬호 아버지와는 말다툼도 해 본 기억도 없어."

"그러셨을 게 제 눈에도 보여요."

"뭘 보고?"

"그거야 늘 밝은 표정인 찬호 오빠를 봐서도요."

"그러면 찬호 너 그동안의 밝은 표정은 만순을 위해서였냐?"

임찬호 엄마는 재미있으려고 하는 말이다

"그런데 어머니와 자겠다고 엄마에게 말했는데 우리 엄마는 그런 말 안 하시던가요?"

"말했어. 그렇지만 찬호 아버지가 기다리실 것 같아서여."

"기사님 다 왔습니다. 그런데 좀 늦을지도 모르니 안으로 잠깐 들어

가실까요?"

임찬호가 하는 말이다.

"아니요. 차에 그냥 있을 거요. 그런데 마실 물이나 한잔 떠다 주셨
으면 합니다."
"알겠습니다. 드실 수 있는 뭐라도 사 왔어야 하는데 죄송합니다."

박만순은 택시 기사가 부탁한 물을 잽싸게 떠다 드리면서 잘 데려
주어 감사합니다, 한다.

008

"광주는 복잡도 할 텐데 잘도 왔네요."

복잡도 할 텐데 잘도 왔네요. 그런 말은 여자만 있는 집에 갈 수는 없어 혼자 보내놓고 걱정도 했다는 말씀이다. 물론 보호자인 아들이 있기는 해도.

"그렇지 않아도 자고 가라는 걸 그냥 왔는데 잘한 거지요?"

"자고 가라는 말? 그러니까 며느릿감이?"

"이제부터는 며느릿감이라는 말은 하지 마세요."

"그래야지."

"그건 그렇고, 청송식당 사장은 우리 둘째를 데릴사위로 삼겠다는데 그러라고 해도 될까요?"

"그래도 될지 나는 잘 모르겠는데 임자 생각은요?"

"청송식당 사장은 그런 문제를 생각해서인지는 몰라도 우리 둘째 이름의 식당도 만들어주겠다고는 하대요."

"그러면 그 사장은 큰 부자인 건가? 그러니까 괜찮은 식당을 차리려면 그만한 돈도 있어야 할 거잖아요."

"큰 부자까지는 몰라도 우리 둘째가 근무하는 식당을 사장이 보여주는데 식당이 아니라 궁궐 같더라고요, 그러니까 광주 시민이 다 들어가도 될 만큼의 식당이더라는 거지요."

"광주에 그런 식당도 있다고요?"

"그런데 식당 사장 말은 우리 둘째가 와서라고는 합디다마는. 우리 둘째가 자랑스럽기도 하지만 맘에 걸리는 게 있어요."

"맘에 걸리는 게 뭔데요?"

"그러니까 박근성과 양금석 죽음에 대해 찬호 제가 잘못한 것처럼 생각하는가 싶어서요."

"걱정은 할 일이 없는 사람이나 하는 거요."

"걱정을 할 일이 없는 사람이 하다니요. 그건 말도 안 돼요. 어쨌든 우리 둘째는 누가 뭐래도 당당하게 살아가야 할 텐데 말이요."

"그래요, 임자말 듣고 보니 그렇기는 하네요."

임찬호 부친 말씀은 어느 부모든 그러리라 싶지만, 누구네 집 자식은 내 아들 찬호 덕에 밥 먹고 살게 됐다는 말이라도 듣게 된다면 아비로서 흐뭇한 일이 되지 않겠소, 그런 말씀이지 않겠는가.

"그래서 하는 생각인데 기호 친구인 박근성도 양금석도 장가도 못가 총각으로 죽어버려 자식이 없으니 그들의 형제들을 돕겠다는 맘으로 살면 좋겠네요."

"우리 둘째가 그렇게 살면 좋겠지만 문제는 그만한 돈이 있어야 할 게 아니요."

임찬호 부친 말씀이다.

"그래서 둘째에게 말할 거요, 돈 많이 벌어. 그렇게 쓰라고요. 그러니까 박근성이나 양금석이가 죽은 건 우리 둘째 탓은 아니어도 그들의 엄마를 볼 때마다 나도 죄인 같아서요."

"임자가 그렇게까지요?"

박일만 씨 아들 근성이와 양만선 씨 아들 금석이가 5贈사태에 휘말려 죽어간 것이지. 어디 우리 둘째 탓이겠는가. 그러나 그들의 부모들과 품앗이 일도 같이하게 될 건데 세상에 태어났으면 장가도 들어 자식도 두고 탈 없이 살다가 수명이 다해서든 눈을 나도 모르게 스르르 감으면 얼마나 좋겠소. 그렇지만 내 맘대로 할 수 없다는 게 인간사 아니요. 임찬호 부친은 그런 생각인지 천정을 한참 본다.

"나는 그런 안 좋은 생각은 말자. 하면서도 자꾸만 하게 돼요."

"그런 복잡한 생각은 그만하고 그만 잡시다."

"알았어요."

말이야 알았다고는 했으나 우리 둘째가 탈 없이 집에 잘 가기나 했을지 모르겠다. 임찬호 엄마는 그런 생각인지 눈이 쉬 감기질 않는다.

009

"누나는 그러니까 3남매라고 했던가?"

임찬호는 부탁하신 부모님 말씀이 아니어도 고향 사람 한 명에게라도 돕는 게 옳겠다는 생각으로 일꾼을 찾다 보니 다행이라고 할까. 5·18 사건 때 희생당한 양금석 누나를 만나 하는 말이다.

"그래, 애들이 3남매이기는 해."
"3남매이기는 해, 그런 말이 무슨 말이야?"
"그러니까 다른 집 애들은 시원찮기는 해도 직장들이 있나 본데 우리 막내만 아르바이트생이라는 거여."

5·18 묘지에 누워있는 양금석 바로 위 누나 넋두리 말이다.

"그러면 막내는 누나가 데리고 있어?"
"누가 데리고 있겠어. 엄마인 내가 데리고 있어야지, 장가도 아직인데."

금남로 데릴사위

"그러면 매형은?"

"그냥 집에 있어. 물론 나이가 있기는 해도."

"그렇구먼."

"나야 그렇지만 찬호 자네는 지금 몇 남매나 둔 거야?"

"아들 둘 딸 둘 그러니까 4남매."

"4남매면 딱 맞게 두었다. 그게 아니어도 찬호 자네는 여간 잘하고 있다는 말 나는 듣고 있어. 정말 장해."

엄마에게서 듣게 된 슬픈 얘기지만 임찬호 너는 두 형들을 대모 꾼들과 휩쓸리지 않게 하려고 무던히도 애썼다는 말 듣고 있어. 결과야 아니게도 5·18 묘지에 누워있기는 해도 말이야. 그런 생각은 부질없는 생각이나 내 동생 금석이가 찬호 네 말 무시를 안 했다면 지금쯤은 임찬호 너처럼 장가를 들어 자식도 두고 그럴 건데 말이야. 양금석 누나는 그런 생각인지, 임찬호를 뚫어져라 바라본다.

"그런데 누나, 누나네 막내 내가 만나자고 하면 만나줄까?"

"자네가 만나자는데 싫다고 하겠어? 그건 왜?"

"일단은 만나게나 해줘."

임찬호는 5·18 묘지에 누워만 있는 양금석 형이 무덤에 있게 된 건 내 잘못은 아니기는 해도 그의 조카라도 괜찮게 만들어주는 게 이른바 미필적 살인자라는 부담감에서 다소라도 벗어날 것 같아 그럴 것이다.

"그러면 언제?"

"그거야 시간 조율이 필요하지 않겠어."

"그렇기는 하겠지."

"일단은 누나 막내 연락 번호나 줘."

"연락 번호는 010-1100-8282여."

"잠깐만. 입력하게 다시 말해."

"그런데 찬호 자네는 안 가고 이렇게만 있어도 돼? 그러니까 영업상 바쁠 거잖아."

"오늘은 쉬는 날이여. 명색이 사장이기는 해도."

"명색이 뭔가. 찬호 자네는 자랑해도 될 당당한 사장인데."

"사장이라니 그건 아니여. 식당이 두 개이기는 해도."

"무슨 말이야. 대형식당이 두 개면 어마어마한데."

"어마어마하다는 말 누가 해?"

"누구는 누구야, 동네 사람들은 그렇게들 알고 있어."

"그래, 시골로 보면 그렇게 말할 수도 있겠지. 그렇지만 광주 바닥에서 명함도 못 내놔."

"찬호 자네야 그렇게 말할지 몰라도 자네는 국회의원에 출마를 해도 돼."

"누나는 이 임찬호가 그런 인물로까지 보이는 거여. 말도 안 되게…"

"말도 안 되다니, 대놓고 말하긴 좀. 그러나 임찬호처럼 인물 좋고 맘씨 좋은 놈 있으면 한번 나와 보라고 해."

"아이고, 누나…"

금남로 데릴사위

"아이고가 아니여. 진짜여."

"진짜고, 아니고는 담에 말하기로 하고 누나를 만나는 건 그럴 이유가 있어서여. 그러니까. 전화번호 물은 대로."

"고맙네. 다른 사람 같으면 관심도 없을 텐데."

식당이기는 하나 사장까지 한 임찬호를 그동안은 평범한 청년으로 봤다는 게 미안하다는 의미의 말이다.

"누나야 그렇게 말할지 몰라도 나는 아니게 된 금석이 형을 결코 잊을 수 없어. 그래서든 누나를 보자는 거요."

"고마워, 찬호 자네 얘기 우리 엄마에게서 들었어. 그러니까 자네 결혼식 문제로 집에 오기는 했으나 자네 부모님 찾아뵙기 전에 우리 엄마부터 찾아뵈러 왔더라고."

"그런 일들이 이젠 전날이 되고 말았지만 두 어머니를 찾아뵈는데 통곡까지 하셔서 달래드릴 수도 없어 혼났어요."

"그것을 찬호 자네 댁이 위로해 드렸다는 말도 하시더라고. 그런 말을 들은 나도 울 뻔했지만."

"누나 이젠 세월이 많이 흐른 얘기라 이제는 해도 되겠지요?"

"내가 묻고 싶었던 얘긴데 당연하지. 잠깐 입 축일 맥주 한 병 가져올게."

양금석 누나는 맥주컵까지 달라고 해서 기져와 맥주컵 팔십 프로쯤을 채워 마시라고 임찬호에게 주고 임찬호는 여간 맛있다고 한다.

"그런데 누나 나. 맥주 처음 마시는 것 같아."

"그러면 맥주 나 때문에 안 마시는 건가?"

"그럴 수가 있겠어. 식당 경영자가 술 마는 거 누나는 봤어?"

"보지는 못 했지."

"그러면 그동안의 얘기 한번 해 볼게."

"찬호 자네 얘기면 좋지, 그렇지 않아도 물을까도 했는데."

"그런 말을 하자면 한날은 아버지가 대동면으로 시제 다녀오시는데 무슨 달걀 꾸러미 같은 걸 엄마에게 건네시면서 작지만 애들 나눠주어요, 하시는 거요. 그러니까 한입에도 모자랄 절편 세 개, 사과 반의 반 쪽. 돼지고기 비계로만 세 점, 그래서 이게 뭐냐는 생각이 들기 시작했어요. 공부고 뭐고 다 때려치우고 말겠다는 생각에 엄마가 그동안 비상금으로 모아둔 돈 훔쳐 광주로 갈 생각으로 새벽 버스, 그러니까 송정리행 버스를 탄 거요. 버스는 고장도 없이 잘도 달려 시외버스 종점인 송정리에 도착한 거요. 도착이면 뭐해요. 일자리는 그만두더라도 일자리 물어볼 사람도 없는데, 그래서 괜히 왔다는 생각도 든 거요. 그렇지만 집으로 되돌아가기는 꼴조차 아닐 것 같아 일단은 밥이나 먹자는 생각으로 버스터미널 바로 옆에 있는 만리장성이라는 중국 음식집에 들어가 짜장면 한 사발 시켜 먹고 그대로 앉아있었더니 주인이 다가와 왜 안 가느냐는 거요. 그래서 나는 어디 취직자리 없을까요. 그랬더니 나이는 몇 살이며 집은 어디며 등을 묻더니 결국은 지금의 식당까지 온 거요."

"그러면 취직은 곧장 됐고?"

"곧장은 아니고, 다음 날에 잠잘 곳도 없어 걱정이라고 했더니 재워줄 만한 방은 없고 음식 재료 창고에 자리 펴주면 자겠냐고 해서 너무도 감사한 나머지 큰절까지는 아니어도 절을 몇 번 했는지 몰라요."

"그랬던 게 오늘이라면 그러면 청송식당 사장님은 쉽게 받아주시고?"

"그러기 전에 나를 재워준 중국집 주인은 하는 말이 아침밥을 공짜로 줄 테니 먹고 주소대로 가봐. 청송식당 사장은 50대 여자분으로 보이는데 그래서 좀 아니다 싶어도 참고 성공이나 하라면서 보내주대요."

"그랬구면. 식당일 적응은 쉽게 했고?"

"적응이 어디 쉽겠어요. 청송식당 사장은 집은 어디며 등 심사원이 따져 묻듯 그러더라고요."

"사장이면 그랬겠지."

"그러면서 하시는 말씀이 사원 채용에 있어 수습 기간도 있는 건데 그건 아느냐고 묻더라고요."

"그래서?"

"모른다고 했더니 식당취직까지는 아니라면서 일이나 잘하라고 해서 결국은 오늘까지 온 거여. 아무튼 그렇게 해서 취직이 돼 아버지께 말씀을 드렸던 거여. 물론 편지로."

"그렇지만 식당 일은 생각지 못한 일이라 힘들었겠다."

"힘은 안 들었어."

"힘이 안 들기는, 그동안 해 본 일도 아니잖아."

"힘이 안 들기는. 지금의 아내인 만순이가 오빠라고 하면서 졸졸 따라다녀서여."

"오빠라면서 졸졸 따라다니는 건 어디 그냥이겠어. 찬호는 잘도 생겨서이지."

"내가 그렇게 보여?"

"그런 말은 아까도 했잖아. 그런데 찬호 자네 댁은 몇 학년 때였던 거야?"

"그러니까 나는 고등학생이었고 아내는 중학생이었어."

"그러면 사랑하고픈 감정도 못 될 시기잖아."

"그때는 사랑이 다 뭐여, 혹 그만두라고 할지도 몰라 없는 머리까지도 쓰면서까지 나름 열심이었어."

"그랬었구먼. 그건 그렇고 내가 궁금한 건 내 동생 금석이와 한방에 지내게 된 일이여."

"그런 얘기는 너무도 아픈 얘기라 누나 앞에서도 좀 그런데."

"아니야, 그런 말 해도 돼, 세월도 이젠 많이 가 버렸잖아."

"그러면 해 볼게. 그러니까 취직됐으니 걱정하지 마시라는 말씀을 아버지께 드린 편지를 본 기호 형이 보고, 취직이 진짠지 확인차 광주에 왔다가 우리 기호 형 친구인 박근형 형과 금석 형을 만났나 봐. 그러니까 점심시간인데 시켜준 밥 다 먹고 나서는 찬호야! 하고 부른 거여. 그래서 나는 느닷없다 싶어 놀랐어."

"그러니까 밥상 차려 줄 때까지도 몰랐다는 거잖아."

"내가 근무하는 식당은 손님이 많기도 하지만 손님 얼굴 볼 시간도 없이 바쁘게만 움직이다 보니 그렇게 된 건데 형들은 일 끝나면 전화하라면서 전화번호만 주고는 가버리더라고. 물론 식당이라 얘기할 장소가 아니기는 해도. 아무튼 그래서 전화를 걸었더니 쉬는 날 만나자고 해서 만나니 형들이 하는 말이 매달 나가는 방세가 너무도 부담이니 합치자는 거여."

"그런 말은 누가 했고?"

"박근성 형이, 그러니까 내가 거처하는 방으로 말이여. 그래서 물 많이 쓰는 문제 화장실 이용 문제 등 집주인과 합의해서 합치게 된 거여."

"그랬으면 그냥이나 있을 일이지, 잘나지도 못한 놈들이 무슨 짓이야."

"내가 할 말이 그 말이여."

"박근성은 우리 동네에서도 제일 가난했잖어. 그래서 중학교도 간신히 다녔고, 물론 가난이 흉은 아니기는 해도."

"그런 말 나도 했어. 그런 말은 약이 아니라 도리어 독일 건데도 말이여."

임찬호가 하는 말이다.

"따지고 보면 학교도 중학교로 그만인 건 가난 때문이잖어."

"그래서 말하길 형들은 어떻게 생각할지 몰라도 우리가 정치인들 출세시켜줄 그런 엉터리 생각이 아니라 우리도 한번 잘 살아보겠다는 그런 맘으로 고생하는 거 아니여. 형들에게 그렇게 말까지 했었어. 그러나 이젠 다 소용없는 일이 되고 말았어."

"그걸 그들의 운이라고 말하긴 너무도 바보짓들이여."

양금석 누나의 바보짓이라는 말은 임찬호의 생각을 무시하지 않았다면 지금쯤은 아들딸도 낳아 사위도 며느리도 볼 건데 그렇지도 못해 안타깝다는 생각에서 하게 되는 말일 게다.

"그런데 누나. 나, 두 형들을 구할 수도 있었는데 그렇시 못한 게 두고두고 미안해."

"찬호가 미안해할 필요는 없어. 그들 잘못됨은 운명으로 봐야지."

"누나야 그렇게 말하지만 나는 안 그래. 형들이 누워있는 묘지에 가보기도 해서 이번에도 가봤는데 왜 왔냐, 그런 말도 없더라."

"찬호 자네가 그렇게 가도 자네 안사람은 말 안 해?"

"말 안 하는 게 아니라 아내랑 같이 가. 아내가 그러기까지는 그동안 형제처럼 지내다가 아니게 된 사실을 잘 알기에 그럴 거여."

"자네 댁이 고맙다. 언제 한번 봤으면 좋겠다."

"그러면 이렇게 만난 김에 우리 집에 가볼까?"

"고맙기는 하나 오늘은 아니고 담에 말할게."

양금석 누나는 찬호 너는 좋겠다. 그런 생각으로 임찬호를 보면서 말한다.

"알았어. 알았는데 누나를 안사람도 여간 반길 거니 안사람 만나는 걸 부담스러워 안 해도 되니 그리 알어. 그런데 누나는 광주에 어떻게 오게 된 건가?"

"어떻게 오기는, 애들 때문이지."

"그러니까 자식들 학교 때문에?"

"그런 점도 있지만 살면 얼마나 살겠다고 시골구석에서만 살 거냐는 미친 생각이 다 들더라고. 아무튼 그래서여."

"그러면 매형은 누나 말대로 그러자고는 했고? 그러니까 광주에 올라와 봤자 취직할 곳도 없다면 말이여."

"그러면 내가 벌교로 시집간 얘기도 한번 해 볼게. 그러니까 찬호 자네도 알고 있는지 몰라도 우리 엄마에게 말하길 건강하고 맘씨 괜찮은 청년이 있다면서 나이를 속여가면서까지 말했으나 나는 그것도 모르고 결혼하게 된 거여. 그러나 가난은 해도 낙지 잘 잡는 재주는 있더라고."

"매형이 낙지를 잘 잡았으면 누나는 낙지만큼은 실컷 먹었겠다. 허허."

"실컷이 뭐여. 돈 때문에 낙지발도 떼먹기도 어려웠어."

"그건 아니다. 돈이 아무리 중해도 그렇지, 낙지 잡는 매형이잖아. 그건 그렇고, 나이를 속였다면 매형과 몇 살 차이인 거여?"

"나이도 엄마가 말한 데로 다섯 살이 아니라 띠동갑이여."

"매형이 띠동갑이란 걸 누나는 금방 안 건가?"

"금방이 아니었어. 그러니까 남편은 한참 아저씨인 문수라는 사람과야야. 하더라고, 그래서 당신은 몇 살인데 아저씨와 야야 하느냐고, 그래서 알게 된 거여."

"매형에게 따져 묻는 건 위험할 수도 있는데 누나는 겁도 없다."

"무슨 말이여. 아쉬운 쪽이 누군데."

"그렇기는 하겠다."

"결혼을 해버려 결혼을 물릴 수도 없지만 아무튼 그랬어."

"누나가 그랬으면 매형은 미안도 했겠다."

"남편은 본시 순한 사람이기도 하지만 마누라인 내가 하자는 대로 해. 광주까지는 그래서 여, 아무튼 가난한 사람들만 산다는 월산동까지 온 거여."

"그러면 누나는 광주 5·18 사건 이후에 온 건가?"

"그렇지. 광주 5·18 사건 한참 후에 온 거지"

"그러면 금석이 형이 아니게 된 사실은 누나는 언제 알게 된 건가?"

"날짜까지는 모르겠고 엄마가 벌교까지 오셔서 같이 가보자고 해서 알게 된 거여."

"누나는 5·18 사건이 무엇인지 안 봐서 모르겠지만 금남로는 말 그대로 전쟁터였어. 그러니까 군대 탱크도 고속버스도 광주 시내를 무기로 다니는가 하면 수많은 젊음 들은 어깨동무를 하고 전두환 파쇼정치 물러가라! 미군도 물러가라! 그리도 외치고 말이여. 그래서 근성이 형도 금석이 형도 그런 대열에 끼다 보니 아니게 된 걸로 나는 생각해."

"나는 금석이 누나로서 생각뿐이지만 무식하면 용감하다는 말 내 동생을 두고 하는 말일 거여."

"용감이고 아니고는 몰라도 당시 상황으로는 나는 아니라고 꽁무니를 뺄 그런 사람은 없었을 거여."

"그렇기는 하겠지."

"이건 엉뚱한 말이나 사람은 서울로 보내고 말은 제주도로 보내라는 옛말이 생각난다. 그러니까 돈을 벌려면 돈이 굴러다니는 곳으로 가라는 말."

"수길이 너 나를 알까?"

임찬호는 그렇게 해서 양금석 누나 막내아들에게 하는 말이다.

"죄송하지만 어떤 분이라는 정도만입니다."

엄마가 말해서 그런가 보다만 했는데 막상 만나보니 참 좋은 분인 것 같기는 하다. 그러니까 인상도 좋으시고, 어떻든 나를 만나자고 하시는 걸 보니 그냥이 아니라. 괜찮은 일자리 하나 소개말도 하지 않을까. 아저씨, 저 일자리가 없어요. 임시직도 못 된 아르바이트예요. 좋은 일자리가 간절한 양금석 조카 수길이는 그런 생각인지 나 착실한 놈이어요. 그런 태도다.

"그래, 이런 말 수길이 엄마가 말했는지 모르겠으나 수길이 너만 괜찮다면 우리 식당 일 좀 도와주면 하는데 그럴 수는 있을까?"

"식당 일이요?"

"왜, 식당 일은 아닌 건가?"

그래, 맘에도 없는 일을 하게 해서는 능력을 키우기는 어려울 테고, 일을 시키게 되는 입장일지라도 득이 못 될 수 있다. 그러니까 한번 해

보겠다는 각오인지를 임찬호는 테스트라도 하겠다는 것이다.

"싫은 건 아니지만 식당 일은 안 해 봐서요."
"그러면 수길이가 잘할 수 있는 일이 있다면 뭘까?"
"잘할 수 있는 일도 없어요. 그래서 아르바이트여요."
"그렇구먼. 그러면 말이야 오늘 시간은 어때?"
"시간이요? 시간이야 되지요."
"그러면 나 따라가자."
"어디로요?"
"일단은 따라와 봐."

임찬호는 양금석 누나 막내아들 수길이를 자기가 운영하는 식당으
로 데리고 간다. 물론 아무나 가질 수 없는 고급 승용차에 태우고.

"여기가 내가 운영하는 식당인데 수길이는 언제 와봤을까?"
"아니요."

와, 식당이라기보다 초대형 홀이다. 수길이 눈이 휘둥그레진다.

"오늘은 여기서 밥 먹고 일할 맘이 있는지부터 생각해 봐."
"그러면 일은 아르바이트예요?"
"아르바이트여야 되겠냐. 그건 아니고 우리 식당 직원으로 채용하는

거지."

임찬호는 그렇게 해서 양금석 누나 아들을 식당 직원으로 채용한다.

"수길이 너 식당 일이 처음이라 어려울 것 같은데. 막상 해 보니 할
수 있겠냐?"

수길이 엄마는 내 아들이 식당 일이기는 하나 아르바이트를 벗어났
다는데 다행이다 싶어 하는 말이다. 그러나 그만두겠다고 할지도 몰라
걱정이다.

"어렵지는 않은데 내가 제일 쫄짜라. 좀 그렇기는 해."
"쫄짜? 야, 아저씨도 쫄짜만 자그마치 2년을 했을 것이다. 그런데 수
길이 너 식당이 어떻게 운영되고 있는지는 머릿속에다 차곡차곡 쌓아
두어라."

수길이 엄마는 임찬호가 도와주고 싶다는 말도 해서다.

"머리에다 차곡차곡 쌓아 두면 무슨 수라고 생긴다는 거여?"
"무슨 수라도 생긴다는 게 아니라. 그 아저씨는 식당 하나 차려 줄
맘으로 너를 데리러 온 거다. 사실까지 더 두고 봐야겠지만 말이다."
"엄마는 저를 어떻게 볼지 몰라도 나는 누구의 도움도 필요 없어."
"남자는 그게 맞겠지. 그러나 지혜라는 말 수길이 너는 들어는 봤을까?"

"식당 종업원에게 지혜가 무슨 필요하겠어. 다만 일을 주인 맘에 들게 열심히만 하면 다 되는 거지."

"그래. 일을 열심히 하는 게 맞겠지. 그러나 다른 직원보다 더 잘하게 되면 왕따를 당할 수도 있을 거야."

"그런 건 나도 알아."

"알면 됐다. 아무튼 우리 막내 파이팅이다."

"진짜, 나 괜찮은 놈 될 거야. 그러니 엄마는 늙지도 말어."

"엄마가 왜 늙냐. 나 안 늙을 거야."

"그런데 찬호 자네가 보기엔 우리 막내가 어때?"

"아직 애들로 봐야지 않겠어. 그러니까 고생을 경험해 보지 못한 그런 세대 말이여. 그런 점 물론 누나도 인정하겠지만."

"그러면 일을 야무지게는 못하다는 건가?"

"그건 아니여. 누나에게 이런 말 미리 해도 될지 몰라도 나 누나만이라도 돕고 싶어 하는 말이여."

"그래, 관심까지만도 고맙지. 고맙지만 자네 안사람도 같은 맘이라야 하지 않겠어?"

"누나도 알고 있는지 몰라도 따지고 보면 난 데릴사위여. 그렇지만 데릴사위가 아니게 하라고 장모님이 집사람에게 단속하는 말도 했어. 안사람은 그래서인지 나한테는 전보다 더 잘하려고 해. 그래서 누나 막내를 부른 거여. 물론 의논도 했지만."

"자네 장모님이 그렇게까지 했다면 대단하신 분이다. 그런데 지금은 안 계시지?"

"안 계시지. 그러니까 칠 년 전에 돌아가셨어. 그런데 장모님 장례는 유언대로 해 드렸어."

"유언대로…?"

"그러니까 나 이제 떠날 때가 온 것 같다. 그래서 말이지만 한세상 맛나게 살다가는 거니 무덤도 만들지 말고 너희들이나 잘 살아라. 그러시더니 임종도 채 보지 못한 상태로 돌아가셔서 난 울었어. 운 것은 장모님은 오늘의 나를 만드신 분이기 때문이여."

"찬호 자네를 오늘에 있게 했다면 그럴 만도 하다."

"이젠 지나간 일이 되고 말았으나 장모는 나보고도 임 서방 자네는 좀 당당해. 그러시더라고. 그래서든 생각해 보면 이제야 말이지만 청송 식당 시작이야 내가 세우기는 했어도 이만큼 온 것은 임 서방 덕이야. 그러시더라고."

"찬호 자네는 복 받은 것이 아니네. 복을 만든 사람이네."

"누나 말대로 내가 그랬을까?"

"사실이잖어. 찬호 자네가 만든 복 나도 받게 되겠지만."

"거기까지는 아닌 것 같고, 금석이 형 생각이 나 5·18 묘지에 갔었어. 그러니까 며칠 전에, 물론 우리 애들까지 데리고. 그러나 아니게 되어 버린 금석이 형에게 지금에 와서 무슨 할 말이 있겠는가마는 그래. 금석이 형이 우리 기호 형에게 '찬호가 기호 네 동생이지만 내 동생도 되잖아' 금석이 형이 그랬나봐."

"그런 고마운 생각을 아무나 하겠는가. 찬호 자네나 되니까 하지."

"누나 나, 이만큼 됐다고 해서 폼잡고 살 생각은 없어. 지금 타고 다니는 차야 고급스럽기는 해도 식당 운영자에 그칠 뿐이여."

"고급 차?"

그래, 찬호 자네가 잘난체하면서 살 맘이면 꾀죄죄한 나같은 여자를 누나, 누나 하겠어. 비록 고향 누나이기는 해도 말이여. 잘해봐야 고향 사람이라고 밥 한 끼 사는 정도겠지. 어떻든 찬호 자네는 더 잘 돼야 해, 그렇게 되길 나는 빌게. 내 막내를 데리고 있어서만이 아니야. 찬호 너 같은 사람이 잘 돼야 해. 앞으로 두고 봐야겠지만 우리 막내는 찬호 너를 본받고 싶어 할 거야. 그러니까 우리 막내를 단순 직원이 아니라 괜찮은 놈으로 키워주고자 데리고 있는데 말이야. 그걸 찬호 자네가 보여주고 있는 거야. 비록 꾀죄죄한 아줌마이지만 그걸 내가 왜 모르겠어. 사실인데.

"누나, 내가 누나에게 이렇게 한다고 칭찬할 생각은 말어."
"사실을 칭찬할 생각 말라는 건 아니다."
"그러니까 도움을 받는다는 그런 생각 말이여."
"뭔 소리야. 나는 자랑할 거야."
"그래, 자랑해도 잘못은 아니겠으나 보성 촌놈이 광주까지 와서 이만큼 되었는데 잘난 체라도 해 봐. 동네 분들이 뭐라고 하겠어. 짜-식 그럴 게 아니여."
"그건 찬호 자네 생각이지. 동네 분들은 아닐 거여."
"아니던 기던. 나는 세상을 활발하게 살고 싶어. 안사람에게도 그렇게 살자고 말했어."

"이런 말까지 할 필요는 없겠지만 찬호 자네 댁 올해로 몇 살인가?"

"나하고는 세 살 차이여. 그런데 왜?"

"아니여. 그냥이여."

"그래? 그래서 말이지만 안사람도 그만하면 괜찮은 여자여."

"그래야지, 대놓고 말하기는 좀 그렇지만 찬호 자네 같은 남편, 세상에는 없을 거여."

"그건 아니여. 그러니까 보성 촌놈이면서 학벌도 고등학교 중퇴뿐인 놈을 식당 사장 딸이 나를 남편으로 삼아 준 거여."

"그렇지만 자네를 그만큼 좋게 봤으니까 남편으로 삼은 거 여. 아니, 내가 무슨 말을 하는 거야. 남편으로 삼다니. 내가 말을 잘못했네. 미안해."

"허허, 남편으로 삼는다는 말 틀린 말이 아닌데 누나는 그러네."

"찬호 자네가 그렇게 말해버리니 더 할 말은 없으나 찬호 자네는 모든 면을 좋게만 보려고 해서 나도 좋아."

"누나, 그런 것도 천성이 아니라 식당 운영에서 배우게 된 거 여."

"아니, 식당 운영으로부터 배워?"

"그러니까 식당 운영자가 성질을 부리는 거 누나는 못 봤을 거잖아. 그래서 말인데 식당 종업원도 성질을 부려서는 식당 문은 그날로 닫게 되게 된다는 것을 직원들에게까지 각인시키고자 해."

"그렇게까지 안 해도 알아서들 할 거잖아."

"잔소리이기는 해도 직업상 그렇게 돼. 식당 운영은 돈을 벌자는 데 있겠으나 식당은 세상을 어떻게 살아야 할지도 배우게 되는 학교인 셈이여."

"식당 운영이 세상을 배우는 학교인 셈…?"

"누나도 보고 있겠지만. 어서 오십시오. 깍듯이도 하잖어."

"그렇기는 하지."

"식당 운영자는 그게 몸에 뺐다고 할까 아무튼 그래."

"그래?"

"식당 운영을 오래 한 사람치고 고약한 사람 누나도 못 봤을 거여."

"나 자네한테 밥만 얻어먹는 게 아니라 어디서도 배울 수 없는 지식까지 배우게 되네. 우리 막내에게도 말해 줘야겠어."

누구든 요식업에 종사하려면 손님을 왕쯤으로 여겨야 함은 당연하다. 그러니까 손님을 왕쯤으로 모시려는 건 장사 수완일 수도 있어서다. 그것도 진심이어야 할 건 말할 필요도 없다. 그래서 하는 말이나 남편감을 찾으려면 식당 일에 종사하는 사람을 찾아보고. 아내감을 만나고 싶으면 역시 식당 일에 종사하는 여자를 찾아라. 그렇기는 남자는 요식에서 배운 이유로든 성질이 무난할 것이고, 여자는 음식을 맛나게 만들 것이기 때문이다.

"그런 말 다 좋은데 밥 얻어먹는다는 말은 아니다. 누나."

"아이고…"

"그런 말은 한번 해 본 말이니. 누나는 그런 걱정은 안 해도 돼."

그래, 삶에서 습관이란 매우 중요하다. 습관은 친성이 아니라는 데

010

있을 것이다. 그러니까 웃을 수 있는 환경에서 성장한 사람은 잘 되리라는 긍정적일 것이나 그렇지 못한 환경에서 성장한 사람은 안 될 거라는 부정적 생각일 것이다. 그러니까 긍정과 부정, 긍정은 창조일 것이고 부정은 심한 말로 때려 부수자는 의미가 아니겠는가. 그래서 긍정은 상대를 웃게 만들지만, 부정은 그와 반대라는 설 누구든 무시하지 말길 바란다.

"그걸 내가 왜 걱정해. 그건 아니여."
"누나도 맥주 한잔해야지?"
"맥주? 나는 술 못해. 찬호 자네나 한잔해. 맥줏값은 내가 낼게."
"아니여, 맥줏값은 내가 계산할 거여, 그런데 누나라고 술 못 마실 이유는 없어."
"동네에서야 모내기 때 농주라고 해서 한 잔씩 마시기는 했어도 그 외에는 잔칫집에서도 안 마셔 봤어."
"누나. 나도 술도 파는 식당 운영자이지만 술을 몰라."

그래, 우리 청송식당은 주로 단체 손님들이다. 가끔이기는 해도 아주 친절한 단체 손님들도 있다. 그들이 술을 권하기도 한다. 그렇지만 "고맙기는 한데 식당 운영자가 술을 마실 수는 없잖아." 그렇게 말하면 그만이다. 그래서든 남의 식당에서 술은 안 마신다.

"그렇기는 하겠네."

"그게 잘하는 건지는 몰라도 그래져. 누나."

"그게 잘하는 거지."

"그리고 누나, 박근성 형, 거기 소식은 알고 있어?"

"박근성은 형제라고는 남매 뿐이잖어. 그러니까 좀 모자란 듯한 여동생 말이여."

"그거야 나도 알지."

"박근성 부모님은 아들이 그렇게 된 바람에 그랬는지는 몰라도 찬호자네 결혼식에 갔다 와서 얼마 안 있다 돌아가셨어. 물론 박근성 아버지는 다른 병으로 돌아가셨지만. 아무튼 그러고서는 박근성 여동생은 돈 벌러 간다면서 서울로 가기는 했으나 남편이라는 사람은 마누라 덕에 살려는 그런 잘못된 놈한테 시집을 갔는지 고생이 많다는 것 같아."

"그래? 그런데 누나, 박근성 형도 5·18 민주화 유공자 연금 대상자이겠지?"

"그렇겠지."

"그러면 5·18 민주화 유공자 유족에게도 연금 해당자일 건데 시집간 동생까지는 아닐까?"

"거기까지는 모르겠네."

"박근성 형도 나한테 여간 잘해서 생각나기도 하지만 형들이 누워있는 망월동 묘지에 또 갈 거여."

"언제?"

"그러니까 다음 주에. 생각해 보니 다음 주가 5·18이네."

011

"안녕하세요."

고향 형들인 박근성과 양금석 묘소를 둘러본 임찬호 부부는 택시를 기다리고 있는 할아버지에게 다가가 하는 말이다

"아, 예, 안녕하세요."

무슨 생각으로 보시는지 몰라도 무등산을 바라보고 계시던 할아버지는 깜짝 놀라는 표정으로 바라본다.

"그런데 할아버지는 혹 택시를 기다리시는 건가요?"
"예. 그렇습니다."
"그러시면 저 차 가지고 왔는데 할아버지 댁이 어딘지 몰라도 제가 모셔다드려도 될까요?"
"말씀은 고마우나 저 택시 타고 갈 거예요."

"그러지 마시고 제 차를 이용하세요. 제 차는 빈 차이다시피 한데요."

"그러시지요."

임찬호 아내 박만순이 하는 인사말이다.

"아이고 고맙습니다. 제가 그래도 될지 모르겠습니다."

"아니에요. 그런데 할아버지는 이곳에 혹 가족이라도 있으신가요?"

"예, 제 자식이 있는데 이렇게 와주신 분은 어떤 분일까요?"

"예, 저희는 금남로 청송식당을 운영하는 임찬호입니다."

"그러니까 내외분이군요."

"예. 그렇습니다."

"그러시군요. 제가 이런 말을 해도 될지 몰라도 저는 그동안 광주제일고등학교 교장직도 맡았던 송명찬입니다."

"아이고, 그러시군요. 어쩐지 점잖은 분이시다 그렇게만 생각했습니다."

"예, 제 막내딸이 여기 있어요."

"아니, 선생님 막내따님이요?"

"예"

"아이고, 그러시군요."

"저는 5·18 행사 때 와도 오지 말라는 사람 없겠으나 자랑할 일도 아닌데, 그런 생각 땜에 조용할 때 온다는 게 오늘 오게 됐어요."

"아. 예."

"저를 데려다주실 거면 제 얘기를 한번 해 볼까요?"

"말씀해 주시면 저야 좋지요."

"저는 이제 나이가 많아 조심이나 5·18 행사 때마다 몰려드는 유족들, 해당이 될 유족이 아니어서 그런지 보기 좋지만 않다는 생각입니다."

"아, 예."

"그래서 좋지 않다는 생각이기도 하지만 빛낼 일노 아닙니다."

"그래요, 저도 선생님 생각과 같습니다."

"보니까 젊으신 분 같은데 제 생각과 같다는 건 의외입니다."

"선생님은 의외로 보실지 몰라도 저도 그럴만한 이유의 사정이 있어서 이렇게 온 겁니다."

"그럴만한 이유 사정이라면 가족을 말함인가요?"

"가족은 아니어요. 동네 형들이어요."

"가족도 아니면서 찾아온다는 건 의외입니다."

"선생님께서야 저를 그리 보실지 몰라도 의외가 아니에요"

"제가 의외라고 말하는 건 다름이 아니어요. 말하자면 본인들이야 아니라고 말할지 몰라도 목에 힘주는 엉터리 정치인들을 보면 역겹다는 생각이 들어서요."

송영찬 교장 선생님 말씀이다.

"그러니까 벼슬을 가치 있게 쓰려는 사람이 없다는 거지요?"

"이건 말할 필요도 없는 생각이나 맘에도 없는 행사이니 이제부턴 그만두자 그런 법률을 제정할 수는 없을까. 저는 그렇습니다."

금남로 데릴사위

"저도 선생님 생각과 같습니다."

"아무튼 이렇게 온다고 해서 제 딸에게는 아무것도 아니지만 저는 오게 됩니다."

"그래요, 다른 사람이 보기엔 아무것도 아닐 수 있겠지만 선생님으로서는 따님이 아빠, 또 왔어! 그런 말 듣고 싶으셔서 오시는 건데요."

"아빠 또 왔어! 사장님 말씀에 눈물이 다 나오려고 합니다."

"아이고, 선생님을 힘들게 했나 봅니다. 죄송합니다."

"아니에요. 제 막내딸이 달려오는 느낌이라 그런 겁니다. 기억은 희미하나 초등학교 3학년 봄이었을까. 무등산 계곡을 거닐 때 아빠 넘어지면 곤란하다면서 손을 붙잡을 땐 네가 그동안 어디 있다가 온 거야 했던 녀석이 말도 없이 5·18 묘지에 누워만 있네요."

"아, 예."

"그래서 이젠 잊을 만도 한데 그때의 생각을 지울 수는 없어, 또 오게 됐네요."

"그러시겠지요. 막내 따님이었으면 많이도 사랑스러웠을 텐데요."

"어느 부모든 막내는 그만큼 귀하게 생각된다는데 저도 마찬가지로 막내딸을 귀여워했어요."

"말해 뭘 하겠습니까."

"그런데 사장님은 자녀가 어떻게 되시나요?"

"사장까지는 아니에요. 아무튼 저는 아들 둘, 딸 둘 4남매에요."

"그러시군요."

"저는 4남매라 재미가 없지는 않아요."

"제가 할 말은 아니나 뻣뻣한 아들보다는 딸이 더 온화한 것 같습니다."

"선생님 말씀이 맞을 것 같습니다."

"아들들은 세대 차이라고 할까. 사무적 대화뿐이나 딸들은 그렇지 않고 뭘 먹고 싶나 등. 다정한 면이 있어요."

"그런데 저는 손주도 있어요."

"사장님은 손주도 있다고 하셨는데 손주가 몇 명이나 돼요?"

"부끄럽게도 외손주까지 하면 일곱 명이나 돼요."

"손주 두는 게 부끄럽다니요. 그건 말도 안 돼요. 그러니까 손주를 통해서라도 잘 있다는 소식만이라도 있으면 좋겠다는 말도 듣습니다."

"소식만이라도 있으면 좋겠다는 말씀은 슬픕니다. 물로 모두는 아니겠지만 안타깝습니다. 선생님."

"사회가 이래서는 안 될 건데 그러네요. 이런 분위기에는 교육자인 제 잘못도 있습니다."

"그건 아니어요. 그건 그렇고 선생님께 말씀을 더 듣고 싶습니다."

"해드릴 만한 얘기도 없어요."

교장 선생님 말씀이다.

"저는 유치원 원장이기도 해서 아이들에게 해줄 말도 하고 있어요."

"선생님 말씀 저도 듣고 싶어요."

교장 선생님과 남편 둘이서만 하는 얘기를 듣고 있던 박만순이 하는 말이다.

　"그러면 해 볼게요. 제 막내딸은 시집을 가자마자 곧 임신을 했어요. 그래서 막내 시댁을 보기가 여간 편할 것 같아 좋았는데 아니게 되고 말았어요."

　"아이고, 그러셨군요."

　"그러니까 저는 5·18 당시는 풍향동에 살고 있었는데 어느 날은 동틀 무렵 경상도 군인들이 도청 앞에서 우리 광주 사람들 다 죽이네~!! 유언비어는 외치며 지나가는 거요."

　"그건 5·18 문제를 일으킨 고약한 사람들 선동이겠지요?"

　"그렇지요. 선동일 줄은 알지만, 궁금도 해서들 나가게 됐고, 아수라장이 됐고. 그 과정에서 제 막내딸도 그리 되었다고 보는 거요."

　"안타깝네요."

　"그러니까 저는 느닷없이 5·18 민주화 운동 유가족이 된 겁니다."

　"느닷없다는 말씀은 신청도 없으셨다는 거 아니요."

　"그렇지요, 그렇지만 제 막내딸이 계엄군에 의해 죽어갔다는 것이 지금까지도 믿기지 않아요."

　"아니, 계엄군에 의해서요?"

　"예, 제가 본 게 아니라 그랬다는 말을 듣기만 했지만 말이요."

　"아, 예."

　"거짓이 판치는 세상에 의심도 되지만 일단은 그렇습니다."

　"선생님 말씀을 들으니, 거짓을 이길 장사는 아마 없을듯합니다."

"그래서 말인데 분노는 나이 때문일까요?"

"선생님 가족의 잘못됨을 분노로 볼 수는 없지요."

"그래요, 그건 아닐 테지만 우리 막내딸, 그동안 좋아만 했을 뿐이었다는 게 저를 힘들게 합니다."

"선생님 말씀을 들으니 생각이지만 먹여 주고 학교 보내수면 다인 섯처럼들 그렇게 살아가는 것 같습니다."

"저는 명색 광주제일고등학교 교장까지였음에도 엉터리로 살았다는 생각이 듭니다."

"그건 아닙니다."

"아무튼 한참 늙은이가 이렇게 찾아오는 건 주책은 아닐까, 해서 다른 사람 눈에 띄지 않게 하려고 해도 그렇게는 잘 안되네요."

"무슨 말씀입니까. 그건 아닙니다."

"제 얘기 더 해보자면, 제 막내딸이 그렇게 된 정황을 사돈댁 시동생이라는 사람의 얘기를 들으면 이래요. 사위가 임신한 아내를 위해 시장에 가겠다고 합답니다. 그래서 제 막내딸은 '무슨 소리야. 계엄령이 선포되었다고 밖으로 나오지 말라는 말 못 들었어.' 제 막내가 그렇게 말하니 '그렇지만 시장이나 직장 가는 것은 괜찮다는 것 아냐.' '그래도 당신은 젊은 남자잖아. 그러니 시장에 내가 얼른 갔다 올 테니 집에만 있어. 어데 나가지 말고, 알았어?' 제 막내딸은 그렇게만 말하고 시장에 갔답니다. 시장에 가 보니 위험한 상황이었어요. 죽지 않으면 다행일 정도로 계엄군이 하는 행동은 여자라고 용서가 없었답니다. 그런 험악한 분위기에서 제 막내딸도 그만 변고를 당하게 된 것 같습니다."

"아 예, 그랬군요. 우리 광주가 왜 그래야만 했을까요. 눈물나는 일입니다."

"이런 문제에 있어 이미 고인이 되셨지만. 계엄령이 발효 중이니 다들 들어가시오. 김대중 대통령이 한마디 했었다면 어땠을까 합니다."

"당연하지요. 정치지도자라면 말이요"

"그러니까 광주 5·18 사태를 일으킨 주모자로 몰려 있을 때 광주에 인명피해가 크리라는 생각으로 계엄 사령관에게 TV 방송 마이크를 좀 달라고 해서 〈광주시민 여러분! 저 김대중입니다. 계엄령 선포에 반격하지 마시고 들어들 가십시오. 그러지 않아서는 피해가 너무 클 수도 있습니다. 저야 구속 중이지만 이렇게 호소합니다. 광주가 본래대로 평온해지면 그때 다시 말씀드리겠습니다. 시민 여러분 존경하고 사랑합니다〉 김대중 대통령이 그리만 했어도 이렇게까지 피해는 없었으리라 싶은데요."

"그렇지요. 선생님 말씀대로 김대중 대통령이 그리만 했어도 노태우가 대통령이 될 수 없었을 겁니다. 그러니까 김대중 대통령이 대통령 되려고 애를 안 써도 대통령은 따놓은 거나 다름이 없었을 겁니다."

"그래서 엉뚱한 생각이지만 당시 상황에서 김구 선생님이었어도 본인 신변만 생각했을까요?"

임찬호가 하는 말이다.

"김구 말이 나와 말이나 안두희는 동상을 세워주어도 될 인물이어요."

"그건 왜요?"

"이런 말은 위험할 수도 있으니 어디에다 기고라도 해 볼까. 나는 그래요. 그러니까 법률적으로 연좌제가 없어졌기 때문이어요."

"안두희는 김구를 암살한 인물이라 몽둥이로 때려 죽였다고 하던데요"

"본말과 다른 엉뚱한 말일 수는 있겠으나 봅시다. 심구가 누구요. 김구는 김일성과 손잡으려 했다잖아요."

"김일성과 손잡으려 했다는 그런 말씀은 처음이네요"

"김일성과 손잡으려고 했던 속셈은 뭐겠어요. 한민족을 두 민족으로 갈라놓지 않으려면 태극기를 인공기로 바꿔도 상관없다는 무서운 생각 아니요. 그러니까 김구가 그렇게까지 하고 평양 상황을 보니 소련군은 이미 남침 준비가 되어있었다는 거요."

"그게 사실이라면 위험했던 인물이네요."

"교육자는 사실이 아닌 말을 해서는 안 되지요."

"아, 예."

"이건 조심해야 할 말이나 김구는 국가적으로 위험인물인 거요."

"김구가 위험인물이요?"

"김구가 안두희에 의해서든 죽지 않고 몇 개월만 더 살았다면 지금의 대한민국은 없을지도 모릅니다. 그러니까 김구는 국민을 향해 국민 여러분, 우리 민족이 일본으로부터 해방입니다. 그러나 해방만으로는 해결해야 할 일이 있습니다. 그러니까 이승만 단독정부를 막아야 할 일입니다. 이승만 단독정부를 막지 못하고 단독정부가 세워지는 날엔 남북 전쟁은 필연적으로 일어나게 될 것이기 때문입니다. 그래서 이승만 단독정부가 세워지지 못하게 목숨을 걸고 막아야 합니다. 목숨을 걸고 막아야 한다고 말한 이상 남북으로 갈라져서는 전쟁이 필연적으로 일어날 거고 전쟁은 친인척끼리도 죽이는 일이 될 것은 설명까지도 필요 없습니다. 김구는 그랬을 겁니다."

"백범 김구가 그렇게까지요?"

"김구가 평양에서 열린 남북 지도자 연석회의에 참석해 본 북한군 조직 상황은 당연하지 않겠습니까. 그러니까, 국민은 민주주의가 무엇이며 공산주의가 무엇인지 아는 사람이 거의 없기 때문입니다."

"그렇기는 하겠네요. 김구가 오직 독립운동만 생각했지, 민주주의 공산주의 공부를 안 했다면."

"제가 이런 말까지 해도 될지는 모르겠으나 안두희가 김구를 암살한 건 국가적으로는 하나님께서 보우하신 일입니다. 물론 인간적으로야 사형감이 맞지만 말이요."

"그렇게까지요? 그러니까 안두희는 나중에 김구를 추종하는 누구로부터 맞아 죽었다면서요."

"그건 개인적인 문제고 국가적으로는 영웅인 셈이어요. 김구를 다른 면으로 보면 김구 생각이 맞을 수도 있어요. 그렇게 말하는 건 우선 전쟁이 없었을 게 아니요. 공산주의가 뭐요. 북한은 국가 운영을 개인 통제로 하지 않아요. 우리가 보는 대로 공산국가들마다는 경제적으로도 멸망하고 있다고 보는 거요. 그러니까 소련 해체가 바로 그 결과지요."

"아, 예."

"누구는 아니라고 말할지 몰라도 김구 아들 김신은 이승만 정부를 지지한 사람이어요. 그러니까 이승만 정부를 지지한 건 무엇을 말함이 겠어요. 아버지 생각은 아니라는 거겠지요."

"아무렴 김구 아들은 그랬겠네요."

아무리 아들이지만 아버지 생각이라고 해서 그대로 따를 수는 없어 그랬겠지요."

"그러니까 사상적 이념 문제요?"

"그래서 말인데 김구 생각은 김구 아들이 누구보다 잘 알지 않을까요."

"그렇겠지요."

"그러니까 김구는 공산주의 사상이 무엇인지 그런 단순 공부도 안 했다는 거요."

"공부를 안 했다는 건 사실인 것 같네요, 그러니까 김구는 남북 지도자 연석회의에서 했다는 말이 '나는 공부를 안 해 무식해서'라고 무식을 자랑처럼 떠들었다니 말이요."

"김구가 그랬다는 말 임 사장님은 어떻게 아세요?"

"알게 된 건 손님들이 말해서요."

"그렇군요. 그런 문제에 있어 말을 더하자면 자유 국가인 서독으로 흡수된 동독만 보더라도 공산주의 국가는 아니라는 거요. 그래서 하는 말이나 민주주의 국가가 공산주의 국가로 통합은 안 돼도 공산주의 국가가 민주주의 국가로 가려는 이유가 뭐겠어요. 당연히 자유를 위해서겠지요. 그래서 하는 말이나 자유는 곧 발전으로 이어져요. 발전은 자유가 있어야만 가능하다는 겁니다."

교장 선생님 말씀이다.

"지금의 베트남도 자유를 갈망하겠지요?"

"그거야 말해 뭘 하겠어요."

"당연한 일인데 제가 하나 마나 한 말을 했네요."

"아무튼 그런 말이 나와 생각인데 베트남에서는 국부로까지 대접인 호찌민이가 지금도 살아있다면 전쟁으로 승리했으나 이젠 적대국이었던 자유민주주의 국가들과 가까이하려는데 어떻게 생각하냐고 묻고 싶네요."

"저도 선생님과 같이 물을 거요"

"임 사장님 생각도 같다니 다행입니다."

"선생님 생각과 어찌 다를 수 있겠어요. 옳으신 말씀인데요. 그래서 생각이지만 선생님이 하신 말씀에 다른 말을 한다면 국가지도자가 될 맘이면 먼저 맘보를 맘씨로 바꾸라는 말도 하고 싶습니다. 그렇지도 않고 생각들이 온통 벼슬에만 있음이 훤히 보여서입니다."

임찬호 아내 박만순도 한마디 한다.

"선생님, 저는 솔직히 말해 맘보는 그대로 두고 벼슬하겠다면 지구를 떠나라는 막말도 하고 싶습니다."

"그러면 임 사장님 생각은 제 생각과 같다는 건가요?"

"정치인 자살을 두고 누구는 애도도 하던데 그건 아니라는 생각이어요."

"그렇지요. 자살까지는 아니지요."

"특별한 인물이니까 존경의 대상 인물로 평가겠지만 간디나 만델라를 보면 사람을 살리자는데 있었습니다."

임찬호가 하는 말이다.

"간디나 만델라가 감방까지 간 것은 자기 나라 독립을 위해 죽을 각오를 했기 때문일 것입니다."

"죽을 각오요?"

"그렇지 않았겠어요."

"그러네요, 대통령이 되고자 하는 사람이 죽을 각오 없이 덤벼들어서는 국가도 개인도 불행일 테니까요. 그래서 하는 말이나 어떻게 살다 죽느냐는 인간으로서 최대 가치로 봅니다."

"그래요, 그런데 연세를 여쭤보는 건 무례일 수는 있겠으나 이렇게 뵈니 선생님 연세가 궁금해집니다."

"제 나이는 올해로 아흔입니다."

"그러시면 사모님은요."

"제 집사람은 팔십도 못 되게, 그러니까 6년 전 떠났어요."

"아이고. 팔십도 못 되게 돌아가신 건 너무 일찍이십니다."

"그런 생각도 들기는 하나 그만큼만 살다 와라. 하나님 말씀은 아니었을까 나는 그리 생각해요."

"그러시면…?"

"그래서 어쩔 수 없이 홀로 지내기는 하나 불편까지는 아니어요."

"불편까지가 아니시면요?"

"가까이 사는 두 딸이 있어요."

"그러셔도 한 상에 둘러앉을 가족이 없는데요."

"그런 점은 있으나 나는 신광교회 장로이기도 해요. 그래서든 신앙심으로 보면 지금까지 살아있다는 게 감사하다는 맘으로 살아갑니다."

"그러시군요. 그러나 사모님이 계셨으면 같이라도 오실 수 있었을 텐데 안 게시네요."

"그래요, 부질없는 생각이나 아내가 없다는 게 아쉽기는 하네요."

"선생님을 이곳에서 뵙는 건 저로서는 행운입니다."

"행운이라고까지 말씀하시는 데는 이유가 있나요?"

"있지요, 그러니까 제 애들에게 가르침도 될 것 같아서요."

"그런데 선생님을 제가 아버지처럼 모시면 안 될까요?"

임찬호 아내 박만순이 하는 말이다.

"저를요?"

"예, 선생님."

"고마운 말씀이나 홀로이기는 해도 딸이 둘이나 있어 괜찮아요."

"그러니까 선생님을 모시려는 건 공짜가 아닐 것 같아서요."

그렇다 가정교육이란 뭔가. 어른을 잘 모시는 게 아니겠는가. 그러니까 콩 심은 데 콩 나고 팥 심은 데 팥 난다는 말도 있지 않은가 말이다. 그렇게 봐서든 자식들은 부모의 삶을 본받게 된다는 것이다. 오늘날이야 아니지만 대충 살아가는 사람을 두고는 야단치기를 배우지 못한 놈이라고 했다지 않은가. 물론 엄마에게서 들은 얘기이지만.

"말씀은 고맙기는 하나 조금 전 말한대로 딸들이 가까이 있어서 웬만한 것들은 잘 챙겨주기도 해요. 그래서 지내기는 불편이 없어요."
"그렇지만 우리 애들도 좋아할 것 같아서요."

박만순이 하는 말이다.

"아이고, 저는 고맙다는 말만 하겠습니다."
"아니라고 하시니 어쩔 수는 없지만 선생님은 저의 아버지 연세 이심에도 정정하십니다."
"정정하면 지팡이를 짚겠습니까."
"그렇기는 합니다만…"
"겉은 그렇게 보이실지 몰라도 속은 다 녹아버렸습니다."

사랑하는 딸이 5·18 사태 이유로든 잘못됐는데 속이 온전하겠는가. 교장 선생님은 그래서 하시는 말씀일게다.

"그러니까 막내 따님 때문에요?"

"그렇지요."

"제가 선생님께 하지 말아야 할 말까지 했습니다."

"아니에요, 이젠 할 일도 없고 해서 딸을 보러 자주 오는 편입니다."

"아, 예."

"내가 이렇게 오는 걸 두고 누구는 주책없다. 그리 말할지는 몰라도요."

"그리 말할 사람이 누가 있겠습니까."

"그래요, 말할 사람 없겠지만 그래집니다."

"아무튼 선생님 막내 따님 생각이 늘 나시겠네요."

"그래서 하는 말이나 인간 나이 구십이면 덤으로 사는 것이지만 이제는 떠날 날이 된 것 같은데 몇 번이나 더 오게 될지 모르겠습니다."

"아니에요. 오래오래 정정하셔야지요."

"말씀이라도 감사합니다."

"그런데 이렇게 오실 때 누가 모시기라도 하던가요?"

"아니에요, 택시를 이용해요."

"아, 예."

"나는 집이 이젠 교육대학교 근처니까 택시요금도 얼마 안 나와요."

"그렇게 오시는군요."

"아내는 막내딸이 그렇게 되어 몇 날을 통곡하는데 저는 독해서 그런지 눈물은 나오지 않고 가슴만 벌렁거리고, 정신이 몽롱했었습니다."

"사모님이 일찍 떠나시게 된 것은 따님 때문이겠지요?"

"아닐 거요. 그러니까 그만큼만 살다 와라! 하나님께서 부르셔서 떠난 거겠지요."

"아이고…."

박만순이 하는 말이다.

"이젠 떠날 나이에 무리한 요구일지 몰라도 정치인은 망월동 묘시에
오지 말고 정치나 잘하라고 말하고 싶네요."
"지당한 말씀입니다."
"누구는 노욕이라고 그리 말할지는 몰라도 바라기는 정치할 맘이면
가문에 영광이라는 잘못된 맘부터 내려놓아야 할 텐데 그건 아닌가
봅니다."
"선생님 말씀, 저도 동감입니다. 특히 대통령 말입니다. 한 국가를 통
치할 자가 되려면 국민의 맘을 사는 것이 맞지 않을까 합니다."
"맞습니다."
"대통령 말이 나와서 하게 되는 말인데 지금까지를 보면 내가 무얼
해 놨다는 자랑일 뿐, 못해드려 죄송합니다. 하는 말은 어느 대통령에
게서도 들어본 적이 없어요."
"그래요. 빈말이라도 미안하다는 말 하는 사람 아직은 못 봤어요."
"자기를 낮추는 자는 높아진다고 성경에도 그리 되어있어요. 물론
종교적 말이지만."
"아, 예."
"생각해 보니 지금까지 한 말이 가치 없는 말만 했네요. 나이는 잔소
리하라고 먹는 게 아닐 텐데."

"아니에요, 귀중한 말씀인데요."

"이젠 사십 년이 다 되게 흐른 5·18이지만 제가 보고 겪은 일이기는 하나 5·18은 아무리 봐도 폭동입니다. 그러함에도 민주화 운동으로까지 규정을 지어버렸다는 게 안타깝습니다."

"그런데 선생님. 5·18 사태가 혹 북한 개입은 아니었을까요? 그러니까 전남도청 지하실에다 광주 시내 자체가 없어질 만큼의 어마어마한 폭발물을 가져다 놨었다고 해서요."

"그게 나도 의문이어요."

"뿐만이 아니라 전남에는 38개 무기고가 동시에 털렸다고 인터넷에 올라와 있네요."

"전남에 38개의 무기고가 동시에 털렸다면 광주시민의 행위가 아닐 가능성이 농후해요. 그렇게 보는 건 광주시민이 무기고가 어디에 있는지 모를 것이기 때문이어요."

"맞습니다."

"이건 사실이 아닐 것으로 믿고 싶지만, 의심스러운 점도 있어서요. 그러니까 전남도청 진압 과정에서 사살된 시신을 살피니 지문이 없는 사람이 있었다고도 하네요."

임찬호가 하는 말이다.

"그런 말 나도 듣고 있어요. 그렇기는 하지만 폭도들 짓인지 아니면 북한이 의도한 소행인지는 몰라도 전남도청 지하실에다 쌓아 둔 폭발물을 폭발이 안 되게 한 사람은 누구겠어요, 생각할 필요도 없이 광주 시민이 아니겠어요."

"당연히 선한 광주시민이겠지요. 그래서 하는 생각인데 대한민국이 위험할 수도 있었던 사건이라고 저는 생각해요."

"나도 그렇게 생각해요. 그런 얘기만으로는 시간만 가는가 싶은데 나야 시간이 많아 괜찮지만, 임 사장님은 바쁘실 게 아니요."

"바쁘지 않아요. 그래서 제 얘기도 한번 해 볼게요. 이런 말씀은 선생님 앞에서 제 자랑 같아 조심이나 고향 형들 무덤을 매년 찾아보게 되는데 그러니까 그럴만한 이유가 있어서요."

"친형 무덤도 아닌 고향 형들 무덤을요?"

"그런 얘기를 하면 저는 지겨운 가난만은 벗어나겠다는 생각에 잘 다니던 고등학교를 중퇴하고 야반도주하다시피 집을 나와버렸어요. 그랬지만 사회는 저를 내치지 않고 따뜻하게 품어주신 분들 덕분이라고 해도 되겠지만 제 고향에선 성공한 자라는 평가도 해주네요."

"그러면 고향은 어딘데요?"

"고향은 오직 농사로만 먹고사는 보성이어요. 그걸 선생님도 잘 아실 줄로 알지만 보성은 시골 그 자체예요."

"그러면 보성이 시골일 뿐이라는 생각은 언제부터 하게 된 거요?"

"그러니까 중학교 때까지는 몰랐다가 고등학교에 들어가자마자였어요. 그래서 엄마더러 하게 된 말이 우리가 언제부터 가난한 거야? 그랬더니 어머니는 불편하게 들으셨는지 하시는 말씀이 찬호 너 딴맘 먹으면 안 된다. 그러시대요."

"지금은요?"

"지금이야 돌아가시고 안 계시지만. 얼마 전까지도 잘 될 줄 알았다면서 좋아도 하셨어요."

"대형 식당이 둘이나 된다면 그런 말은 당연하지요."

"그런데 그 과정에서 고향 형들을 이곳에 누워있게 했어요. 결과가 그리됐지만 말이요."

"결과적으로라니요?"

"그러니까 두 형들도 가난을 벗어나고자 광주에 와 한 명은 철공소에, 한 명은 자동차 정비업소에 취직은 했으나 매달 나가는 방세가 너무도 비싸다는 이유로 제가 쓰는 방으로 합치게 된 거요."

"그러면 외롭지는 않았겠지만 잠만 자는 걸로 했겠네요."

"그랬지요. 그렇게 지내던 어느 날은 느닷없이 5瑁사건이 터진 거요. 선생님도 아시다시피 금남로는 광주에서도 중심이면서 번화가이잖아요."

"그렇지요. 광주에서도 중심가이지요."

"그래서 계엄령 선포 중이니 밖으로 나오지들 말고 계엄령 해제까지는 집에만 있으라고 확성기로 말하대요. 그래서 고향 형들에게 나가지 말라고 한 거예요. 그랬지만 고향 형들은 생고집을 피더니 결과는 이 무덤에 묻히게 된 거요."

"본인들이야 죽음이라는 길로 떠나버리고 말았으니 할 말이 없겠지만 부모님은 얼마나 슬펐을까 싶네요."

"그런 일은 안타깝기도 하지만, 설명을 조금만 하자면 저는 고향 형들에게 말하길 형들이나 나 광주까지 온 건 말할 필요도 없이 부모님들은 잘들 되어 자가용도 타고 올 걸로 믿고 기도도 하실 건데 그게 형들은 안 보여서 밖으로 나가려는 거여? 선생님 저는 그랬습니다."

"그렇게까지 했음에도 고향 형들은 이 세상 사람이 아니게 되고 말았네요."

"그래서 저는 법적으로는 미필적 죄인이랄까 그래요. 선생님."

"여보, 오늘 얘기는 이쯤에서 멈추고 선생님 모시고 갑시다. 점심시간이 다 돼가네요."

박만순은 그렇게 말하고 남편 임찬호는 주차장에 세워둔 차에 송영찬 선생님을 태워드린다. 흔하지 않은 아름다움이다.

"이렇게까지 안 하셔도 될 건데 아무튼 고마워요,"

송영찬 선생님은 초면에 이런저런 얘기를 나누기는 했으나 차를 타기까지는 다소 부담스러워 하는 말이다.

"제가 선생님께 점심 한 끼 대접해 드리려는 건 선생님을 위해서가 아니어요. 가정교육이랄까, 그래서입니다."

"가정교육이요?"

"그러니까 애들은 부모를 보면서 자란다는 말을 들어서요."

"그러면 사장님 부모님도 교육자이셨나요?"

"우리 아버지는 교육자까지는 아니시나 동네에서는 판사 같은 삶을

금남로 데릴사위

사셨다고나 할까. 아무튼 그런 분이어요."

"그러면 부모님은 참어른으로 사신 건데. 지금은 안 계신다는 게 아쉬움입니다."

"우리 아버님은 저를 여간 예뻐도 해주셨어요."

박만순도 한마디 거든다.

"생각해 보니 안사람도 막내이네요. 그래서만은 아닐 것이나 청송식당 사장님은 저를 사위로 삼아주셨어요."

"그러면 장인어른께서는 벌써 작고하셨다면 장모님은 계세요?"

"아니요. 장모님도 몇 년 전에 돌아가셨는데 저는 울었어요."

"사위가 울었다는 말은 처음 듣습니다."

"돌아가신 장모님 앞에서 울게 된 건 고등학교를 잘 다니다 말고 야반도주를 하다시피 집을 뛰어나오기는 했으나 갈 곳도 없는 저의 처지를 사장님께서 사원으로 채용은 물론이지만 사위로까지 들여주셨기 때문이에요."

"그러면, 아내이신 분에게도 한번 물어봅시다. 그러니까 어머니 말씀을 따른 거요?"

"아니요. 저는 그러니까 중학생 때인데요. 잘도 생겼다 싶은 학생이 사장인 엄마 앞에 서는 거요."

"사장님이 학생일 때면 몇 살 때인데요?"

"저는 열여덟 살 때였어요."

"그러면 더 물읍시다. 두 분이 서로가 좋다 해서 이렇게 부부가 되신 건가요?"

"그렇지요. 장모님은 서로 좋아하는 걸 보시고는 둘이 결혼해라. 하시는데 감사합니다, 하면서 기다렸다는 듯 큰절까지 드렸어요."

"장모님께 큰절을 드리니 뭐라고 하시던가요"

"그런 얘기는 제가 할게요. 이 양반이 송정리 만리장성에서 보내주어 왔다면서 엄마에게 인사를 극진히 하는 걸 보니 너무도 이쁘다는 생각이 들기 시작했어요, 우리 식당이 혹 맘에 안 들어 다른 식당으로 갈지도 몰라, 학교 갈 때 말고는 오빠 옆에 딱 붙어있다시피 했어요."

"그러면 지금도 호칭을 오빠라고 하세요?"

"지금은 아니어요, 애들 앞에서는 애들 이름을 대지요."

"그래요, 우리나라는 예법을 지나치게 지키려다 보니 호칭조차 복잡하네요."

"말씀하시니 생각인데 제 명의로 된 식당 이름을 청명식당이라 지었는데 애들은 아니라고 하네요."

"그러니까 자녀분들은 청송식당과 비슷하다 해서요?"

"거기까지는 몰라도 이건 짐작이나 맏아들 이름을 식당 이름으로 써먹는가 해서요."

"아드님 이름을 짓기는 누가, 그러니까 할아버지가요?"

"아니에요. 아버님께서요."

"그러면 엄마 이름은 누가 지었고요?"

"제 이름은 아버지가 지었다는데 박만순이라는 이름은 맘에 안 들어요."

"맘에는 안 들어도 살아가기는 지장이 없지요?"

"지장이야 없지만 예쁜 이름은 다 놔두고 왜 그렇게 지었을까 싶어서요. 선생님."

"그런 얘기를 하자면 한이 없겠으나 조금만 하자면 우리 민족은 중국문화를 따르다 보니 여성들 이름은 없어요. 임시로 불러주는 간난이라고 하는 이름은 있어도요. 그러니까 결혼하면 무슨무슨 댁이라는 말로 바뀔 건데 이름이 무슨 필요하겠는가 했던 거지요. 그래서들 아들을 낳아야만 했던 거요. 그러니 예쁜 이름이 아니라서 서운하다거나 그런 생각 말고 현재가 좋다 하고 사세요. 내가 보기는 두 분은 더 없이 칭찬받을 삶을 살아가십니다, 보기가 좋습니다."

"예. 저도 남부럽지는 않아요."

임찬호 아내 박만순이 하는 말이다.

"당연히 남부럽지 않아야지요. 나는 기독인이라 하는 말이지만 성경에는 욕심이 잉태한즉 죄를 낳고 죄가 장성한즉 사망을 낳느니라. 그런 구절도 있어요."

"아, 예."

"아무튼 그러면 식당 규모가 작지 않다는 거네요?"

"그렇지요. 식당 규모는 선생님이 보시면 아시겠지만, 당시만 해도 자리가 1천 5백석이나 됐어요."

011

"그래요? 그렇지만 결혼했다 해서 재산까지 모두 상속하지는 않을 건데 장모님께서는 그리해 주셨네요."

"장모님이 그렇게까지는 평생을 바치다시피 일군 업을 자식들에게 물려줄 계산으로만 생각지 않으셨던 것 같아요."

"자식들에게는요?"

"예, 저는 나이 터울이 많이 나는 오빠가 셋이나 있어요. 그래서 엄마는 청송식당만은 딸인 제 명의로 할 테니 그리 알라고 했어요."

"그러면 식당이 하나만이 아니라는 거네요."

"예, 또 있어요. 식당 규모는 청송식당만큼은 못 되나 제 명의로 된 식당이 있어요."

"그러시면 임 사장님은 재벌 소리 들으실 만도 하네요."

"선생님, 저는 보성에서도 가난한 집안에 태어나 이만큼이 된 건 사회가 만들어 준 일이라고 생각해요"

"사회가 만들어 준 일이라는 말은 고마운 말이네요."

"고맙기는요. 당연한 일인데요."

"아니에요. 나 같이 나이가 든 사람들은 잘하니, 못하니 그러고 있는데요."

"아니에요. 저는 부모님이 계시기라도 한다면 얼마나 좋을까 합니다. 그러니까 선생님을 모시고 싶다는 거예요."

"아이고, 저는 상상도 못할 대접 소리를 다 듣네요."

"이렇게는 선생님께서야 상상도 못 할 일이라 생각하실지 몰라도 제 애들은 선생님을 모시고 올 것으로 알고 있어요. 그러니까 통화도 했거든요."

임찬호 아내 박만순이 하는 말이다.

"선생님, 저는 이렇게 삽니다."

"그러면 어른들께서는 안 계신다고 했던가요?"

"예, 장인어른께서는 좀 일찍 돌아가시고 장모님은 몇 년 전에 돌아가셨는데 그래서 큰방 작은방 모두 제 차지가 됐어요. 선생님."

"그렇군요. 이건 다른 말이나 다음 주일 설교는 5·18 사건에 관한 설교가 될 거라고 목사님이 미리 말씀하셨어요."

"그러면 갈게요. 설교 시간과 교회 주소를 말씀해 주세요."

"시간은 되고요?"

"시간은 아무 때나 돼요. 그러니까 저는 주인이라는 입장이라서요."

"너희들 선생님께 큰절로 인사드려라. 이 선생님은 광주제일고등학교 교장직 역임도 하신 선생님이다."

애들 본보기로 어른을 모시고는 싶었으나 식당을 운영해야 한다는 이유로 모실 기회가 없었다. 그래서 말이지만 어린 시절부터 들어온 얘기 중 '아버님 날 낳으시고' 그것 한 가지만으로도 효도는 당연함에도 나는 아버지에게는 그러려니 했음이 후회다. 부모에게 있어 자식이란 누구인가, 부모님이 돌아가심을 옆에서 지켜보는, 그러니까 세상 긱정

011

잊으시고 평안히 가십시오. 그런 임종 말이다.

"아니, 이게 뭐요. 내가 큰절 받을 사람이 아닌데. 아무튼 고마워요."
"제가 선생님을 부모님처럼 모시고 싶다는 말은 이래서 한 말이에요."

박만순이 하는 말이다.

"그래도 그렇지요. 아이고. 이럴 줄 미리 알았다면 따라오지도 않았을 건데 민망하네요."
"민망이라니요. 아니에요. 선생님은 저를 위해 와주신 건데요."

사실이다. 부모로서 애들에게 보여줄 게 있다면 뭐겠는가. 설명까지 필요 없이 너희들도 그렇게 살라는 본보기의 모습이 아니겠는가. 밝은 사회를 위해서라도 말이다.

"선생님, 저도 그래요. 이건 아내로서 실천해야 할 일이지만 어른을 잘 모시려는 맘에서요."
"아이고, 이게 웬일이요. 나는 삶에서 아주 귀중한걸, 오늘 두 분으로부터 배우게 되네요. 그래서 오늘을 우리 애들에게도 얘기할 겁니다."
"선생님, 제가 이러기까지는 그러니까 동네에서는 판사처럼 사셨던 부모님 때문이기도 해요."
"고마운 말이요. 나는 명색이 교육자라고 하면서도 그렇지를 못해

부끄럽기까지 합니다."

"아니에요."

"미안한 말이지만 두 분처럼 사는 게 옳음을 이제야 깨닫게 됩니다."

"선생님, 그건 아닙니다. 저는 이런 일이라도 해야 고향에 내려가는 맘도 편할 것 같습니다. 그러니까 우리 가족도 사회 어른들께 작지만 이렇게라도 뭔가를 해드렸다는 자부심 말이요."

"자부심 말이 나와서 하는 생각이나 이웃도 모르게 다녀갔다는 말도 듣는데 그래서는 안 되지요. 말하기 좋아하는 입들은 가만히 안 있을 거니까요."

"그럴까요?"

"이제 다 왔습니다. 아이고, 생각지도 못한 대접도 그렇지만 편안하게 데려주기까지 하셨네요."

"고맙기는요. 그런데 선생님, 아까 아내가 말한대로 선생님을 부모님처럼 모실 기회도 주셨으면 합니다."

"아니, 부모님처럼이요?"

"예, 그것은 모실 어른이 계시는 건 든든한 맘이기도 해서입니다."

"그런 말은 주일날 설교에서나 들을 얘기네요. 아무튼 고맙습니다."

"고마울 일까지는 아니어요. 선생님."

"이런 말은 여기서 어울리지 않겠으나 이번 주일은 임 사장님이 말했던 5·18에 관한 설교를 하게 될 거라고 목사님이 미리 말씀하셨는데 시간이 되시면 한번 들어보셨으면 합니다."

"그러면 갈게요. 교회 주소와 시간을 주십시오."

"적어둘 필요까지는 없겠고, 예배 시간은 오전 11시이고요. 주소는
산수도 신광교횝니다."

"오늘 주일은 기다릴 필요도 없는 5·18에 대한 설교가 되겠습니다. 설교자는 개인의 신앙심을 높여야 하고, 잘 되리라는 희망적 설교라야 함은 당연할 것이나 그렇지 못한 어쩌면 고발 같은 설교가 되겠으니 그런 점 참고로 들으십시오. 그러면 먼저 송영찬 장로님 기도부터입니다."

"하나님 아버지, 오늘 주일은 생각하기도 싫은 5·18 사건에 관한 말씀을 목사님께서는 하겠다고 하십니다. 그래서든 저는 개인적으로 사랑하는 막내딸을 잃어버린 가슴 아픈 생각도 하게 됩니다. 가슴 아픈 일이 어디 저만이겠습니까. 광주시민 모두이겠지요, 그래서 생각이나 피해자가 가해자 손을 붙들고 가해자가 피해자 손을 붙드는 이 같은 모습으로들 살아가면 좋겠습니다. 그러니까 미운 맘이 가득한 맘을 하나님 말씀으로 녹여주소, 예수님 이름으로 기도합니다."

"예. 장로님 기도 감사합니다. 그런데 이 자리에는 5·18 사태 때 죽음이라는 이유로 망월동 묘지에 누워있는 고향 형들을 구해내지 못한 게 두고두고 미안하게 생각하시는 분이 오신 같은데 오셨으면 한번 일어나 주시겠습니까."

임찬호 부부는 느닷없는 목사님 말씀에 어정쩡하게나마 일어나고, 자리한 예배자들 시선은 임찬호 부부에게 쏠린다. 임찬호 내외가 청송식당 주인임이 자연스럽게 광고가 되는 상황이다.

"아이고, 오셨군요. 감사합니다. 이렇게 오셨으니 예배 마치고 저도 한번 만나고 가셨으면 합니다. 송영찬 장로님이 하신 얘기를 들어서입니다.

아무튼 그러실 줄 믿고 오늘 설교 내용을 말씀드리면 다들 아실 것이나 동물들은 공부를 안 했어도 움직이는 걸 보면 하나님의 섭리는 오묘하고도 감탄스럽습니다. 감탄스럽게 보이기는 짐승들의 왕자로 불리는 호랑이나 사자는 번식률이 현저히 저조합니다. 그렇지만 아랫것들은 순차적으로 번식능력이 활발합니다.

이런 현상을 두고 하게 되는 말이 풀은 초식동물들을 위해 자라고 초식동물들은 육식동물들을 위해 살찌운다고 하는 것 같습니다. 그런 현상을 누구는 자연이라고 말할지 몰라도 그게 아니라 성경적이라는 해석입니다. 그러니까 풀이든 초식동물이든 번식이 너무 많으면 생태계가 무너질 수도 있다는 이유로 그것들을 조절하기 위해 맹수들을 세웠을 것이기 때문입니다.

지금 말한 내용이 정확한지는 저는 생태계를 모르는 목회자뿐이라 성경적으로만 알 수밖에 없으나 일리가 있어 보입니다. 아무튼 짐승들은 밥그릇 하나 챙기려고 혈투를 벌이나 인간은 그런 짐승들과는 달리 도덕성을 가지고, 살아갑니다. 그러니까 주거니 받거니 그렇게들 살아간다는 겁니다. 모두는 아니겠지만 말이요. 아무튼 5·18 사태가 있게 된 지가 올해로 삼십구 년이나 되나 싶습니다. 그러니까 제가 보았고 겪은 일이기는 하나 그런 얘기를 설교에서까지 말해서는 성도들을 양쪽으로 갈라놓을 수도 있어 목회자로서 조심스럽습니다.

그런 얘기는 뒤에서 하기로 하고, 우선 신앙인으로서 몰라서는 안될 연도 내용부터 말씀드리면 올해가 서기 2019년이 아니라 주후 2019년이라고 해야 합니다. 서력기원이라는 말도 그러니까 신화적 인물 단군을 모시려는 유교 사상을 버리기가 싫어서입니다. 다시 말해 예수님의 탄생조차 부정하려는 의도에서 나온 말임을 우리 신앙인들은 알아둘 필요가 있습니다. 어떻든 모든 나라들마다는 예수 탄생 기점으로 말하고 있습니다, 더 말하면 예수님을 부정하려는 공산주의 국가들조차도 예수님 탄생 기점으로 2019년이라고 말합니다. 다만 그들의 나라마다 기념하고 싶은 날짜만 다를 뿐인 겁니다. 그렇기도 하지만 역사를 말할 땐 예수님 탄생 이전을 두고는 BC라 말하고. 예수님 탄생 이후를 말할 땐 AD라고 말합니다. 그러니까 예수보다 한참 먼저인 석가모니를 숭앙하는 불교국가들조차도 예수님 탄생 기점으로 말한다는 겁니다.

어떻든 인간은 어디서 왔으며 어디로 가는가를 묻기라도 한다면 그 답을 말할 사람은 누구도 없을 것이나 분명한 것은 나를 지으신 창조주 하나님이 엄연히 존재하신다는 겁니다, 그러니까 예수님이 요한복음에서 말씀하시길 나는 길이요, 진리요, 생명이니 나를 말미암지 않고는 천국에 들어갈 자가 없느니라 하셨기 때문입니다. 그래요, 예수를 믿지 않는 비신앙인들이야 성경을 종교서라고 가볍게 말할지 몰라도 우리 신앙인들에게는 내 영혼을 천국으로 인도하는 성경인 겁니다.

근세 최고 학자로까지 대접받는 아놀드 토인비가 일본 교토산업대학 교수 대화서도 말하길 지구상에 움직이는 모든 생명체는 그러니까 생태계적 자연이 아니라. 어떤 힘에 의해 움직인다고 보면 될 겁니다. 아놀드 토인비가 말하는 어떤 힘이란 무엇을 말함이겠습니까. 설명까지 필요 없이 창조주 하나님을 말함이 아니겠습니까. 그러나 아놀드 토인비는 자유민주주의 국가 영국인이기는 하나 신앙생활을 안 하는 비신앙인입니다. 그래서 토인비의 주장은 성경 말씀을 근거로 하는 말이 아님을 우리는 알 수 있는 겁니다.

그건 그렇고 여기서 다른 얘기를 좀 하자면 인도에서는 성자라고까지 말을 듣는다는 썬다 싱이라는 사람의 얘깁니다. 썬다 싱은 힌두교의 가르침이 집안의 근본이나 장자라서 집안도 이끌어가야만 해서 세계적 공용어인 영어 공부도 해야 했습니다. 그런 이유로 미국 장로교회가 세운 영어학교에 다니게 됩니다. 그렇게 다니기는 하나 기독교는 아니라는 생각에 성경 읽기를 거부합니다. 거부 수준이 아니라 성경을 아, 예. 찢어 불태우기까지 합니다. 그러나 성경을 불태우는 짓까지는 너무 심한 잘못이 아닌가 싶어 불안해지기 시작합니다, 썬다 싱은 그 때부터 심한 고민에 빠지게 됩니다. 그러기를 사흘째, 심적으로 도저히 견딜 수가 없어 새벽에 일어나 목욕을 하고 힌두교 정통법에 따라 기도를 올렸습니다.

기도하길 장로교회에서 가르친대로 만일 예수가 있기라도 하면 예수 본체를 내게 나타내 보이시고, 나의 불안이 없게 하여 주소서 합니다. 썬다 싱이 장로교에서 세운 영어 학생이 되더니, 그렇게까지 행동하는 것을 알게 된 집안 어른들은 썬다 싱 집까지 찾아가 썬다 싱 부모에게 말하길, 썬다 싱을 어떻게 할 거냐고 따지기까지 했습니다. 그러니까 힌두교 정통파라고 할 수 있는 베다니 파를 조상 대대로 이어져 왔을 뿐만이 아니라 앞으로도 계속 이어가야 할 집안 규례를 썬다 싱이 해치고 있다는 겁니다.

썬다 싱의 부친은 대답하길 썬다 싱은 내 아들이니 죽이든 살리든 내가 알아서 할 테니 일단을 집으로 돌아들 가시오. 그리 말하고 친척들 모두를 돌려보낸 다음 아들 썬다 싱에게 말하길 "오늘의 사정을 너도 보았듯, 썬다 싱 너는 아무래도 우리 집에선 살 수가 없을 것 같다. 그러니 너를 보호해 주어야 할 나는 네 아버지이기는 하나 지금의 상황으로선 어쩔 수 없으니 집을 나가야겠다." 썬다 싱 부친은 눈물까지 훔쳤습니다.

썬다 싱은 아버지 말씀이 아니어도 정든 집을 나갈 수밖에 없어 나가게 되는데, 배고프면 먹으라고 엄마는 떡인가를 싸 주었습니다.

썬다 싱의 부모야 그럴 수밖에 없었겠지만 썬다 싱은 예수 믿는 믿음을 멈출 수가 없어 태어나고 자란 정든 집을 떠나게 되는데 집에서는 가까운 기찻길 언덕으로 가게 됩니다. 그러니까 기찻길까지 가서 날이 밝기만을 기다립니다. 그러나 아직도 컴컴한 밤입니다. 그래서 썬다 싱은 생각하길 만약 날이 밝기 전에 예수님이 아무 응답이 없다면 곧 지나갈 기차에 뛰어들 맘을 먹습니다. 기차가 가까이 오는 소리가 들립니다. 그렇지만 곧 나타나 주시길 바라던 예수님은 끝끝내 나타나질 않습니다. 아니 나타날 생각조차 없는가 싶어, 썬디 싱은 벌떡 일어나 지나갈 기차에 뛰어들 자세를 취합니다.

지나갈 기차에 뛰어들 자세를 취하는 순간 밝은 빛이 주변에 환하게 비치더니 '나는 썬다 싱 네가 찾는 예수다.' 그런 소리가 크게도 들리는 겁니다. 그래서 썬다 싱은 지나가는 기차에 뛰어들 생각을 멈추게 되고 기차는 곧 지나갑니다. 썬다 싱은 비록 음성뿐이기는 하나 예수님을 만났다는 편안한 마음에 나무 아래에서 어머니가 싸 주신 떡을 베개 삼아 한잠을 자고 일어납니다. 일어나서 주변을 살피니 몇 사람이 죽어 있는 겁니다. 그러니까 썬다 싱이 잠든 사이 산적들이 엄마가 싸 주신 독약 떡을 먹고 죽은 겁니다. 그런데 그것을 본 썬다 싱은 생각하길 우리 엄마는 썬다 싱 네가 버리지 못하는 종교적 신념 때문이기는 하나 너 때문에 집안 꼴이 말이 아니게 됐으니 죽을 수밖에 없다면 고통이나 덜 느끼고 죽으라고 독약을 떡에 묻혀주신 것은 아닐까. 그리 생각합니다. 집안 어른들까지 몰려와 야단인 것만 봐도 말입니다.

그렇습니다. 사랑하는 자식의 죽음은 상상도 못 할 하늘이 무너질 일입니다. 그런 썬다 싱을 죽음으로 내몰기까지 한 부모로서 말도 안 될 무서운 일로 인해 썬다 싱의 부모는 주어진 수명대로 살지는 못 했지, 않았을까 싶습니다. 천하를 얻고도 목숨을 잃으면 무엇 하리오. 그런 말씀이 마태복음에 있기도 합니다.

결국 썬다 싱은 이제부턴 살아계신 예수님을 알리기 위해 전도자로 나서게 됐고, 전도길에서 있었던 돌다리를 건너게 됩니다. 그런데 돌다리를 건너 뒤돌아보니 돌다리는 없고 배가 아니고는 도저히 건널 수 없는 큰 강인 겁니다. 예수님께서 전도길이니 어렵지 않게 건널 수 있도록 배려를 해주신 게 아닌가 썬다 싱은 그리 생각합니다. 그렇게 썬다 싱에겐 신비가 전도길마다 있게 되는데, 심지어 사람을 잡아먹기도 한다는 맹독사가 있다는 고갯길에서 발길에 걸려 무심코 툭 차버린 돌에 맹독사가 돌에 맞아 죽게 됩니다. 그걸 확인까지 한 마을 사람들은 너무도 좋아들 했답니다. 마을 사람들은 맹독사가 죽었다는 고갯길로 가기는 엄두도 못 냈는데 이젠 마음 놓고 다닐 수 있도록 썬다 싱이 해결해준 겁니다,

어디까지나 신비한 일이라서 증명해 보일 수는 없어도 썬다 싱은 그랬고. 눈보라가 휘몰아치는 어느 날 썬다 싱은 전도차 네팔 지방길을 걷게 됩니다. 그런데 당장 구해주지 않으면 곧 죽을 지도 모를 여행객을 만나게 됩니다.

그러나 혼자 어떻게 할 수 없겠다 싶을 때 같은 방향으로 가는 여행자가 있어 그에게 함께 도와주자고 합니다. 그러나 여행자는 아니라면서 가버리고 맙니다. 그래서 썬다 싱은 당장 죽을지도 모를 여행객을 등에 업고 갑니다. 힘이 듭니다. 땀이 납니다. 얼마쯤 걸었을까, 인기척도 없는 산비탈에 이르렀을 때쯤 눈 위에 쓰러져 있는 사람을 발견하게 됩니다. 살피니 나는 아니라고 가버렸던 그 여행자인 겁니다. 아무튼 그랬던 썬다 싱을 인도 사람들은 성자라고 하는가 싶습니다. 그래서든 우리 성도들도 이런 얘기를 얘기로만 흘려듣지 마시길 바랍니다. 그리고 인도 썬다 싱이라는 사람에 대해 더 알고 싶으시면 인터넷에 들어가 찾아보시오. 썬다 싱을 칭찬하는 얘기들이 많을 겁니다.

그래요. 썬다 싱 얘기는 이쯤에서 멈추고 이젠 하고자 한 얘기 본론으로 돌아가 정말 궁금한 게 있는데 우리 광주에서 발생한 민주화 운동입니다. 그러니까. 민주화 운동은 우리 광주시민의 잘못이 아니라는 겁니다. 말하기조차 조심스럽지만 북한군 소행은 아닐까 해서요. 그래서 목회자 시각으로 보기는 5·18은 민주화가 정당하다는 단체가 여럿이나 정당하지 못하다고 주장하는 단체는 하나도 없는가 봅니다. 꼭 그래서만은 아닐 것이나 5·18 사태에 대해 사실대로 말하고 싶어도 우리 광주시가 5·18 사태에 빠져버린 분위기라 침묵할 수밖에 없다는 측과 5·18은 민주화가 정당하다는 측이 서로 만나 사실인지 사실이 아닌지를 가려내자는 겁니다. 그것도 공개적으로요. 그러니까 전날의 빛고을로 되돌려놔야만 해섭니다.

다시 말해 5·18은 우리 광주시민이 일으킨 민주화가 아니라는 겁니다. 그러니까 북한군 개입설인데 북한군 개입설이 사실임을 말하는 사진이 인터넷에 공개가 되다시피 했습니다. 공개된 사진을 보면 80년 광주 사태 당시 남한에 침투한 북한군 158명의 이름까지 새겨진 비석이 북한에 있다는 겁니다. 남조선 혁명 투쟁에서 희생된 인민군 영웅들이라고요.

그것만이 아닙니다. 노무현 대통령 당시 2006년 5월 24일 북한군 인사들이 우리 광주시까지 몰려 와 헌화까지인 사진입니다. 그리고 무기고 관계자나 알 수 있을 비밀스러운 38개의 무기고가 단 4시간 만에 털린 이유입니다, 그것도 그렇지만 전남도청 지하실에다 는 우리 광주시 자체가 통째로 날아갈 수도 있는 어마어마한 폭발물을 무슨 목적으로 가져다 놨는지입니다. 전남도청 지하실에다 가져다 놓은 폭발물과 총기에 대해 구체적으로 말 안 해도 인터넷 검색창에 올려져 있으나 더 말하면 카빈 소총 포함 기관총 4,403정, 실탄 288,680발, 수류탄 270발, TNT 10여 상자, 폭약 2,500 상자, 뇌관 350,000개 이렇답니다.

그래서든 어떤 위기 상황에서도 정직하고 바른말이라면 마다 안 해야 할 목회자로서 사실대로 말하면 우리 광주시를 대표하실 만한 분들은 그 어디에도 없고, 5·18 공원, 5·18 거리, 5·18 분수데. 5·18 문화원, 김대중 컨벤션, 심지어 망월동 묘지 행 버스 번호조차 518로 되어있다는 게 말이나 됩니까. 아무튼 그걸 보게 된 저로서는 목회자이기 전에 광주시민으로서도 걱정이 아닐 수 없습니다.

걱정인 건 누가 뭐래도 꽃처럼 자라나야 할 내일의 희망들을 독버섯처럼 자랄 수도 있기 때문입니다. 이런 말까지는 하지 말아야겠으나 오늘 설교를 위해 5·18을 말하는 전일빌딩도 가 봤습니다. 가봤는데 어느 학교에서 온 학생들인지는 몰라도 오십여 명의 학생들이 관람하고 있음을 보면서 우리 광주가 5·18에서 벗어나게 할 방법은 없을까 그런 생각도 했습니다.

그런 생각은 현재의 광주 분위기로서는 잘못일 수는 있겠으나 우리 광주시가 나아갈 길이 5·18사태라고는 생각하기도 싫습니다. 그러니까 5·18사태는 시대적 아픔으로만 두자는 겁니다. 이건 일간지에 실린 내용이 아니라서 함부로 말할 수는 없어도 북한 인사들 수십 명이 5·18을 기념하는 사진을 보고 저는 충격이었습니다. 그런 사진이 가짜면 좋겠으나 가짜가 아니고 진짜라는 말입니다. 그러니까 우리 대한민국 군인들은 그만두더라도 대한민국을 공산주의 세력으로부터 지켜주기 위해 유엔군으로 참전했던 195만 명의 피 흘림을 욕되게 하는 짓임을 우리 광주시민은 몰라서는 안 된다는 겁니다.

금남로 데릴사위

그렇다는 점에서 저는 부산에 건립된 유엔군 위령탑에 가 봤는데 위령탑 정면에는 평화를 상징하는 비둘기가 그려져 있고, 22개국의 유엔기가 펄럭이고, 비석에다는

　　우리의 가슴에 님들의 이름을 사랑으로 새깁니다.
　　우리의 조국에 님들의 이름을 감사로 새깁니다.

　　이렇게 되어있음을 보면서 저는 감사의 눈물이 핑 돌았습니다. 눈물이 핑 돈 까닭은 그대들은 전혀 모르는 대한민국 땅에 유엔군으로까지 와 피 흘려 준 건가. 그런 안타까운 생각이 들어서였습니다. 그러니까 그대들은 사랑하는 가족이 있어서 건강한 모습으로 살아 돌아오기만을 간절히 기다리고 있을 텐데…. 그런 애잔한 생각까지 들어서였습니다. 이건 목회자라서만이 아닙니다. 누구든 그럴 것으로 세상 무엇과도 바꿀 수 없는 게 부모 형제일 것이기 때문입니다.

　　그리고 이건 지인에게서 듣게 된 얘기지만 손님은 서울행 고속버스를 타기 위해 택시를 탑니다. "어디로 모실까요?" "서울행 버스를 타려고요" "알겠습니다. 알겠는데 그러면 버스 시간은요?" "버스 시간은 상관없어요. 그런데 오면서 보니 5·18 문화원이라고 되어있던데 그런 문구는 아무래도 아닌 것 같습니다." "서울 사람들은 광주를 몰라도 너무 몰라요." 손님은 택시 기사에게 더 말해서는 봉변당할지도 모르겠다는 생각에 침묵만으로 목적지에 도착해 내리면서 "고맙습니다"했는데도 택시

기사는 잘 가세요. 그런 간단한 인사말도 없이 휑 가버리더라는 거요. 그래서 손님은 광주는 말조심의 성지인가 보다 그랬다는 겁니다.

그래서 하는 말이나 대한민국의 적일 수밖에 없는 김일성을 함부로 욕했다가 당신은 이승만파이고 박정희파냐고 광주시민이 몰아세우려까지 한다면 이제부턴 그런 적개심을 버리고 본래의 빛고을로 돌아가자는 겁니다. 그래요. 아픈 시대를 경험한 기성세대들이야 이해한다 해도 5·18 사태에 대해서는 아무것도 모르는 어린이들이 무슨 죄겠습니까. 그러기에 우리는 어린이들에게 적개심을 그대로 본받지 않도록 해야 할 의무도 지고 있다는 겁니다.

성도 여러분, 성경에는 잘되고 좋은 것만 기록해 두지 않았습니다. 그러니까 하나님은 그의 백성들이 잘한 일도 못한 일도 오해살 만한 죄악들도 사실 그대로 기록하고 있습니다. 그렇게까지 이유는 진실이 강물처럼 흘러가서 전해져 은혜와 축복이 되기 때문일 겁니다. 그래서 하는 말이나 거짓은 계속해서 거짓을 낳고 저주는 멸망을 가져올테니 말입니다. 그러니까 거짓의 마귀는 거짓으로 시작이 돼 거짓으로 이 땅을 멸망시키려 한다는 겁니다. 그래서 하나님은 감추어진 것들이 때가 되면 밝혀지리라 하십니다.

그러니까 5·18 사태 억지 문제를 올바르게 고치자는 겁니다. 그런 점에서 우리 광주를 보면 할 말이 많습니다. 그러니까 성도님들도 보편적 가치가 무엇인지 모르지 않을 것이나 사회를 어지럽게 할 일이 아니면 무슨 말이든 할 수 있는 자유, 보호도 받을 자유. 나아가 베풀 자유, 이런 자유를 보편적 가치라고 한다면 북한은 그런 자유가 있느냐는 겁니다. 저는 그래서 '이제 만나러 갑니다' 프로그램을 즐겨보는 편인데 그게 사실인지는 몰라도 이사를 평양으로 하고 싶어도 김일성에게 충성심이 얼마나 큰지를 따진답니다. 그게 사실이라면 북한이 어디 사람이 살아갈 수 있는 국가냐는 겁니다. 그거야 북한 내 문제겠지만 북한은 우리 대한민국을 향한 핵무기까지 겨누고 있습니다.

핵무기 말이 나와 하는 생각이나 우리가 기억해야 할 건 공격하려는 맘보는 반드시 망한다는 것입니다. 성경에도 그런 말이 나옵니다. 그런 점에서 세계 질서를 보면 세계 대전을 일으킨 일본이 망했고. 개인적으로는 독일 통치자 히틀러가 자살까지입니다.

더 말하면 우리 대한민국을 지금까지도 힘들게 하는 북한입니다. 그러니까 세계적으로도 말썽꾸러기인 북한이 세워지기까지는 김일성 개인 권력도 있겠지만 인간을 물질로 본 헤겔의 변증법이라는 아주 괴상한 철학적 이론을 가지고 마르크스와 엥겔스는 정립하고, 러시아 레닌이 만든 소비에트 연방이라 하겠습니다. 소비에트 연방이라는 조직도 그렇습니다. 단 백 년도 못 버티고 창피하리만치 해체가 된 겁니다. 말이야 해체라고는 하나 정확히 말해 폭삭 망한 겁니다.

그래서든 인간은 도움을 주고 도움도 받는 그런 인간적 아름다움이 있어야 함은 물론임에도 오늘의 북한은 그게 아닙니다. 그러니까 고모부를 공개처형 하는가 하면 이복형까지도 죽이는 악질적 집단 수장입니다. 우리 대한민국이 북한으로 흡수될 가능성은 없음에도 아직도 남침에 대한 야욕을 품고 있다는 겁니다.

그래요, 누구 말따나 남북통일이 북한식으로 되면 남침이니 북침이니 그런 말은 없겠지만 우리 신앙인들에게는 교회라는 이름 자체도 없어질 게 아닙니까. 그렇다는 것을 우리 신앙인들은 분명히 해야 할 겁니다. 그래서 대한민국이라는 말에서도 자유라는 말을 빼서는 안 된다는 겁니다. 덧붙인다면 신앙의 자유를 누릴 수 있도록 애써 주신 이승만 대통령에게도 감사해야 할 겁니다.

이승만 대통령께 감사할 일은 신앙의 자유만이 아닙니다. 대한민국 국민 모두가 인정하겠지만 우리나라는 세계가 부러워할 만큼의 부강도 이승만 대통령이 닦아놓은 겁니다. 그래서든 어느 국가도 국가가 번영하려면 삶 자체가 자유로워야 한다는 겁니다. 그래서 하는 말이나 북한은 쓸 수도 없는 핵무기에만 신경인가 봅니다. 여기서 궁금한 건 소위 인권변호사라고 하는 사람들입니다. 그러니까 변호사들마다는 북한 통치자를 욕하지 않는다는 겁니다.

아무튼 우리 광주가 5·18 사태로 인해 아직도 아픔을 겪고 계실 분들은 가해자에게 다가가. 시대가 그런 거지, 어디 억하심으로 그랬겠어요.

하고. 가해자들은 피해자에게 다가가 잘못했다고 말하고 싶어도 너무도 미안해서 머뭇거리기만 했는데 늦기는 했어도 이제라도 용서를 빕니다. 이런 아름다운 말이 나오기를 바라는 마음에서 드릴 설교가 되겠습니다. 그러니까 5·18 사태로 인해 입게 된 아파하는 맘들을 치유 설교라고 할까. 아무튼 그런 줄 아시고 설교를 끝까지 들어 주셨으면 합니다.

그렇습니다. 목회자인 제 입장으로도 아닌 것 같은데 정치계는 5·18 사태를 민주화 운동으로까지 규정지어 버렸습니다. 뿐만이 아닙니다. 헌법 조문에다도 넣자는 말까지 당당하게도 나옵니다. 그렇다면 북한이 의도한 위험한 발상이 아닌가 싶습니다. 어떻든 5·18 사태가 우리 광주로서는 잊을 수 없는 슬픈 일로 엊그제 일어났던 일처럼 아픈 5·18 입니다. 그래요. 이젠 5·18 사태와 같은 아픈 일은 다시는 없을 것으로 믿지만 이런 문제에 있어 당시를 지켜본 입장에서 사실대로 말한다면 저는 무서움을 몰라야 할 청년임에도 혹 다치기라도 할까 싶어 숨어 지냈던 것 같습니다. 그러니까 젊은이가 비겁하게 말입니다. 그때는 그랬지만 저는 목사라는 자격으로 단위에까지 섰습니다. 단위에 서기까지는 성도님들의 용서가 있었기에 가능하다고 저는 생각합니다.

제 말에 아니라고 하실 분도 계실지 몰라도 저는 사실을 사실이라고 말해야 할 목회자로서 말을 한다면 우선 전남도청 지하실에다 우리 광주 시내 자체가 통째로 날아갈 수도 있는 어마어마한 폭발물인데 그런 폭발을 누가, 무슨 목적으로 가져다 놨는지 알아야 합니다. 그러니까 맘보 고약한 광주시민은 전혀 아닐 것으로 저는 보기 때문입니다. 아닐 것으로 보는 건 광주시민의 행위일 가능성은 본인만이 아니라 사랑하는 가족까지 포함하기 때문입니다.

언론에 보도가 되기도 했지만 1980년 낭시 광주시 모 탄약창에 근무하던 무등산 씨는 계엄군 도청 탈환 작전 직전인 5월 24일 시민군 손에 넘어간 전남도청 지하실에 설치된 엄청난 양의 폭약을 제거해 달라는 시민군 속 온건파 학생들의 요청을 받고 죽음을 무릅쓴 채 현장에 잠입하여 2천여 개의 다이너마이트와 450여 발의 수류탄 뇌관을 제거했다는 공로로 국가에서 주는 보국훈장을 받기까지 한 무등산 씨는 전남도청 지하실에 가득 쌓인 폭발물을 보는 순간 자칫 광주 시내 자체가 불바다 될 수도 있다는 아찔한 위기감에 밤새워 작업했다고 당시를 회고하였습니다.

그러나 2006년 3월, 참여 정부가 당시 5·18 민주화 운동 진압 작전 참가자 등 176명의 훈장 서훈을 취소하는 과정에서 무등산 씨도 명단에 포함됐었으나 논리상 민주화 운동과는 맞을 수가 없다는 이유로 취소됩니다. 그러나 무등산 씨는 명예 회복을 위해서라도 소송한 끝에 2007년 훈장을 되찾을 수 있었습니다.

그리고 저는 포병부대에서 중화기인 캐레바 50이라는 화기를 다뤄도 봤는데 캐레바 50 위력은 대단해서 얘기만으로는 모를 건데 소총탄 사거리는 4백 미터에 비해 캐레바 50 총탄의 거리는 1천4백 미터나 됩니다. 그런 총탄이 250발이나 되고 그것도 연발 총탄으로 헬기 기총소사 총소리는 광주 시내 멀리까지도 들렸을 텐데 천주교 조비오 신부라는 분 한 분만 들었을까 싶습니다.

그렇기도 하지만 전일빌딩 내부 245발의 총탄 흔적도 그렇습니다. 전일빌딩 총탄 흔적이 밖이라면 또 모르겠으나 안쪽이라는데 의구심입니다. 그런 말이 나온 김에 더 말하면 소위 시민군이라는 세력들은 실탄은 어디서들 구했으며 총탄은 무엇 때문에 전일빌딩 내부 벽면을 향해 쐈는지 의아합니다. 그러니까 북한 김일성이가 솔방울을 던지니 수류탄이 됐다. 어린이들에게 가르친 행위는 아닐까, 해서입니다. 그렇게 말하는 건 강진군에는 늦봄학교라는 북한식 학교가 있기도 하다 해서요.

그러니까 문익환 목사가 세운 늦봄이라는 학교는 평화 교육사업회에서 설립한 학교로 2006년 3월에 개교한 학교라고 말하는 것 같습니다. 개교 목적은 한국의 민주화 운동과 통일 운동을 이끌었던 늦봄 문익환 목사의 뜻을 교육 철학 이념으로 삼는 건데 전 학년 커리큘럼에서 진리·자유·해방의 영성, 고난받는 이웃들을 향한 지극한 사랑과 섬김, 민족 통일과 평화를 위한 열정과 실천, 순수한 열정과 감성을 바탕으로 한 자아실현의 자세를 강조한다고 인터넷 공개까지 했습니다.

그게 진심이라면 고 문익환 목사님께 한번 묻고도 싶습니다. 그러니까 북한에서는 선교 자체를 못하게 가로막는데 그런 이유에 대해 무어라고 대답하실지요. 기독신앙을 가르치는 목회자로서 당연히 아니라

012

고 해야 할 목사님이 되레 동조까지 하고 계시다니요. 조심스럽지만 문익환 목사는 목회자 탈을 쓴 사탄이라는 겁니다.

성도 여러분, 새벽을 깨우리라. 책까지 펴신 김진홍 목사님은 말합니다. 북한 주민이 어떻게 사는지 눈으로 직접 보고도 싶어 평양도 여러 차례 가봤는데 모란봉 중턱, 그러니까 평양 시가지가 내려다보이는 곳에 김일성 동상이 버젓이 세워져 있어서 갈 때마다 몇 바퀴 돈다며, 돌 때마다 무슨 생각을 하느냐면, 밧줄을 어디서부터 잡아당겨야 잘 무너질까 연구도 한다고 하십니다. 그러니까 김일성 동상 자리는 평양 대부흥을 일으킨 장대현교회가 세운 교회 건물인데 그런 건물을 김일성 동상을 철거해 버리고 평양 장대현교회를 다시 세워 준공 예배 축도를 하는 게 꿈이라고 하십니다. 어쨌든 북한은 우리의 사도신경을 개사한 기가 막힌 내용 제가 한번 읽어 보겠는데.

'전능하사 당과 인민을 영도하시는 김일성 주석님을 내가 믿사오며, 그 외아들 김정일 동지를 내가 믿사오니, 이는 공산당으로 잉태하사 미제 국주의자들에게 박해를 받으시고, 저리로부터 인민을 해방하러 오시리라'

이런 사실을 문익환 목사님은 어떻게 설명하실지입니다. 뿐만이 아닙니다. 늦봄학교 어린이들도 다른 어린이들과 어울리며 신나게 자라나야 할 어린이들 공부를 공개적으로도 못 하게는 건 무슨 이유입니까.

그래서 하는 말이나 5·18 사태는 그리 길지도 않을 짧은 기간이지만 살피면 독재 정권이었던 박정희 정권이 무너지고 신군부가 사실상 들어서기 전해인 12·12 사태 때로 보면 될 건데도 이미 서거하신 전직 대통령들에게는 미안한 말이지만 한 분은 5·18 사태가 발생하기 얼마 전까지도 내가 대통령이 되어야 한다고 우리 호남 유권자들에게 말하고 다니셨고, 한 분은 전방 군부대를 찾아가기도 했습니다. 목회자로서 함부로 말해서는 안 될 말일지 몰라도 그것은 대한민국을 살아볼 만한 국가로 만들어 보고자가 아니라 오로지 대통령뿐이었습니다.

그렇게 말하기는 정권은 연속성이든 반복이든 제정된 법령을 따라야 함은 당연하나 그런 국가는 선진국에서나 해당하는 제도이고 부자가 못된 나라들은 무력으로 정권을 탈취하는 경우가 대부분임을 우리는 보게 됩니다. 그래서 우리나라도 그런 나라들처럼 된 겁니다.

목회자로서 조심이나 5·18 사태 때 광주시장을 비롯한 대학 총장님들, 국회의원들, 나아가 대형교회 목사님들이 나서서 사랑하는 광주시민 여러분, 이 사태를 더 이상 키우지 맙시다. 했다면 이렇게까지 되지는 않았겠다 싶은데 왜 침묵만 했을까 생각합니다. 그렇게 외친다고 시민들이… 군인들이… 해치거나 그러지는 않았을 텐데도 말입니다.

우리는 지식인이라는 말도 합니다. 그러면 지식인이란 어떤 대상을 두고 하는 말일까요. 내 말 한마디면 움직여 줄 그런 인물을 말하는 겁니다. 그렇다면 우리 광주광역시에는 머리뿐인 지식인만 있을까요? 그러니까 당신은 어느 분의 딸입니까. 당시 나이로 보면 아가씨였을 텐데 평생을 같이할 대상도 사귀고 싶었지 않았을까요. 세상에 누구로부터 태어났든 인간으로 태어났으면 사랑하는 사람과 맞나게 살아보기도 해 봐야 할 건 당연함에도 그러지도 못하고 부덤이 되고 말나니요.

이렇게까지 잘못된 건 정치인들에게 죄를 물을 수밖에 없을 건데 지금을 보면 너무나도 뻔뻔스럽습니다. 그러니까 세상에 태어나기는 했으나 피어보지도 못하고 죽어간 건 누구 때문일까요? 생각할수록 분통이 터질 일입니다. 어쨌든 5·18 민주화 운동 기념식 행사장을 빛내고자 모여든 거룩하지도 못한 인물들에게 말합니다. 5·18 사태 때 잃어버린 사랑하는 막내딸이 그리워 늘 찾아가신다는 저 할아버지를 찾아가 위로의 말이라도 해드리면 안될까요. 그러니까 정치인이기 전에 인간적으로요. 아니, 그리고 싶어도 정치적으로 어렵다면 위로의 편지라도 말이요. 그러니까 아무리 전두환 대통령이 밉다고 해도 북한에서나 부름직한 노래를 기필코 불러야만 하겠냐는 겁니다.

그런 얘기를 더 하면 김대중 대통령은 티비 앞에서 하시는 말씀이 김정일을 만나보니 괜찮은 사람 같더라고 하십니다. 아니, 자나 깨나 남침 야욕에 불타있는 김정일더러 괜찮은 사람이라니요. 놀랍습니다. 그러니까 대한민국으로서는 당연히 제거 대상인 김정일을 두고 말이요. 김대중 대통령이 그러기까지는 김정일로부터 후한 대접만 받은 게 아닐 겁

금남로 데릴사위

니다. 김대중 대통령의 일성이 뭡니까. 행동하는 양심입니다. 행동하는 양심이란 대한민국을 북한으로 넘기겠다는 겁니까. 지금도 서울 현충원에 무덤으로 계시지 않다면 그게 사실이냐고 한번 묻고도 싶습니다.

다음으로는 노무현 대통령입니다. 노무현 대통령은 군사분계선인 서해를 남북 공동구역으로 하자는 김정일의 제안을 수용하려고 했던 일입니다. 김대중 대통령 말마따나 대통령 권한은 막강해서 우리 기독교는 이제 말살되고 말겠구나 싶었습니다. 서해 앞바다가 대한민국으로서는 어떤 지역입니까. 그래서 하는 말이나 노무현 대통령 사상이 어디에 있는지 몰라도 김일성 주체사상을 그대로 받아들이는 발상이 아니냐는 겁니다.

구체적으로 말하면 북한은 인천 앞바다까지를 북한 자기네 안방 드나들듯 할 것은 물론이고 대한민국 전복 세력들은 소련군이 평양 시내에서 나팔 불고 북 두드리며 내려오듯 할 건 짐작까지 필요 없습니다. 그러니까 김정일은 북한통치 속성상 기독교는 김일성 주체사상의 걸림돌인 겁니다. 그러니까 북한은 기독교가 김일성 주체사상의 악이라 반드시 없애야만 할 대상이라는 겁니다.

그래서 생각이나 김영삼 대통령 재임 시절 하마터면 대한민국이 김일성에게 속아 넘어가 남북 관계가 복잡해질 수도 있었는데 김일성이가 만나자는 말만으로 곧 죽어버린 건 아무리 생각해 봐도 하나님이 대한민국을 보우하시는 게 아닐까. 저는 그렇게 생각합니다. 그렇게 말하기는 남침야욕에 불타있는 김일성이가 김영삼 대통령을 속여먹기는 식은 죽 먹기보다 더 쉬울 수도 있을 것 같아서입니다.

〈생각해 보면 제가 대한민국을 그동안 너무 힘들게 한 것 같습니다. 그래서 늦기는 했으나 이제라도 사과의 말씀을 드리면서 이제부터는 모든 걸 내려놓을 생각으로 각하를 만나자고 했고, 각하께서는 이렇게 만나 주고 계십니다. 그래서 하는 말이나 북남문제는 각하와 제가 해결하지 않으면 안 될 문제입니다. 그렇기는 하나 만남조차 쉽지 않을 문제이기에 각하께서는 만남의 약속을 취소는 아니실까. 염려도 했습니다. 그러나 그런 염려는 어디로 가버리고 이렇게 만나 주시니 우선 감사 말씀부터 드리겠습니다. 그래요. 각하와의 만남은 제가 말 안 해도 각하께서는 더 잘 아실 것이나 우리의 만남은 조선 반도의 획기적 사건이 될 일이라고 세계인들은 박수만이 아니라 이런저런 사정으로든 분쟁이 그치지 않는 국가들도 우리의 만남을 참고로 하지 않을까 싶습니다. 그래서 하게 되는 말이나 저는 지금의 만남 이후로 남녘 동포들을 만날 생각이 있습니다. 그러니 각하께서는 만남의 기회를 곧바로 주셨으면 합니다. 한 가지 부탁드릴 게 있는데 부탁이란 다름이 아니라 우리 북조선 인민들 정서는 미군은 침략군으로 여겨질 뿐이라는 데 있습니다. 그러니까 비행기 소리만 들려도 미군이 쳐들어오는가? 그런 두려운 생각으로들 살아간다는 얘깁니다. 각하께서는 그런 점만 참고로 해주신다면 그동안 바라던 조선 반도에 평화는 반드시 이루어지고 말 겁니다. 그래요, 제가 이런 말까지 해도 될지 몰라도 저는 살아갈 날도 많지 않은 나이가 됐습니다. 그래서 칭찬까지는 그만두더라도 욕까지는 안 먹어야겠다는 그런 생각인 거요.〉

그렇기도 하지만 인류 보편적 가치가 평화라면 크리스천들은 그런 평화를 더해 땅끝까지 이르러 내 증인되리라.까지입니다. 그래서 북한은 평화도 없고 선교라는 말 자체도 없습니다. 있다면 오로지 김일성 우상화를 위한 통제 수단뿐입니다. 그래서 하는 말이나 한국계 미국인 로버트 박이라는 청년의 얘깁니다. 로버트 박은 1981년 7월 23일 미국 캘리포니아에서 태어납니다. 그렇게 태어난 로버트 박은 북한 인권 문제에 관심이 많아 그랬겠지만 북한 인권 단체 리더로까지 열정적으로 활동했습니다. 그런 로버트 박은 2009년 12월 25일 중국을 거쳐 북한으로 당당하게도 들어갑니다. 그러니까 로버트 박 자신이 죽어줌으로써 북한 사람들도 신앙의 자유를 누리게 될 거라면서 미국 정부는 자신을 구출하기 위해 대가를 치르지 않길 바란다는… 그러니까 상상도 못 할 유서까지 씁니다.

　　그래서 로버트 박은 성경책 하나 들고 찬송가를 부르며 북한 군인들에게 다가가 당신들은 세계인들이 사랑하고 있습니다. 그러면서 한 걸음 한 걸음 북한으로 전진합니다. 그것을 본 북한 당국은 즉시 체포합니다. 그리고 43일 동안 억류가 되는 동안 모욕적인 성 착취를 당하는 바람에 남성 기능조차 상실됐다는 내용이 인터넷에 올라와 있습니다.

　　로버트 박이 그러기까지 북한 정보당국은 북한 선교는 꿈도 꾸지 못하게 나름의 방책을 세웁니다. 그러니까 미녀 세 명이 카메라까지 들고 희희낙락하며 로버트 박 눈앞서 얼쩡거리게 합니다. 그것을 본 로버트 박은 속아 넘어가 전도를 시작합니다. 미녀 세 명은 로버트 박에게 신뢰를 쌓은 뒤 성경도 알고 싶다면서 로버트 박, 숙소까지 들어가 성경 공부까지 하게 됩니다. 그러기를 일주일간 지속하다가 북한 당국의 뜻한 바 본색을 드러냅니다.

그러니까 미녀 세 명은 로버트 박, 그의 바지를 홀랑 벗김은 물론 그 이상의 짓까지 했는데 아가씨들이 로버트 박을 덮친 게 아닌 것처럼 사진을 찍습니다. 이것이 오늘의 북한임을 우리는 몰라서는 안 될 겁니다. 북한은 그렇게까지 악랄합니다. 더 말하면 북한이 벌인 청와대 습격으로부터 아웅산 테러 사건, 민간 여객기 폭파 사건, 남침용 땅굴 등이 바로 그것입니다. 이 부분에서 아니라고 말할 사람도 있을지 몰라도 오늘의 북한이 어떤 집단인지 성도님들은 아셔야 합니다.

그래요. 어느 시대라고 태평성대가 있었겠습니까마는 살아남은 것만도 다행이다. 그런 생각으로 사시는 분도 계시리라 싶어 말씀드리면 다음과 같습니다. 생각해 보니 그렇게는 누구도 아닌 저희들 잘못인 것 같습니다. 늦었지만 이렇게나마 찾아뵙습니다. 이제야 하는 생각이지만 시민 여러분, 학생 여러분, 이러지 맙시다. 외치기라도 했다면 죽이기까지 했을까요. 그러함에도 심각한 사태를 문틈으로 내다보기만 했습니다. 정말 죄송합니다. 피해자 손을 붙들면 내쫓을까요? 그런데도 진정성이라고는 하나도 없는 국회의원이라는 신분의 명암을 내미는 손을 보면 얼굴도 봐지게 된다는 말을 듣고 그건 아니라는 생각이 들었습니다.

성도 여러분, 그렇지만 우리 신앙인들도 정치인들에게 야단칠 자격이 있는지 신앙적 양심으로 한번 생각해 볼 필요가 있을 겁니다. 이런 문제에 있어 목회자인 저도 할 말 없습니다만 그렇습니다. 목회자로서 성도님들 앞에 서려면 예수님처럼까지는 안 되겠지만 흉내라도 내는 삶이어야지 않겠는가 해서입니다.

성도 여러분, 예수님이 보여주신 것은 우리 그리스도인들은 살 수 있는 길을 찾지 않습니다. 그러니까 목회자로서 쉽지 않은 말이지만 누군가를 위해 내가 죽어주는 길을 찾는다는 겁니다. 그래서든 예수님의 십자가를 보십시오. 죽은 지 사흘이나 된 나사로를 살리셨는가 하면 보리떡 다섯 개와 물고기 두 마리로 장정만 5천여 명을 먹이고도 남는 오병이어 사건, 물로 포도주를 말씀으로 만드신 이적을 보면 십자가에 매달릴 필요도 없이 말씀 한마디면 해결이 될 일인데 굳이 고통의 십자가를 지셨겠습니까.

전능하신 예수님이 그렇게까지는 무엇을 말함입니까. 곧 사랑을 말함입니다. 우리는 그래서든 사랑을 말하나 사랑이라는 말은 희생을 전제로 하지 않고는 건성으로 부르는 노래일 뿐임을 우리 성도들은 알아야 할 겁니다.

성도 여러분! 사랑하는 막내딸을 잃어버리고 애통해하시는 송 장로님처럼은 아니어도 사랑하는 자식이란 곧 자신이라는 면에서 생각해 볼 수도 있지 않겠습니다. 그러니까 예수님은 인류를 위해, 아니 지금의 나를 구원하시기 위해 오셨고, 한참 맛나게 사실 나이에 십자가를 지신 것입니다. 십자가 참혹함이란 전에도 없었고, 후에도 없을 것입니다.

그러니까 성경적이기는 해도 십자가는 어느 법에도 없는 인간이 고 안해낸 최악의 사형 집행입니다. 그런 십자가를 동산에 높이 매달아 놓고 '세상 사람들 다 보시오' 하는 십자가입니다. 그것은 사형집행 장면을 지나는 사람들에게 보여주자는 로마당국 의도입니다. 그런 사형집행 장면을 보는 사람들마다는 어쩌다 저렇게 죽을까. 침을 뱉기까지, 온갖 수모를 다 당하신 예수님, 그런 예수님을 우리는 영혼의 구원자로만 믿고 신앙생활을 합니다.

그렇다는 점에서 신앙생활이 자유로울 수 있도록 대한민국을 세우신 이승만 대통령을 저는 목회자로서도 한없이 존경합니다. 그렇게 안 됐기에 망정이지. 김구 생각대로 좌우합작이라는 이름으로 남북이 하나가 됐다면 대한민국에는 기독교가 없을 것이기 때문입니다. 있다고 해도 신앙생활을 드러내놓고 하지 못할 것은 짐작까지 필요하겠습니까.

다시 5·18 사태 얘기로 돌아가 정치인들에게 말할 기회가 주어지기라도 한다면 그래도 되느냐고 묻고 싶습니다. 목회자가 심한 말을 해서는 안 되겠지만 지적한다면 정말 아닌 모양새로 5·18 기념행사를 진행해서야 되겠느냐는 것입니다.

그러니까 사정상 어쩔 수 없다면 또 모를까 그게 아니면 빛나라 자동차는 목회자로서는 아니다 싶은 눈총들이 있을 수도 있으니 승합차 아니면 택시를 이용하든지 해야지 않을까요? 삶에서 때로는 내숭도 필요할 텐데 그것조차 무시해버린다면 국가는 어떻게 될까요. 보도된 데로 어느 교육관이 말했듯 민중은 어차피 개인 것이다, 그러니 돼지처럼 취급해도 먹을 것만 주면 말이 없을 거라는, 정말 기가 막힐 발언, 그런 말이 지금도 유효한지 묻고 싶습니다. 우리 교회 성도 중 몇 분은 공무원으로 재직 중인데 거기다 대고 말하는 건 아닐 것 같아 미안하나 흘려들으시길 바랍니다.

성도 여러분, 5·18 사건이 광주시민들로서는 두고두고 잊지 못할 슬픈 역사적 사건입니다. 그래서 우리 광주시민들은 국가적 기념일로 하는 것을 찬동할 생각인지는 몰라도 아직도 풀리지 않은 미제사건들이 남아 있습니다. 그래서 조심스러운 말이나 우리 광주가 아닌 다른 지역 사람들은 5·18 사건이지, 무슨 민주화 운동이냐고 말하지 않을까 싶습니다. 5·18 사건이 그러함에도 일부이기는 하나 3.1 운동 기념일처럼 하자는 발상이 솔솔 나오는 것 같아 북한이 의도한 발상은 아닌가, 하는 의심입니다.

성도 여러분, 아닐 것으로 믿고 싶지만 5·18 사건은 북한이 개입했다는 설이 있습니다. 물론 일부 우익단체 말이기는 해도요. 그것이 사실이든, 아니든 자유민주주의 국가가 무너지거나 그러지는 않겠지만 여기서 공산주의 국가란 어떤 형태의 국가인지 학교 공부를 했다면 모르는 사람은 단 한 사람도 아마 없으리라 싶습니다. 그렇지만, 공산주의는 정치적으로 기독교를 말살되어야 할 사회악쯤으로 규정짓고 있습니다.

그러니까 인터넷도 스마트폰도 외부와는 원천적으로 차단해 버린 겁니다. 북한도 자식들 교육열도 대단해서 영어 능력을 키우기 위해 촌지까지 낸다던데, 정작 영어를 배워봤자 써먹지도 못할 게 아니요. 그러니까 밖으로 나갈 수도 없게 정책적으로 막아버린 상태라서요. 자유는 비단 인간의 것만이 아닐 것이나. 북한은 유치원생들조차도 주체사상을 심어주기 위한 수단인데도 누구는 북한유치원은 잘 됐다는 엉터리 말도 하는 걸 저는 듣습니다.

그래서 북한에다 어린이 심장병원을 지어준다느니… 북한 어린이들을 돕자느니… 당장 멈추라는 말 하고 싶습니다. 그것은 김대중 대통령이 북한에다 준 돈으로 핵무기를 만들었기 때문입니다. 그래서 목사님들에게 말합니다. 북한 주민은 오로지 김일성 주체 사상자들이기 때문입니다.

이미 고인이 되신 김대중 대통령이나 노무현 대통령 두 대통령을 말하는 건 다소 지나칠 수 있겠으나 북한이 줄기차게 주장하는 미군 철수에 동조한 셈입니다. 그래서 엉터리 생각일지 몰라도 김일성은 김대중 대통령 햇볕 정책에 고맙다고 했을 거는 생각할 필요가 없을 것 같습니다. 그렇게 말하는 건 김일성은 자신을 태양신으로까지 여기라고 했기 때문입니다.

금남로 데릴사위

그런 얘기에서 엉뚱한 말일지 몰라도 자본주의는 종을 부리자는 데 있고, 공산주의는 권력을 쥐는 데 있다고도 합니다만 그렇습니다. 이런 말을 누가 했는지는 몰라도 근사한 말입니다. 그래요, 권력이라는 말은 상대를 제압한다는 의미의 말입니다. 그러나 통치자는 그런 제압통치도 괜찮은 경우가 얼마든지 있습니다. 그러니까 박정희 대통령은 국민을 배고픔에서 건져내고자 했고, 그것을 자기들 벼슬로 써먹자는 세력도 있었음을 그분들 거명까지 안 해도 잘 아실 줄 압니다. 그렇다는 점에서 생각을 바꾼 저항시인 김지하가 말한 글도 한번 소개하겠습니다.

요즘 세상이 하도 시끄러워 홍길동의 말을 소개한다면 한 마리 개가 그림자를 보고 짖으니, 수많은 개가 덩달아 짖네! 한 사람이 거짓을 퍼트리니 많은 사람이 진실인 것처럼 떠들어대네! 한 사람이 거짓을 말하면, 모든 사람이 사실인 양 믿어버리는데 요즘 너도나도 개 짖는 소리에 짜증나기도 하시죠. 세월의 흐름에 따라 이 또한 지나가리라 했는데 과연 우리나라가 어떻게 발전해 나갈 건지 오리무중입니다. 그래도 세상일 모두 잊으시고 대망의 새해를 맞이하여 만사형통하시길 바랍니다.

내일의 대한민국을 짊어질 젊은이들아!
우리나라 금세기 역사상 가장 존경받는 인물 중 세종대왕보다 더 존경받는 사람, 그것도 무려 20%가 넘는 최고의 인물로 존경받는 사람이 누군지 아느냔 말이다. 그러니까 국민소득 76불에서 15,000불, 인류 역사상 유례가 없는 단기간에 200배 성장으로 세계를 깜짝 놀라게

한 정치꾼이 아닌 진정한 지도자이며 애국자가 과연 누군지 아느냐 이 말이다. 이젠 다 지난 과거 일이지만 살아갈 길이 너무도 막막해 실의에 빠진 국민에게 우리도 하면 된다는 새마을정신으로 잠재력을 일깨워준 지도자, 박정희 대통령 말이다.

내일의 대한민국을 짊어질 젊은이들아!

대한민국이 이만큼 오기까지를 두고 누구는 한강의 기적이라고 쉽게 말할지 몰라도 강력한 지도자 없이는 어림도 없다. 그렇다는 점에서 오로지 대통령이 꿈이었던 김대중, 김영삼을 보자. 그들은 경부고속도로 건설 현장으로까지 쫓아가 하는 말이 절대농지를 국민 동의도 없이 고속도로는 무슨 고속도로냐면서 건설중장비 앞에 드러누웠고. 여기에 국민 대다수도 옳다고 한 상황을 박정희 대통령은 참아냈기에 오늘의 대한민국에 다다랐다.

내일의 대한민국을 짊어질 젊은이들아!

박정희 대통령. 독재자였음에도 각종 여론조사에서 민주화를 외치던 어느 지도자들보다도 가장 복제하고 싶은 인물 박정희 대통령. 가장 친근감이 있어 대화하고 싶은 지도자 박정희 대통령을 그리워하는 이유를 그대들은 아는가? 국가마다 국민에게 적용되는 행복지수라는 게 있다. 그때는 지금처럼 배불리 먹지도 못하고 일을 새벽부터 하지만 비전이 있었으며 삶의 의욕이 없었다는 것을 그대들은 알아야 한다.

내일의 대한민국을 짊어질 젊은이들아!

당시 독재 시대라고는 해도 생활하는 데는 아무런 불편함이 없었다. 그러니까 다만 정의만을 내세우는 극소수의 정치꾼들을 제압했을 뿐이다. 이젠 과거에 불과하지만 1960년대 세계에서 가장 못 사는 국가 대한민국에서 민주주의가 필요했겠느냐는 것이다. 생각해 봐라! 세상에 태어나 살아가려면 식욕, 성욕, 금욕, 지배욕이란다. 그렇다면 첫째가 먹는 것으로 봐야겠는데 먹는 것이 해결되지 않고서는 그 무엇도 우선될 수 없다. 그러니까 민주화 요구는 당연하다 하겠으나 경제력 뒷받침 없이는 모래위에 탑을 쌓는 것과 다름이 없다는 것이다. 여기서 남의 나라 얘기까지 하기는 조심스러우나 우리가 고속도로를 건설하고 철강회사도 건설할 때 우리보다 몇 배 더 잘 살던 국가들은 지금 어떤지를 봐라.

내일의 대한민국을 짊어질 젊은이들아!

보릿고개가 뭔지 모르고 다이어트에 신경 쓰다 보니 과거 60년대가 어땠는지 아무리 설명해도 이해가 안 되겠지만 지금도 자유니, 독재니 하며 정의만을 내세워서는 안 될 것이다. 우리나라 일 년 예산의 80%가 미국의 지원으로 운영이 됐고, 춘궁기 때면 굶어 죽는 사람도 있었으나 그런 정도는 뉴스거리조차 안 되던 때가 바로 60년대였다.

다이어트 시대인 오늘날에서야 아니지만 배를 곯아 봐야 인생이 뭔지도 알 수 있듯 너무나 잘 먹어 뱃살 빼기를 고민일까. 여성은 살이 쪄 통통해야 만며느릿감이라 했고, 남자는 배가 좀 나와야 사장이라는 말을 듣기도 했다.

237

내일의 대한민국을 짊어질 젊은이들아!

과거가 없이 현재가 없지만 생각을 해 보면 1960년 4월 19일 학생 혁명으로 이승만 독재 정권이 무너지고 과도정부가 들어섰을 때를 보라. 이런저런 단체들은 물론, 노동자, 농민, 상인, 이발사, 식당 주인, 남녀노소 할 것 없이 모두가 길거리로 몰려나와 데모, 학생들도 교장 선생님 조회 시간이 너무 길다며 데모, 짧은 머리 기르자고 데모, 공부 시간 단축하자고 데모, 초등학생, 선생들까지도 데모. 온 나라가 일 년 내내 데모로 지새웠음을 아느냐 말이다.

내일의 대한민국을 짊어질 젊은이들아!

이를 지켜본 세계인들은 대한민국 보기를 데모 공화국이라고 할 정도로 지구상에서 가장 많은 최루탄 가스를 소비하는 나라가 되었으며 사회는 극도로 혼란스러워 밤이면 마음 놓고 밖을 나다닐 수도 없을 정도로 경찰은 있으나 마나 했을 게 아니냔 말이다. 그러니까 김영삼 지지 패거리들과 반대 패거리 난동을 본 박정희 대통령은 국회해산까지 다다른 것을 아느냐 이 말이다. 더욱이 이승만 정부에게서 자유를 찾았으니 모든 것이 자유라며 지나가는 사람을 아무런 이유도 없이 발로 걸어차거나 주먹을 휘둘러대며 서울 광화문에서 데모하는 모습을 북한에서 생중계하였으니 말이다.

내일의 대한민국을 짊어질 젊은이들아!

만약 박정희 대통령이 나타나지 않았다면 그때나 지금이나 당리당

략과 사리사욕, 출세욕에 혈안이 된 정치인들일 것으로 지금쯤의 대한민국은 어떻게 되었을까 싶다. 그러니까 2002년 월드컵 4강 신화, 당시 거리응원단 너희들이 제일 좋아하는 축구가 월드컵 세계 4강에까지 올라 대한민국~ 짝 짝 짝~ 하며 즐거움을 맛볼 수가 있었겠냐는 것이다. 그러니까 박정희 대통령 덕에 올림픽을 개최하여 대한민국의 위상을 세계에 드높일 수 있었고. 경제협력기구 대열에 오르기까지라는 것을 아느냐 이 말이다.

내일의 대한민국을 짊어질 젊은이들아!!
박정희 대통령 서거후 27년이 지난 지금에 와서 친일파 청산이라는 정치적 잣대로 재고 재단하여 매도하고자 공(功)은 모두 빼버리고 과(過)만 조명하는 친일파 박정희 만화책을 만들어 감수성 예민한 청소년 세뇌까지 시키려 하고 살인범 김재규를 민주화 인사 운운하느냐 말이다. 세계인들은 박정희 대통령 새마을운동 업적을 배우기 위해 해마다 수만 명씩 찾아와 배워간다는 사실을 아느냐 이 말이다. 그러니까 우리나라로서는 적국이었던 중국에서조차도 박정희 대통령의 탁월한 지도력을 배우고자 박정희 전기라는 책이 중앙위원회 산하 당정 고위 간부들의 교과서가 되었으며 서점에서는 인기리에 팔리고 있음을 아느냐 이 말이다.

내일의 대한민국을 짊어질 젊은이들아!
지구상에서 가장 악독한 독재자 김정일에게는 말도 안 되게 통 큰 지도자라며 치켜세우면서도 박정희 대통령에겐 님은 커녕, 그가 쓴 광화문 운현각 현판을 뜯어내 빠개버리고, 하다못해 박정희 대통령 때 심은 나무까지도 뽑아내 새마을운동 흔적까지 깡그리 지워 버리려 하다니. 친인 공노할 짓을 기어코 해야만 하는 것이냐 이 말이다.

내일의 대한민국을 짊어질 젊은이들아!

대통령으로서 국정운영을 한 번의 실수는 5년이 아니라 대대로까지 이어질 수도 있을 것이다. 그렇다는 점에서 엉뚱한 말일지 모르겠으나 천하의 사기꾼 김대업을 이용하고, 젊은이들을 선동하여 정권을 휘어잡고, 탄핵 땐 예수 부활을 비교하면서 다시 태어났다고 자랑하는 정권, 그 배후 세력들이 지금까지의 언행들을 보면서 언젠가는 육영수 여사를 살해한 문세광 동상도 광화문에다 세우자고 할까 염려스럽다.

내일의 대한민국을 짊어질 젊은이들아!

박정희 대통령 장기 집권을 욕하지 마라. 박정희 대통령 서거 이유를 따지자면 김영삼이라고 말해도 될 것이다. 그래서든 박정희 대통령이 김재규 총탄에 쓰러지지 않고 5년만 더 집권했다면 지역적으로 낙후된 호남권도 부흥시켰을 것이다. 그런 이유의 상세한 말까지는 기회가 주어지는 대로 하겠지만 박정희 대통령은 서해개발 설계도까지 만들어 공사는 다음 해부터 시작했을 것이다. 그러니까 서울은 상업권과 금융권으로, 대통령 집무실이기도 한 행정권은 대전권으로 옮긴다는 구상 말이다.

사랑하는 성도 여러분, 말씀을 드리지 않아도 다들 아시겠지만. 광주라는 이름의 해석이 무엇입니까. 빛고을이 아닙니까. 그렇다면 과거는 역사로 돌리고 새로운 광주로 만들겠다고 해야 함은 말할 필요도 없음에도 그게 아니라 광주 거리는 5·18 거리, 5·18 문화원. 5·18 공원 5·18 분수대 등 온통 5·18 구호로만 도배를 해 놨다는데 저는 매우 슬픔을 느낍니다. 그러니까 그런 구호들은 아무리 좋게 해석하려고 해도 보복하겠다는 날선 구호일 뿐이기 때문입니다.

　　그러니까 말도 안 될, 5·18 분수대, 5·18 거리, 5·18 공원, ,5·18 문화원, 이런 날선 명칭들을 그대로 두어서는 어린이들에게 정신적 독약을 먹이는 거나 다름 아니니 감사하는 맘을 가지라고 장보고 거리, 이순신 거리, 안창호 거리, 등을 말해야 할 겁니다. 그래서 하는 말이나 우리 신앙인들만이라도 생각을 바꿔 광주시장님에게 말합시다. 희망찬 이름들로 바꿔 달라고요, 이런 문제에 있어 저는 목회자로서 앞장서겠습니다.

　　그러면 이번엔 기독교적으로 이승만 대통령 얘깁니다. 이승만은 한국계 미국인으로 알고들 있을지 몰라도 미국 목사들이 권유하는 미국 시민권조차도 포기한 별난 사람입니다. 이승만 대통령이 그렇게까지는 움직이는 국제정세가 '재팬 인사이드 아웃'이라는 책에서도 말했지만, 일본은 곧 패망하게 될 건데 일본이 패망하면 조국으로 돌아가 선진국인 미국처럼 자유민주주의 국가를 세우겠다는 생각으로 뭉쳐져 있었기 때문입니다. 그래서든 이승만 대통령은 국민에게 말하길 나라를 한번 잃으면 다시 찾기가 얼마나 어려운지를 알아야 할 것이니 굳건히 서서 두 번 다시 종의 멍에를 메지 말아야 한다고 강조도 하셨습니다.

신앙의 자유를 누릴 자격이 있는 성도 여러분!

이승만은 서양 정치인들이 일본의 팽창주의를 억제할 수 있는 것은 한국이 유일하며 독립된 한국이 동양 평화의 보루라는 사실을 인식하지 못한데서 비롯된 일이다. 그런데 아직도 미국은 임시정부를 인정하지 않고 있다. 소련은 종전 후 한국에 소련을 수립한다는 소문이 들리는 상황에서 그들의 극동 진출을 막고 현재의 대일 전쟁도 성공적으로 마무리하기 위해서는 미국이 임시정부를 승인하고 한국인들을 대일 전쟁에 참전시켜 실질적으로 미국을 도울 수 있게 해야 한다고 했습니다.

신앙의 자유를 누릴 자격이 있는 성도 여러분!

이승만 대통령은 1948년 8월 15일에서 다음과 같이 말했습니다. 세계정세 요체는 개인의 근본적 자유를 보호하는 일이나 정부는 항상 주의해서 개인의 언론과 집회와 사상 등 개인 자유도 보호해야 할 것입니다. 우리가 사십여 년 동안을 외적의 손에 모두가 학대받은 이유로 말과 행동만이 아니라 생각까지도 자유롭지 못했습니다.

신앙의 자유를 누릴 자격이 있는 성도 여러분!

이승만 대통령은 건국 날 국회의원 이윤영 목사님을 불러 기도하게 했는데 국회의사당에는 이윤영 기도문이 그대로 있다는데 한번 보겠습니다.

'우주와 만물을 창조하시고 인간의 역사를 섭리하시는 하나님이시여 이 민족을 돌아보시고 이 땅에 축복하셔서 감사가 넘치는 오늘이 있게 하심을 주님께 저희들은 성심으로 감사하나이다. 오랜 시일동안 이 민족의 고통과 호소를 들으사. 정의의 칼을 빼서 일제의 폭력을 멈추게 하시고 하나님은 이제 세계만방의 양심을 움직이시고 또한 우리 민족의 염원을 들으심으로 이 기쁜 역사적 환희의 날을 이 시간에 우리에게 오게 하심은 하나님의 섭리가 세계만방에 알리신 것으로 믿나이다. 하나님이시여, 이로부터 남북이 둘로 갈리어진 건 수치를 용서하여 주시고 우리 민족 우리 동포가 손을 맞잡고 웃으며 노래 부르는 날이 하루 속히 오기를 기도하나이다. 하나님이시여, 원치 아니한 민생의 도탄은 길면 길수록 이 땅에 악마의 권세가 확대되나 하나님의 거룩하신 영광은 이 땅에 오지 않을 수 없을 줄 생각하나이다. 그래서든 원하건대, 조선 독립과 함께 남북통일을 허락해주시옵고 민생의 복락과 아울러 세계평화를 허락하여 주시옵소서 거룩하신 하나님의 뜻에 의지하여 저희들은 성스럽게 택함을 입어 글자 그대로 민족의 표가 되겠습니다. 그러하오니 우리들의 책임이 중차대함을 저희들은 느끼고 우리 자신이 진실로 무력한 것을 생각할 때 智와 仁과 勇과 모든 덕의 근원의 되시는 하나님께 이러한 요소를 저희들은 간구하나이다. 이제부터 국회가 되어서 우리 민족의 염원이 되는 모든 세계만방이 주시하고 기다리는 우리의 모든 문제가 원만히 해결되며 이로부터서 우리의 완전 자주독립이 이 땅에 오며 자손만대에 빛나고 푸르른 역사를 저희들이 정하는 이 사업을 완수하게 하여 주시옵소서. 하나님이 이 회의를 사회하시는 의장으로부터 모든 우리 의원 일동에게 건강을 주시옵고 또한 여기서 양심의 정의와 위신을 가지고 이 업무를 완수하게 도와주시옵기를 기도하나이다. 역사의 첫걸음을 걷는 오늘 우리의 환희와 우리의 감격에 넘치는 이 민족적 기쁨을 다 하나님에게 영광과 감사를 올리나이다. 이

모든 말씀을 주 예수 그리스도 이름 받들어 기도하나이다. 아멘'

　신앙의 자유를 누릴 자격이 있는 성도 여러분!
　이승만 대통령이 한 일은 그것뿐만이 아닙니다. 미국이 일제의 위험성을 알지 못하고 일제가 대한세국을 멸밍시긴 것올 가만히 둔 결과가 진주만 공습으로까지 이어져 결국은 미국 수많은 병력과 전비를 낭비하게 됐음을 지적하는 국제적 통찰력을 잘 보여줍니다. 그러면서도 독립된 대한민국만이 동양 평화의 보루임을 지적하며 일본과 소련을 견제하기 위해 임시정부를 인정해 줄 것을 설득하고 공식적으로는 태평양 전쟁에 참전케 해야 한다고도 했습니다.

　신앙의 자유를 누릴 자격이 있는 성도 여러분!
　이승만은 철저한 자유민주주의자로 한순간의 치기가 아닌, 설명하자면 벼슬할 자질이 부모님에게는 보였음인지 과거시험 공부를 어려서부터 시켰습니다. 그러나 과거시험 제도가 없어지게 되자 그동안의 공부는 아무것도 아니게 돼 허탈해 있을 때 배재학당을 설립한 선교사가 이승만의 친구로써 접근합니다. 그래서 이승만은 아버지의 눈치를 보았습니다. 그것을 보신 아버지는 배재학당에 기필코 가고 싶으면 가기는 하되 너는 조선인이라는 정신만은 버리지 말아야 한다. 그리 말했다고 합니다.

　신앙의 자유를 누릴 자격이 있는 성도 여러분!
　이승만은 그렇게 해서 공부를 배재학당에서 하게 됩니다. 공부를 보니 왕정제가 잘못된 제도라는 생각이 들었습니다. 그러니까 임금인 고종은 국가적으로 제거 대상인 겁니다. 이승만은 그런 이유로 결국은 붙잡히게 되고 법적으로 며칠이면 사형장의 이슬로 사라질 위기에 몰리게 됩니다. 그러나 하나님은 이승만을 지켜주시고자 하셨음인지 아니면 대한민국을 위함인지 몰라도 그동안 배운 영어 실력으로 풀려나게 되고 미국에서 살아가면서 독립운동가가 됩니다.

신앙의 자유를 누릴 자격이 있는 성도 여러분!

일본이 패망하자 이승만은 누구와도 함께하지 못하고 아내인 프란체스카만 데리고 귀국하게 됩니다. 그러나 이승만은 자유대한민국을 세우겠다는, 그러니까 미국 정치제도인 자유민주주의, 자유시장경제, 한미동맹, 기독교 입국론을 가지고 와 정부를 운영합니다. 그것이 기독교적으로 군목, 형목, 교목, 원목으로 세웁니다. 사례비는 물론 국가의 돈으로 뿐만이 아니라 이승만은 투표권을 여성에게도 주었습니다. 그것은 남녀평등을 말함이 아니겠습니까.

신앙의 자유를 누릴 자격이 있는 성도 여러분!

이승만은 감히 미국 관료들까지도 요리했습니다. 그러니까 아이젠하워가 대통령이 되고자 공약으로 내세운 미군 철수인데 아이젠하워가 내세운 공약은 미국 국민에게 달콤한 공약입니다. 태평양 건너 조그마한 대한민국을 살리고자 미국 젊은이들을 죽이는 일이기 때문입니다. 그것을 너무도 잘 아는 이승만 대통령은 휴전이라고는 하나 아직도 진

245

쟁 중이며 군사적으로 힘이 약한 대한민국이 미군이 없어서는 북한 김일성에게 잡아먹힌다는 위기감을 조성하자 술책인데 그것이 곧 거제 포로수용소에 수용된 포로병 모두를 풀어 버립니다. 그러니까 거제도 포로수용소에다 수용된 포로병들을 꺼낸다는 건 김일성에게 남침하라고 문 열어주는 거나 마찬가지라 아이젠하워는 화들짝 놀라 미군 철수 공약을 없었던 일로 만들었습니다.

신앙의 자유를 누릴 자격이 있는 성도 여러분!
대한민국 대통령 이승만은 모양이야 사람이지만 글을 몰라서는 짐승이나 다름 아니라는 생각에 전 국민에게 의무교육을 실시합니다. 그러나 국민은 모두가 먹을 것조차도 모자란 판국이라 의무교육은 생각처럼 실효를 거두지는 못했습니다.

신앙의 자유를 누릴 자격이 있는 성도 여러분!
이승만 정권은 20세 이상 전국 모든 남녀에게 평등하게 투표권을 부여합니다. 현대화된 선진국 한국을 기준으로 생각하면 뭐 대단한 건가 싶겠지만 당시 한국은 이제 막 전근대 왕조 국가와 식민지에서 벗어난 시점이었고 국민 중 대다수는 남녀가 평등한 투표권이라는 것 자체에 대한 개념도 없는 상태였습니다. 그러니까 스위스는 1971년, 포르투갈은 1976년에서야 비로소 남녀가 동등한 투표권이 생겼다는 겁니다.

신앙의 자유를 누릴 자격이 있는 성도 여러분!

이외에도 이승만 대통령은 초대 내각을 꾸릴 때 여자인 임영신을 상공부 장관으로 임명했는데 그것이 세계 역사상 최초의 여성 장관이었으며 근래까지도 여성 장관은 드물었던 것을 생각하면 1948년 그 시대에 초대 내각 상공부 장관에 여성을 임명한 것은 시대를 앞서갔다고 할 수 있습니다. 뿐만이 아니라 1953년에는 원래 여성에게만 적용되던 간통죄를 남녀 모두에게 적용을 시킵니다. 그리고 여성들에게도 의무교육을 비롯한 교육 기회를 주면서 기능직인 사무원, 의사, 교사, 군인, 경찰에 이르기까지 여성들도 사회에 진출토록 배려합니다. 물론 숫자야 적었지만 여성 판사, 공학사들도 이승만 집권기에 나타납니다. 이런 변화들에 힘입어 여성 국회의원들도 물론 등장하고요.

신앙의 자유를 누릴 자격이 있는 성도 여러분!
우리나라가 일본으로부터 온갖 핍박을 다 당하기는 했으나 생각해보면 중일전쟁에서 중국이 패하게 된 게 다행이라고 저는 생각합니다. 그렇게 생각한 이유는 중국이 패하지 않고 승리했다면 우리나라에 기독교가 살아남았겠느냐는 것입니다. 그러니까 기독교와 반대인 공산주의를 절대로 고수해야만 하는 중국이기 때문입니다.

신앙의 자유를 누릴 자격이 있는 성도 여러분!
이승만 대통령은 지주 제도를 없앨 일환책인 농지개혁은 용감하게 했으나 배고픔은 그대로라 식량이 남아도는 미국으로 달려가 미국 트루먼 대통령을 만나게 됩니다. 그러니까 그동안의 인맥들을 통해. "드루먼각하, 제가 대한민국을 세우기는 했으나 국민이 굶어 죽게 생긴 상황이라 공산주의 사상이 맞다. 할지도 모르니 우선 국민을 밥 먹여 살려야겠습니다." "이 박사님 말씀은 인정하겠으나 식량에 관한 문제는 제 소관이 아니라서 미안합니다." "그러시면 제가 지금 말한 얘기를 국회에서 연설이라도 한번 해주십시오." 이승만 대통령은 _그렇게까지 해서 굶는 자가 없게 했음을 우리 국민은 몰라서는 안 될 겁니다.

신앙의 자유를 누릴 자격이 있는 성도 여러분!
이승만 대통령 장기 집권을 말하는 국민도 있겠으나 나이가 팔십이 다 된 한참 노인인데 장기 집권이 말이나 됩니까. 물론 이기붕이가 노리는 술수로 봐야겠지만 다른 나라 대통령 루스벨트 대통령이 국민을 상대로 첫 번째 라디오 연설을 합니다, 승자를 찬양하고 패자를 경멸하는 미국 문화에서 그는 가난하고 실패한 사람들의 친구였다고 합니다. 그러니까 루스벨트 그는 낙담하고 절망한 사람들을 격려하며, 함께 미국의 새로운 판을 짜자고 외칩니다. 그는 실질적으로 종신 집권을 한 셈이지요. 그렇지만 누구도 루스벨트 대통령을 독재자라고 말하지 않습니다. 왜냐면 그는 민중과 대화할 줄 아는 보기 드문 사람이었기 때문입니다.

신앙의 자유를 누릴 자격이 있는 성도 여러분!
그렇다는 점에서 이승만 대통령이 어떤 대통령인지 한번 살펴봅시다. 그러니까 이승만 대통령이 어떤 대통령입니까. 국민이 싫다고 하면 대통령직에서 내려오겠다면서 머뭇거릴 필요도 없다는 듯 대통령직을 그날로 그만둡니다. 이 같은 대통령은 세계적으로도 최초이며 앞으로도 있을까 싶습니다.

신앙의 자유를 누릴 자격이 있는 성도 여러분!!
아니라고 말할 사람도 있을지 몰라도 이승만 대통령이 없는 대한민국은 없는 것입니다. 그래서 하는 말이나 세계 어느 나라 대통령이 국민이 싫다고 해서 대통령직에서 내려오겠습니까. 따지고 보면 아랫사람들이 저지른 잘못이기는 하나 이승만 대통령은 큰 부상으로 입원 중인 젊은이들 손을 붙들고 하신 말씀이 "젊은이가 불의를 보고도 말하지 않으면 대한민국 젊은이가 아니야." 그리 말씀하신 이승만 대통령을 본 젊은이들은 "대통령 할아버지"했다지 않습니까. 뿐만이 아니라 이승만 대통령은 그동안의 경무대를 나와 이화장으로 가실 때 관료들이 차로 모시겠다고 했으나 잘못한 사람이 무슨 차까지 타겠냐면서 걸어가셨답니다.

신앙의 자유를 누릴 자격이 있는 성도 여러분!
국가 통치를 아무나 할 수 없듯 장면 박사가 국가를 내각제라는 이름으로 운영하려 했지만 몇 개월도 못가 곧 무너지고 군부 통치 시대가 열리게 됩니다. 이 부분에서 이승만 대통령을 그리도 욕했던 윤보선은 올 것이 오고야 말았다고 했답니다. 그리고 이런 말은 앞에서 했었어야 할 말이지만 유엔에서 세우다시피 한 이승만 대통령 정부를 세우지 못하게 하려고 백범 김구조차도 얼마나 많은 애를 썼습니까.

신앙의 자유를 누릴 자격이 있는 성도 여러분!

아니었기에 다행이지만 백범 김구는 소련 통치자 스탈린이 내세운 김일성과 손잡으려 했다는 것입니다. 김일성과 손을 잡겠다는 발상은 무엇을 말함입니까. 국가 운영은 종교뿐인 기독교 없이도 돌아간다는 발상이 아니겠습니까. 그래서 하는 말이나 오늘의 대한민국이기까지는 기독교의 공로라 아니할 수 없는데 기독교의 참뜻이 창조에 있기 때문 이라고 하겠습니다.

신앙의 자유를 누릴 자격이 있는 성도 여러분!

정부에 군부독재가 들어서기까지의 사회적 혼란은 북한군이 내려와 야만 했을 정도로 혼란스러웠습니다. 그러니까 정치인들은 구호를 "못 살겠다. 이승만 정부를 갈아 치우자." 구호대로 정부를 갈아 치우기는 했으나 국회가 아예 깡패집단이 되고 만 겁니다. 민주주의는 그 성격상 그러리라는 생각을 이승만 대통령도 잘 알고 계엄령 선포도 할까. 했다 가 최소 겁니다. 계엄령 선포 취소는 북한군이 또다시 남침할지도 몰 라서요. 그래서든 듣는 말에 의하면 김일성은 남한 정부가 4.19로 인해 혼란스럽던 기회를 놓친 게 두고두고 후회스러워했다는 말도 듣습니다.

신앙의 자유를 누릴 자격이 있는 성도 여러분!

이승만 전 대통령은 돌아가시길 고국도 아닌 타국에서 돌아가셔서 시신으로 오실 때 중앙방송 아나운서는 울음 섞인 목소리로 대한민국 을 세우신 우남 이승만 박사. 남편을 하늘처럼 모셔야만 하는 여성들에게도 참정권, 그러니까 선거권을 갖게 해주신 우남 이승만 박사. 남에게 피해만 아니면 자유하라고 한신 우남 이승만 박사. 그런 말을 아나운서는 두 시간 가까이 생방송으로 방송했을 뿐만 아니라 수많은 국민도 거리로 나와 눈물까지도 흘렸던 것 같습니다.

　신앙의 자유를 누릴 자격이 있는 성도 여러분!
　북한은 전쟁을 중공군을 불러들이기까지. 그러니까 인해전술까지 펴게 돼 이승만 정부는 남으로 남으로 내려가다 더 내려갈 수는 없어 진해 앞바다에서 멈추게 됩니다. 그런데 성가대에서는 한 번도 듣지 못한 '여호와는 나의 목자시니' 찬송이 흘러나옵니다. 그래서 이승만 대통령도 정부 일행들도 모두 눈물을 흘렸습니다.

　신앙의 자유를 누릴 자격이 있는 성도 여러분!
　이승만 정부 일행들이 운 이유는 우리나라가 일본으로부터 해방은 됐으나 그것으로 끝이 아니라 삶의 고통은 어디가 끝인지 모르겠다는 절망 때문일 겁니다. 그래서든 특별하다면 특별할 수 있는 이 찬송을 당시 나운영 교수가 단 3분 만에 만들어 해군교회에서 불렀는가 봅니다. 그래서든 이 찬송은 외국교회들도 부르기도 하는가 본데 그런 점도 있지만 설교를 마치고 성가대가 준비됐을 '여호와는 나의 목자시니'를 부를 겁니다.

　여호와는 나의 목자이시니 내가 부족함이 없으리로다

나를 푸른 초장에 누이시며 쉴만한 물가로 인도하시는 도다
내 영혼을 소생시키고 의의 길로 인도하시는 도다
내가 사망의 골짜기로 다닐지라도 해를 두려워하지 않을 것은
주께서 나와 함께하며 안위함이라. 내 잔이 넘치나이다
나의 평생에 선함과 인자하심이 내 잔이 넘치나이다
내가 내가 여호와 집에 영원히 거하시리로다
영원히 영원히 거하시리로다

금남로 데릴사위

013

"오늘 점심 대접은 허술했음에도 맛나게 드시는 걸 보고 저는 감사했습니다."

김정봉 목사가 하는 말이다.

"아니에요. 교회 밥 먹어 보기는 처음이기도 하지만 맛나게 먹었습니다."

"그러시면 다행이나 영업상 곧 가셔야 할 건데 제가 붙들고 있는지 모르겠습니다."

"괜찮아요. 오늘은 맘먹고 왔으니까요. 그러니까 우리 부부는 명색이 주인이라서요."

"그러시기는 해도 청송식당을 운영하시려면 늘 바쁘실 거잖아요."

"바쁜 건 직원들이어요."

"제가 설교 시간에 임 사장님에게 한 번 일어나 주시면 했는데 어색하지는 않았어요?"

"솔직히 어색은 했어요. 그랬으나 처음 듣는 목사님 설교 말씀에 취했다고나 할까 저는 그랬어요."

임찬호가 하는 말이다.

"그래요, 함부로 말해서는 안 될 5賦사건 얘기라 감옥에 갈 각오로 한 설교예요. 그러니까 목회자는 내 몸 아끼자. 해서는 안 된다는 거지요."
"목사님 그런 말씀이 나와서 하는 말인데 조비오 신부라는 분 아세요?"
"만나보지는 않았으나 신부이기 전에 인간적으로 괜찮은 분이라는 정도는 듣고 있어요. 그런데 그건 왜요?"
"조비오 신부가 어떤 분인지 저도 못 봐서 모르나 조비오 신부는 정의구현사제단이라고 해서 인터넷에 한 번 들어가 봤는데 인상은 좋으시대요. 그러나 문제는 광주를 위한 진실을 말했는지 의심이어요."
"정의를 말하는 건 가식으로 얼마든지 할 수 있어요. 이런 말은 소위 성직자인 저도 해서는 안 될 말이지만 말이요."
"그건 아닙니다."
"말씀하셔서 생각이나 인간은 순한 면보다는 악한 면이 더 클 수도 있기에 초등학교에서 도덕을 가르치기는 해도 도덕적으로 성장할 가능성은 매우 낮다고 저는 보는 거요. 그래서 임 사장님 가족분 면전에서 말씀드리기는 민망해하실지 모르겠으나 그동안 일면식도 없는 노인에게 큰절은 인간의 표본이 될 일로 목회자인 저부터 행동으로 옮겨야 할 것 같습니다."

"그건 아니에요. 어쩌다 보니 그리된 거요."

"어쩌다 보니, 라는 말씀은 겸손의 말씀입니다."

"아니에요."

"그러니까 사장 내외분만이 아니라 자녀분들까지도 그러셨다면 해외 토픽감이기도 합니다."

"아이고. 그렇게까지는 과찬의 말씀입니다."

"과찬이 아니어요. 임 사장님께서 행하신 일은 아주 귀한 일이라서 설교 시간에 말하려다 만 거요. 그러니까 어버이날에 하려고요."

"이건 제 자랑 같아 조심스럽지만 저는 나름, 계산으로 된 인사예요."

"계산으로 된 인사요?"

"그러니까 나이 먹어 애들로부터 받고 싶은 행위랄까. 아무튼 그래서요."

"임 사장님 내외분의 생각은 상상도 못 할 정도로 어마어마하십니다."

"제 남편의 삶은 그런 점에 중점을 두었다고 말할 수도 있어요. 그러니까 친정엄마가 사위로 삼은 이유가 그런 점 탓이어요."

"그러셨군요. 그러면 어머님께서는 청송식당을 세운 일 말고도 다른 면도 있으신가요?"

"그런 부분의 얘기는 사위인 제가 해야 할 것 같습니다. 그러니까 사실대로 말하면 어느 날은 부르시더니 하시는 말씀이 우리 만순이랑 결혼해. 그리 말씀하시대요. 그래서 저는 큰절을 올렸어요."

"그러니까 임 사장님은 생각지도 못한 결혼 얘기였다는 건가요?"

"짐작이야 했지요."

"짐작이야 말은 아니었을 거요."

임찬호 아내 박만순이 하는 말이다.

"허허, 그래요?"

"이건 저희끼리나 해야 할 말을 목사님 앞에서 하게 되는데 아내는 중학생 때부터 저를 여간 좋아했어요. 좋아한 이유는 그러니까 제가 고등학생이라 오빠 같다는 생각에서였을 거요."

"어디 나만 좋아했어요. 좋아는 똑같이 했지."

"말씀을 들으니, 천생연분이라는 말은 두 분을 두고 하는 말이네요. 그러니까 두 분은 모든 부부의 표본이라는 겁니다."

"감사합니다."

"감사는 임 사장님이 아니라 제가 할 일이겠네요. 그래서 하는 생각이지만 두 분의 그런 면모는 부모님으로부터 물려받은 인간적 정신 때문일 겁니다."

"말씀대로 거기까지는 모르겠으나 우리 아버지는 삶을 판사처럼 사신 분이기는 하세요."

"바로 그겁니다."

"그건 그렇고 헬기 기총소사 얘기는 사실일까요?"

임찬호가 하는 말이다.

"조비오 신부의 거짓말이라는 걸 설교에서도 말했지만 캐레바 50 총탄은 중화기총탄으로 카빈총 탄환보다도 몇 배 더 크면서 탄환 한 탄통에 250발이나 돼요. 그러면서도 연발총 탄이어요. 그러니까 소총 탄환 위력과 중화기총탄위력의 내용을 말하면 소총 탄환 거리는 4백 미터이고 캐레바 50 총탄 거리는 1천 4백 미터라네요. 그런 중화기를 저는 군 생활에서 다뤄봤어요. 그래서 하는 말이나 헬기 기총소사가 있었다면 헬기 기총소사 총소리를 조비오 신부만 듣는 게 아니라 광주시민들도 다 들었을 거요."

"그렇기는 하겠네요. 헬기에서 쏘는 총탄이라면."

"캐레바 50 총탄은 납탄이 아니라 철갑탄으로 옥상이든 건물에다든 쏘게 되면 구멍이 아니라 아예 폭탄이나 다름이 아닐 거요. 그래서 말인데 임 사장님은 총대 멘다는 말 아실까요?"

"총대 멘다는 말은 들었으나 뜻까지는 몰라요."

"그러니까 총대 멘다는 말은 캐레바 50 중화기에서 나온 말인데 설명하자면 캐레바 50 중화기를 옮기려면 세 명의 병사가 한 조로 이루어져 병사 한 명은 덜 무거운 좌대를, 한 명은 총탄 250발이 든 탄통을 들지만 제일 무거운 총대는 힘이 세다 싶은 병사가 매는 걸 말하는 거요. 이건 이론이 아니라 제가 경험했던 일이어요."

"그렇군요. 저는 후방에서도 훈련소 식당에 근무했어요. 그래서 군대 갔다 왔다는 말 당당하게도 못 해요."

"훈련소라면 혹 31사단 훈련소요?"

김정봉 목사는 대화 분위기상 가치 없는 엉뚱한 질문까지 했나 싶은 지 임찬호 부부를 번갈아 본다.

"아, 예, 제가 근무한 부대는 31사단 신병훈련소예요."
"그런 말은 물을 필요도 없는데 미안해요. 임 사장님도 아실지 몰라도 목회자라는 직업은 말하는 직업일 수도 있어 그만한 지식도 있어야만 해서 묻게 된다는 점도 이해를 해주셨으면 합니다."
"이해라니요. 그건 아니에요."
"그런데 목사님 저도 궁금한 게 있는데 저의 식당은 화요일에 쉬게 돼요. 그래서 주일 지키기는 사실상 어려워요."

박만순은 오늘 김정봉 목사 설교를 듣고 신앙심이 생겨 하는 말이다.

"그러시겠지요. 그런 점 목회자인 저도 이해합니다. 그래서 하는 말이나 그리스도인은 주일을 지키자는데 있는 게 아니라 하나님을 알고 임 사장님 내외분이 송 장로님에게 하듯 해야 한다고 저는 강조하고 싶습니다. 그렇다고 주일을 지키는 문제까지를 소홀히 해서는 안 되겠지만 말이에요."
"저는 쉬는 날 5·18관련 개관식이 있다고 해서 궁금한 나머지 가 봤어요, 그러니까 지역주민 누구나 자유롭게 이용할 수 있는 생활문화특화 공간 1980년 5월, 광주 민주화 운동을 기억하는 생생한 역사 현장이자 신문사, 도서관, 미술관, 다방 등 광주 최초의 미디어 복합문화

건물이었던 전일빌딩 245로 되어 있던데 그게 사실일까요?"

"그건 말도 안 돼요. 봅시다. 245라는 말은 계엄군이 총을 쐈다는 총탄 흔적을 말하는 건데, 그건 북한 김일성이 솔방울을 던지니 수류탄이 된 거라는 말과 다름이 없어요. 왜냐면 시민군들이라고 하는 사람들과 총격전이 벌어진 엄혹한 상황에서 계엄군이 한가하게 전일빌딩 안쪽 벽에다 장난식 총을 쐈겠냐는 거지요."

"이건 짐작이지만 그걸 광주 어린이들에게 교육용으로 활용하려고 하지 않을까요?"

"그렇지요, 그래서 저는 목사로서 선한 사람이 되라고 그리 말하기도 쉽지 않아요."

"아니겠어요. 5·18 사건이란 두고두고 슬픈 일인데요."

"다시 말이지만 그게 사실일지라도 교육만큼은 나도 언젠가는 누구처럼 되겠다는 선한 맘을 심어주어야 할 텐데 지금의 광주 분위기는 그게 아니라서 걱정이어요."

"목사님 말씀이 아니어도 우리 광주는 글자 그대로 빛고을이면서 교육 도시이기도 합니다. 그러함에도 교육 자체가 반대로 가는 건 왜일까요?"

"그런 연구까지는 못 해 봤으나 광주가 이러기까지는 전날로 돌아가 박정희 대통령이 국가 발전을 경상도로 치우친 면도 있다고 저는 봐요."

"목사님 말씀은 일리가 있네요."

"일리가 있는 게 아니라 사실이어요. 그렇지만 전두환 대통령은 그런 점을 참고로 해서 그랬는지 몰라도 사실상 삼성그룹 항공사를 아시아나 항공으로 바꿔 주었고, 광주 사람들도 출퇴근이 가능한 광양에다 제철소도 건설했고, 경상도와 전라도 연결도로인 88고속도로 건설도 했잖아요."

"그러기는 했으나 광주는 그걸로 만족할 수는 없는 뿌리 깊은 불만이 있다는 거요."

"뿌리 깊은 불만이요?"

"그러니까 설명하자면 공부를 잘해서 검사가 뇌기는 했어도 서울 쪽으로는 못 오게 했다는 거요."

"그러면 정책으로까지는 아닐 거잖아요."

"그거야 정책까지는 아니겠어요. 그렇지만 어느 지역 세력이 정권을 잡느냐는 지방민에게 얼마나 큰 영향을 주는가는 방금 말한 검사직인 거요."

"여기서 그냥 넘어갈 수 없는 내용 한 가지를 든다면 김영삼 대통령이요. 그러니까 김영삼 대통령은 교회 장로이기도 하지만 상식적으로도 말도 안 될 무속적 행위인 쇠말뚝 뽑기를 지시했고. 무속학자가 말한 중앙청을 철거까지 하고 말았네요."

"중앙청철거 장면을 방송까지 했는데 저도 박수를 쳤어요."

임찬호가 하는 말이다.

"그래요, 김영삼 대통령에게 찬사까지는 당시 상황을 이해합니다. 그러나 말도 안 될 쇠말뚝 뽑기 위해 국가 재정까지 투입했다는 건 어이가 없어요."

"그러네요. 조심스럽지만 바보짓이네요."

"바보짓이라는 임 사장님 말씀 저도 동감입니다. 그래서 목회자인 저도 생각이지만 우리나라가 일본으로부터 핍박받았다는 상징 건물이라 내부만 수리해서 독립기념관처럼 사용했으면 외국인들 관광명소도 될 건데 철거해 버리고 말았다는 게 아쉬움입니다."

"중앙청 내부 수리는 돈을 많이 들여서까지 했다는 말을 들은 것 같은데 아니었나요?"

"그런 얘기도 좀 하자면 중앙청 내부 수리는 전두환 대통령 때 했는데 김영삼 대통령은 전두환이가 밉다는 이유가 포함된 것은 아닐까요."

"그런지도 모르지요. 그러니까 김영삼 대통령은 때려 부숴버리고 말겠다는 고약한 의도일 건데요."

"그러면 김구 얘기도 한번 해 볼까요?"

김정봉 목사가 하는 말이다.

"김구 얘기는 송영찬 선생님이 해주셔서 어느 정도는 알고 있습니다."

"그래요? 김구라는 인물이 어떤 인물인지를 들으셨다니 자세한 말을 필요 없겠으나 김구라는 인물은 국가적으로 매우 위험할 수도 있었던 인물이었어요, 김구가 위험할 수도 있었던 인물이라고 말하는 건 독립운동을 주도까지는 했으나 지도자로서 매우 중요한 국제정세가 어떻게 움직여질지의 공부를 안 했다는 거요."

"그렇군요."

"여기서 우리가 수정해야 할 건 독립운동이라는 말인데 독립이라는 말은 우리 민족이 그동안은 일본 사람이었음을 자인하는 꼴이 되는 거요."

"그렇다면 독립기념관 간판도 바꿔달아야겠네요."

"그렇지요. 광복기념관으로 고쳐달아야지요."

"하던 얘기가 다른 곳으로 가고 있는데 김구가 국제정세를 모르기는 공부를 안 했기에 모를 수밖에 없겠으나 어떻게 하겠다는 자기 철학이 없었어요."

"자기 철학이요?"

"자기 철학이 없다는 건 김구를 폄훼 말일 수는 있겠으나 사실대로 말하면 북한 김일성의 의도가 맘이 안 들어도 내가 어떻게 하겠어. 그런 안이한 태도였다는 거지요."

"그러면요?"

"이런 말은 보도가 이미 됐기에 하는 말이나 김구는 삼팔선을 베고 쓰러질지언정 일신을 위할 맘이 없다고까지 했으면 행동을 곧 죽어도 사나이답게 목숨을 걸어야지요."

"말을 삼팔선을 베고 쓰러질지언정 그런 말까지 했다면 지도자감이 못 되네요."

"지도자감이 못 되지요, 그래서 하게 되는 말이나 독자들은 김구가 어떤 인물인지 이승만과 비교를 해 보라고 말하고 싶어요."

"그렇기는 해도 김구 동상이 여기저기 세워져 있잖아요."

임찬호 씨가 하는 말이다.

"김구 동상은 철거하는 게 저는 봐요. 목회자이기도 해서 하지 말아야 할 고약한 말일 수는 있겠으나."

"철거까지요?"

"철거까지는 지나치다고 누구는 말할지 몰라도 김구는 국가를 위해 무엇을 했냐는 거요, 그러니까 가당치도 않은 독립운동만 했던 인물뿐 이라는 거요. 이건 인터넷에 올려져 있는 김구의 이야기지만 이승만과 는 달리 김구는 우리 민족이 외세에 의존하지 않고 자주적 독립한 후 남북통일 정부를 공동으로 수립해야 한다고 주장한 거요. 그러니까 좌 우합작 말이요."

"그렇군요."

"그래서 말인데 우리나라 국민 대다수는 일본이 어떤 나라인지 아직도 모르면서 쪽 발이니 등 욕설만 그리도 해대는가 싶어 답답한 맘이어요."

김정봉 목사가 하는 말이다.

"목사님 말씀은 제가 운영하는 식당에 오신 손님 분들도 해요."

"그래요, 생각이 사람마다 같을 수는 없겠으나 관련 얘기를 한번 해 볼게요. 그러니까 대한민국 수립은 되었으나 사회 분위기는 이웃끼리 품앗이도 하고 막걸리도 서로 나눠 마시면서 친인척처럼 지내던 그동 안 다정한 친구였지만 이데올로기가 개입되면서부터는 언제 그랬냐는 듯 마구 죽이는데 머슴을 두고 살던 사람들은 반드시 죽여만 되는 엄 혹한 상황으로까지 사회는 변질이 된 거요."

"머슴을 두고 사는 사람이면 모두 죽여요?"

"그러니까 박헌영이가 채워 준 완장들은 죽일 대상은 머슴을 둔 집들만이 아니라 기독교인 가정도 경찰관 가족까지도 죽이게 된 거요."

"그렇다면 살아남을 사람 몇 사람 안 되겠는데요."

"더 말하면 머슴을 두고 살아가는 사람의 죄목은 머슴을 죄인처럼 부려 먹은 거고, 기독인의 죄목은 공산주의를 반대한다는 죄목이고, 경찰관의 죄목은 설명까지 필요 없이 완장들을 활동 못 하게 하는 죄인 거요. 그러기에 경찰관 가족이면 시집간 여동생까지도 잡아다 죽인 거요."

"아니. 시집간 여동생까지도 죽였어요?"

"그렇지요. 그걸 완장들이 만든 연좌제라고 해야 할지는 몰라도 이런 얘기는 제가 경험한 게 아니라 외사촌 형이 말해 듣게 얘기지만 상상도 못 할 일이요."

"그렇기는 하겠네요. 이승만 정부를 없앨 완장들이니까."

"그러니까 설명하자면 한병연 이라는 분도 머슴을 두고 살아가는데 아버지 한병연 씨는 아직도 덜 자란 솜털이 송송한 열다섯 살짜리 막내에게 하는 말이 네 형이 죽고는 못 산다! 아버지로서 하지 말아야 할 말을 해버린 거요."

"아이고…"

"그러나 아버지 말씀을 듣게 된 막내아들 한감범은 어떻게 들었겠어요. 당연히 내가 죽어야 하는가 보다. 그런 생각이라 곧바로 뛰처나가면서 나는 죽으러 가네~! 나는 죽으러 가네~! 소리를 동네가 떠나갈 듯 고래고래 지르면서 사형장으로 가는 거요."

"사실이라면 얘기만도 어마어마합니다."

"사람 죽이기를 보통으로 여기던 당시 상황으로 봐 사실일 거요. 그런데 막내아들 한감범은 사형장이라는 곳으로 가는데 사형장이라고는 하나 다리 밑이고, 이십 리 길을 혼자 터벅터벅 걸어가 칼에 맞아 죽는 거요."

"사형장이 다리 밑이든 아니든, 누가 끌고 간 게 아니라 스스로 죽으러 이십 리 길을 혼자서 터벅터벅 걸어갔다는 건 이해가 잘 안 됩니다. 그러니까 나는 아니라고 도망칠 만도 한데요."

"그게 일반 상식으로는 이해가 안 되기는 하지요. 그렇지만 아버지 한병연 씨가 말했듯 아들 중 한 명은 죽어주어야만 한다는, 그러니까 박헌영이가 만든 말도 안 될 상황 법이라고 할까 아무튼 그런 거요."

"그건 지난 과거 얘기지만 이젠 버려야 할 적개심인 5·18을 저는 봅니다. 그러니까 크지도 않은 나라에서 슬픈 일 말이요."

임찬호가 하는 말이다.

"그래요. 크지도 않은 나라에서 슬픈 일이지요. 그래서 하는 말이나 김대중 대통령이 지금도 살아계신다면 저는 목사이기 전에 광주시민으로서도 한마디 할 것 같습니다. 그러니까 〈광주시민 여러분. 그동안 원망이라는 땟국 묻은 옷은 벗어 버릴 때가 된 것 같습니다〉 이렇게 말이요."

"아이고, 목사님…"

남편과의 대화만 듣고 있던 박만순이 하는 말이다.

"그러면 아주머니께서도 제 생각과 다르지 않다는 건가요?"

김정봉 목사가 하는 말이다.

"다르지 않은 게 아니라 팻국이라는 말씀이 정확한 말씀이라서입니다."

"그런 말은 성도들에게 해야 할 말인데 우선 두 분께 하게 되네요."

"그래서 말인데 저는 쉬는 날이면 TV보다는 개인 방송인 유튜브를 주로 보는 편인데 정말 놀랄 유튜브를 봤어요."

"그래요? 무슨 유튜븐데요?"

"그러니까 젊은이들 수백 명이 스크럼 짜고 전두환 파쇼정치 물러가라~! 미군 놈들 물러가라~! 외치고, 북한 아나운서는 그런 장면에서 씩씩한 목소리로 반 시간이 넘게 하는 걸 봤어요."

"그래요, 그 유튜브 저도 봤는데 궁금한 건 영화 찍듯 촬영이어요. 그런 카메라는 아무나 가질 수 없을 건데요."

"그러면 조심스럽지만 북한군 침투는 아닐까요?"

"북한군 침투요?"

"그러니까 북한은 남침야욕에 불타 땅굴이니 등 그래서요."

"그래요, 그럴 가능성도 배제할 수는 없지요. 그렇게 말하기는 전남도청 지하실에 광주가 통째로 날아갈 어마어마한 폭발물을 누가, 무슨 목적으로 가져다 놨을까 싶어서요. 이건 보도로만 봤을 뿐이나 5·18 당시 전남도청 민원실 지하에는 각종 무기와 실탄, 다이너마이트와 수류탄 등 폭약이 무려 8t 트럭 4대분이 있었다고 인터넷에는 올려져 있어서요."

"그렇게까지는 광주시민들 행위는 아닐 거잖아요."

임찬호가 하는 말이다.

"이건 믿을 수도, 안 믿을 수도 없는 일로 우리 광주를 무대로 한 고 정간첩 소행이지 않을까 저는 그런 생각 되네요."

"목사님 그래서 말인데 인터넷에 올려져 있는 내용을 보니 38개의 무기고가 동시에 털렸다고 되어 있던데 그렇다면 무기가 무엇인지도 모르는 학생들 소행은 아닐 게 아니요."

"그렇겠지요. 그것도 있지만 기아자동차 공장에 세워두었던 장갑차 도 끌고 나와 운전까지 했다면 학생일 수 있겠어요."

"그러니까 장갑차 운전은 특수 운전이라서요?"

"특수 운전까지는 아닐 것이나 금남로 네거리에 인공기가 나부끼기 까지 했다면 고정간첩들 행위는 아닐까? 싶어서요."

"그런 인공기를 목사님은 보셨어요?"

"아니요. 보도로만 봤어요. 그래서 전남도청지하실 폭발물은 실로 어마어마한 양입니다. 그래서든 폭약관리반원들은 자칫 일어날지도 모 를 불상사가 일어날지도 몰라 비밀리에 전투 교육 사령부를 찾아가 폭 약 뇌관 제거 요청을 했고, 5월 24일 오후 8시쯤엔 전교 사가 찾아와 밤새 뇌관 제거했다. 기자는 지난 3월 26일 충북 영동에 사는 그를 만 나기 위해 차를 몰았다. 폭약관리반원 김영복 씨 증언에 따르면, 그날 배승일 씨는 뇌관 제거 작업 내내 손을 덜덜 떨었다. 시민군 강경파에 게 발각이라도 되면 목숨이 위태로울 뿐만이 아니라 자칫 실수라도 하 게 되면 대참사로 이어질 수 있기 때문이었다. 051 탄약 검사 사로 근

무하던 중 1980년 5월 24일 참모장에게 전남도청 지하실에 가서 수류
탄과 다이너마이트 등을 분해하고 오라는 명을 받았으나 배승일 씨는
일찌감치 결혼하여 아들 둘을 두었고, 셋째인 막내는 1980년 6월 출생
을 앞두고 있었다. 그랬기에 처음엔 주저했으나 이후 심경의 변화로 5
월 24일 오후 9시부터 다음 날 오후 1시까지 17시간 동안 도청에 머물
며 뇌관 제거 작업을 무사히 마쳤다고 되어 있네요."

"그게 사실이겠지요. 그런데 어떤 사람은 전남도청지하실 가져다 놓
은 폭발물은 위협용이 아닐 거라는 말도 하대요."

"전남도청 지하실에다 가져놓은 폭발물은 위협용이 아니라고요?"

"그러니까 소위 우파라고 하는 사람들이 하는 말을 들은 거지요."

"식당을 운영하시는 임 사장님처럼 그런 분들은 듣기만 해야지, 엉뚱
한 말을 거들었다가는 영업상 야단일 수 있겠지요?"

"당연하지요. 그래서 직원들에게도 단속해 두었어요."

"그러셨군요. 그런데 전남도청 지하실에 쌓아둔 폭발물을 터뜨릴 경
우. 세계 언론들은 북한소행이라고 할 게 아니요. 물론 짐작이지만."

"그것도 특종으로 말이요?"

"예, 특종으로요. 그러니까 이건 어디까지나 제 생각이지만 그렇다
고 보는 게 합리적이지 않겠어요."

"목사님 말씀이 맞을 겁니다. 지금까지의 북한행태를 보면 말이요"

"그래요?"

김정봉 목사가 하는 말이다.

"알겠습니다. 그런데 5·18 사건에 대해서는 할 말이 많아요."

"사실을 사실이라고 말 못 할 우리 광주라는데 슬픔입니다."

"그래요. 그것도 있지만 암매장한 곳이라고 해서 사실이 아닌 줄 알면서도 사실을 증명해주기 위해 굴삭기로 확인까지 했으나 거짓임이 들통났음에도 언론은 보도조차 안 하려는 건 왜일까요?"

"그나마 다행인 건 5·18 당시 고속버스 기사가 경찰관을 깔아뭉개 죽여버린 게 양심 가책 때문인지 경찰관 비석 앞에서 눈물 흘리는 장면은 보여주대요."

"그러면 5·18 유공자에게 주는 보상금이랄까 그런 보상금을 경찰관 유족에게도 줄까요?"

"아마 없을 거요. 그것은 전남도청에다 쌓아두었던 어마어마한 폭발물 뇌관 제거 공로가 크다고 해서 당시 대통령으로부터 받은 표창장을 무효로 했다니 말이요."

"그러면 사실을 사실이라고 말할 때가 오기는 올까요?"

"그렇게 되길 우리만이라도 노력해 봅시다."

"노력이라면 어떻게요?"

"그러니까 광주시민을 향한 호소문이라도 말이요"

"그런 문제라면 제 딸에게 말해 볼게요."

"임 사장님 따님이요?"

"그러니까 제 딸애는 유치원 운영도 하지만 교회에서도 그만한 역할 활동도 하는가 봐요."

"그래요, 반가운 말이네요"

김정봉 목사는 임찬호 부부에게 더 친근감을 느낀다. 인간관계에서 친구란 누구를 말함인가. 설명까지 필요 없이 내 생각과 같아 속맘을 드러내면 받아줄 사람을 친구라고 하지 않겠는가.

"꼭 그래서만은 아닐 테지만 아닌 건 아니라고 말하려는 그런 성격이라서요. 여자로서는 아니다 싶은데요."

"여자라니요. 그게 우리가 바라는 젊은이다움인데요."

"그런가는 몰라도 저는 5·18 문제를 민주화 운동이니 해서는 안 될 일이라고 입버릇처럼 말도 해요."

"그런 말은 목사님이시니까 하시게 되는 말씀이네요."

"목사이니까 하는 말이 아니에요. 서로 웃고 살려면 생각하기도 싫은 전날 얘기를 꺼내서는 안 된다는 거지요. 그건 그렇고 가능하시다면 따님과 만날 기회도 주시면 하네요."

"그러시면 말해 볼게요."

"목사님 제 딸은 좀 별나요. 그러니 만나시더라도 참고로 하십시오."

임찬호 아내 박만순이 하는 말이다.

"알겠습니다. 광주는 따님같이 똑똑한 생각들이 많았으면 좋겠습니다."

"목사님 앞에서 제 딸 자랑했는가 싶어 죄송합니다."

"아니에요. 아무튼 오늘 임 사장님에게서 해주신 얘기들이 제가 하는 목회에 큰 도움이 될 것 같습니다"

"목사님 목회에 도움이면 또 모를까 제 딸은 평범한 아이예요."

"임 사장님은 아직 신앙인이 아니시기에 잘 모르시겠지만, 저는 목회자로서 늘 새로운 말 해드려야만 해서 설교 작성하기도 여간 어려운데 오늘 임 사장님 말씀은 저의 설교 소재가 되겠네요."

"제 말이 그렇게까지요?"

"그런데 하마터면 그냥 지나칠 뻔한 임 사장님 삶의 얘깁니다. 그러니까 예배 시간에 기도를 해주신 송영찬 장로님을 부모님처럼 모시고 싶다고 하셨다면 임 사장님은 그렇게 해드릴 이유라도 있어서요?"

"교장 선생님이 그런 칭찬까지는 민망합니다."

"민망이라니요. 그건 아니요. 아무튼 임 사장님은 이미 알고 계실지 몰라도 송영찬 장로님은 광주제일고등학교 교장직까지도 역임하신 그러니까 우리 광주에서는 몇 안 되는 지식인이기도 하세요."

"예, 그러신 분인 줄 저도 알아요. 제게 꼭 그래서는 아니나 집안에 어른이 계시는 건 애들의 심성을 올바로 세우는 일이 될 것 같아 드린 말씀이어요. 다른 뜻이 아니라."

"저는 그런 깊으신 뜻도 모르면서 목회라고 단위에 서 있네요. 부끄럽습니다."

"아니에요, 제가 그렇게까지는 지극히 계산적일 수도 있어요. 그러니까 저는 넉넉하다면 넉넉한 생활 형편에다 식당 직원만도 백여 명이나 돼요. 그래서 선생님을 모시기는 하나도 어려울 게 없어요. 맘이면 다 되는 일이어요."

"맘이면 다 된다는 임 사장님 말씀을 듣고 보니 귀한 말이 생각나네요. 그러니까 '아무리 좋은 이론이 있다고 할지라도 그것이 맘으로부터 행동으로 옮겨질 때만이 가치가 있다.' 그런 말 말이요."

"그래서든 교장선생도 가까이에서 도와준다는 두 따님도 제 생각에 동의만 해주시면 저로서는 복이 되는 거요. 그러니까 복이라는 건 다름이 아니라 교장 선생님이 저를 칭찬하시듯 주변 분들도 그렇지 않겠어요, 뿐만이 아닐 겁니다. 사회까지 밝아지리라는 생각까지여요."

"생각해 보니 우리도 이젠 여행도 한번 해야 할 게 아니요."

임찬호 씨는 망월동 공동 묘지에 누워만 있는 고향 형들 찾아와 아내 박만순에게 하는 말이다.

"그럽시다."

"그런 말 나오지 않게 해야 했는데 엉터리 남편이네. 미안해요."

"미안해요가 뭐에요. 간지럽게."

"그거야 이젠 손주들도 있어서지."

"그러니까 연습으로요?"

"오빠 말 들을 때가 편했는데. 아무튼 우리라고 여행가지 말라는 법 없잖아요. 그래서든 말이요."

"그러면 말로만이 아니지요?"

"그러면 여행은 어디로 갈 건지 생각해 봐요."

"아니요. 그냥 한번 해 본 말이요."

"그런데 생각해 보니 당신이 오늘처럼 이쁜 때가 있었나 싶네요."
"무슨 말 하려고 이쁘니 그런 말까지 하세요."
"선생님이 다니신다는 교회 목사님 설교를 듣고서요."
"교회 목사님 설교를 듣고서라니 무슨 말인지 도통 모르겠다."
"모르면 그냥 넘어가고 맛난 도시락은 싸 왔을까?"
"도시락 지금 먹게요?"
"싸 왔으면 먹자고. 점심 먹기는 좀 이르기는 해도."
"야! 어서들 와 자리 펴라! 아빠가 가지고 온 도시락 먹자고 하신다~!"

임찬호 자식들 4남매를 포함 손주들도 소풍이나 온 듯하다.

"그런데 너희들 아빠에게 할 말 없냐?"

아이들 엄마 박만순이 도시락을 먹으면서 묻는다.

"할 말 왜 없어요. 있어요."
"그러면 할 말이란 게 뭔데?"

아빠 임찬호 씨가 하는 말이다.

"내 이름을 왜 자경이라고 지었는지가 궁금해요."
"그건 엄마가 대답해야겠다."

"네 이름을 자경이라고 지은 건 엄마가 맞다고 해야겠다. 그러니까 임경자라는 이름은 너무도 촌스러워서다. 엄마 이름도 그렇고."

"그러면 내 이름을 임경자라고 외할머니가 지으신 걸 엄마가 고쳐 자경이라고 부른 건가?"

"임자경이라는 이름을 누가 지었든 괜찮은 이름으로 아빠는 생각하는데 자경이 너는 그런다."

"괜찮고, 안 괜찮고는 모르겠고 이미 불리고 있는 이름인데 별수는 없으나 내 이름이 맘에 드는 건 아니야."

"그래, 이름이 운명을 가르는 일도 아닌데 이름에다 신경은 쓰지 말아라. 그래서 하는 말이나 임자경이라는 이름을 자랑으로 삼았으면 한다."

"아빠가 자랑할 만큼의 딸은 못 돼도 애들 앞에서는 엄마답게는 살거요."

"고마운 말이다. 그건 그렇고 너희들은 5·18 사태 때 아빠의 사정은 모르겠지?"

"아빠가 말 안 했는데 당연히 모르지."

대학을 갓 나와 기아자동차 영업부에 근무하는 막내딸 임상희가 하는 말이다.

"나도 모르는데 애들이 어떻게 알아요."

아내 박만순이 하는 말이다.

"그렇겠지. 말 안 했는데. 그러나 이젠 시간도 많이 지났으니 얘기 한번 해 볼게."

"그러면 자리 이동이다! 자리는 저 그늘에다 펴라!"

엄마 박만순이 하는 말이다.

"자리 이동이다~!"

아들 임종찬이 하는 말이다.

"그러니까 아빠가 청송식당에 근무할 당시는 너나없이 어렵게들 살았다. 그래서 우리 집도 보릿고개 넘기기가 여간 어려운 일이 아니었다. 지금은 안 계시지만 할아버지는 동네 어른으로만 살고 계실 뿐이었다. 그러니까 지게를 모르고 사신 거야. 그래서 할머니가 고생을 더 많이 하셨다고 해야 할까. 아무튼 할머니는 그렇게 사셨다. 중학생 때까지는 몰랐다가 고등학생이 되고 보니 그것들이 다 보이더라. 때문이라고 해야겠지만 공부는 왜 해야 하는지? 아빠는 그런 생각이 들더라. 그러니까 고등학교를 졸업하면 취직이라도 돼야 할 텐데, 그것도 어려운 시골이라는 거야. 그래서 일자리 얻기는 현실적으로 막막하다는 생각이 머릿속을 뒤흔들어 공부가 안되는 거야. 내 머리가 똑똑까지는 아니어도 보통은 되는 것 같은데 성적이 하위권으로 처지지는 거야. 그래서 어머니가 농산물을 이것저것 팔아 모아두신 돈 어디에 두셨는지 알고 있겠다. 그걸 몽땅 훔쳐 야반도주한 거야.”

“야반도주라는 말까지는 하지 말아요.”

아내 박만순이 핀잔하는 말이다.

“야반도주라는 말은 고약한 말이기는 하나 사실대로 말하려면 그러니까 송정리까지, 물론 시외버스를 타고 말이야. 아무튼 시외버스는 송정리가 종점이라 내릴 수밖에 없어 내린 거야. 그렇게 내리기는 했으나 취직은 그만두더라도 갈 곳도 없어 막막한 거야. 그래서 시외버스 대기실 한쪽 귀퉁이에 앉아 생각해 보니 완전 촌닭 꼴인 거야. 그런데다 아침도 못 먹은 상태라 배는 고파와 뭘 먹기는 해야겠다 싶어 중식집으로 들어가 짜장면 보통을 시켜 먹고 그냥 앉아만 있었다. 그런 내 모습을 본 중식집 주인이 왜 안 가고 있느냐는 거야. 그래서 나는 일자리 없을까? 했더니 그 말을 들은 분식집 주인은 어디론가 전화를 걸면서 내일은 청송식당으로 가라는 거야. 그래서 오늘 밤만 재워주시면 안 될까요? 말하니 재워줄 방은 없고 음식 재료 창고에 자리를 펴주면 자겠냐고 하더라. 그때는 얼마나 감사한지 눈물이 다 나올 뻔했다. 그러니까 취직 길이 조금씩 열리는가 싶어서야.”

“여보, 말을 숨이나 좀 쉬면서 하세요. 아빠 물 좀 드려라.”

아내 박만순이 하는 말이다.

"물 말고는 없냐? 그러니까 마른오징어 같은 거."
"중요한 말을 마른오징어 물고 하게요?"

아내 박만순이 하는 말이다.

"그건 아니지만. 암튼 그렇게 해서 청송식당에 취직이 된 거야. 그동안 앞이 캄캄했던 처지가 맘에 드는 취직은 아니어도 취직이 되었는데 일을 어찌 열심히 안 할 수 있겠어. 그래서 새벽에 일어나 우선 식당 문 앞부터 청결하게 하곤 했는데 당시 식당 주인이셨던 외할머니가 눈여겨보신 거야. 그것이 결국은 네 엄마를 만나게 됐고 너희들도 만나게 된 거지만 말이야."
"그때는 아빠를 오빠라고만 불렀는데 지금은 이렇게까지 되어버렸다."

아들 임종찬 엄마인 박만순이 하는 말이다.

"그렇게 되어버렸다니, 가시가 달린 말 아녀?"
"가시는 무슨 가시여. 아빠."

"막내딸 임인경이 하는 말이다.

"그런데 한방에서 같이 지내던 고향 형들 생각인데 정치인들 떠드는 소리에 생각도 없이 북치고 꽹과리치다가 아니게 되어버렸다는데 안타깝다. 그때의 기억으로 여기를 온 거지만 말이다."

"정치인들 떠드는 소리에 북치고 꽹과리치다니? 아빠, 그게 무슨 말이야?"

또 막내딸 임인경이 묻는 말이다.

"그런 얘기까지 하자면 시간이 좀 걸릴 건데. 너희들 안 바쁘냐?"
"시간이 있으니 해 봐요. 애들에게 교육이 될 것 같으면요."

아내 박만순이 하는 말이다.

"교육까지는 아닌 것 같고 얘기 더 해도 되겠다면 할게."
"하세요."

가족 일체가 하는 대답이다.

"좋은 얘기는 못 되나 얘기를 하면 계엄령이 발효되었으니 형들은 밖으로 나가지 말어. 너무도 위험하잖아. 나는 그런 거야."
"그분들 나이는 아빠보다 높다고 했던가?"
"위험한 일에 나이가 상관이 있을까?"
"아빠 앞에서는 좀. 그러다 나이가 적다고 짜-식 그럴 것 같아서야."

말하기 좋아하는 막내딸 임인경이 하는 말이다.

"그럴 것 같기는 하나 중요한 건 그게 아니라 형들을 밖으로 나가지
못하게 하는 거야."
"아빠 물도 좀 마셔."
"역시 우리 막내딸이다. 그런데 물보다 더 좋은 거 없냐?"
"부침개밖에 없는데 그거라도 먹을래요?"

아내 박만순이 하는 말이다.

"있으면 줘요."

물이지만 임찬호 씨는 맛나게도 마신다. 아무튼 아픈 당시의 얘기를
자식들에게 하기는 해도 맘만은 편치 못하다. 그것을 운명이라고 말하
기에는 내 잘못도 있어서다. 계엄령이 발효되었을 때 말로만 아니라 옷
이든 신발이든 감춰버리는 건 당연했음에도 그렇게 안 한 게 두고두고
후회된다. 그러니까 계엄령은 본시 진압을 목적으로 할 것이기에 곧 끝
났을 텐데. 이젠 되돌릴 수도 없는 후회지만 남은 안타까움이다. 그러
니까 형들의 신발이든 옷이든 한가지 만이라도 감춰버렸으면 형들은
야, 그래도 그렇지, 신발까지 감춰버리면 어떻게 하냐. 그러면서 웃고
말았을 건데 설마 했던 게 후회일 거다.

"그러니까 고향 형들 생각을 아직도 하는 건가?"

말하기 좋아하는 막내딸 임인경이 하는 말이다.

"그래, 죽음이라는 이유로 무덤에 누워만 있는 고향 형들 생각을 어떻게 안 할 수가 있겠냐. 생각하면 얼마든지 가능한 일을 놓친 것이 두고두고 미안해서다."
"우리 아빠는 정치도 한번 해야겠다."
"말도 안 되는 소리 말아. 정치를 아무나 하는 거냐."
"그거야 아무나 정치를 해서는 안 되지. 우리 아빠 같은 인물이 정치를 해야지. 아빠는 잘도 생겼잖아."
"아빠 잘생겼다는 말 엄마는 싫을 수도 있는데 너는 하냐."
"그러니까 질투심…?"

막내딸 임인경이 엄마 눈치는 보면서 하는 말이다

"야, 인경이 너 엄마를 왜 봐!"
"보기는 안 봐. 엄마가 웃는가 보는 거지."
"엄마가 웃는지 본다고?"
"그런 말 했다고 엄마는 삐진 표정이다."
"네가 그런 말 한다고 내가 삐질 엄마는 아니야. 네 아빠 멋진 거 나도 인정해, 결혼 이유도 거기에 있지만."

"엄마 아빠 결혼을 성사시킨 건 외할머니잖아."

"그걸 막내 네가 어떻게 알고?"

"알기는 어떻게 알아. 그냥 알게 된 게지."

"아니, 막내 너 할머니한테서 무슨 말 들었구나. 엄마 곤란하게…."

막내 네가 그런다고 해서 기분 나쁘겠냐. 사실이기도 한데 막내 네 아빠는 이 엄마에게 있어는 저 자세다. 그걸 막내 네 말을 듣고서야 생각이 나 이제부터는 네 아빠가 그러지 않도록 정을 쏟아부어 드릴 거다.

"곤란은 무슨 곤란이야. 엄마는…."

"듣기 좋은 말만 네 엄마가 한다. 아빠는 기분이 여간 좋다."

"엄마는 아빠한테 인정한다는 말 늘 해야겠네."

"그런 말 한번 했다고 엄마 골리는 건 아니지?"

"무슨 소리야. 그건 아니야. 엄마."

막내딸은 다른 형제들에게 말할 기회도 안 주고 혼자 다 말한다.

"그건 그렇고, 아빠 잘생겼다는 말 싫지는 않다만 다음부터는 멋진 아빠로 바꿔라!"

"그러면 엄마에게는 뭐라고 하고?"

"엄마에게는 미인이라고 할까? 잘 모르겠다."

"모르겠으면 인터넷에다 물어봐라."

"무슨 말이야. 인터넷에다 묻다니, 그건 아니야."

"그건 그렇고 막내 너 사귀는 놈 없냐?"

"사귀는 놈 없냐가 뭐야. 아빠는 말이 너무 거친 거 아녀?"

"거칠다면 수정한다. 그러니까 사귀는 녀석 없냐?"

막내 네가 언제 이렇게 커서 아빠의 실수를 고쳐줄 수 있는 나이가 된 걸까. 삶을 부드럽게 해준 너를 낳아준 네 엄마에게 고맙다고 해야 할지도 모르겠다.

"아빠가 말한대로 사귀는 놈이 아니라 넌 데리고 와도 돼?"

"야!"

엄마 박만순이 하는 말이다.

"야는 무슨 야요. 그래서 하는 말이나 인경이 너 사귀는 괜찮은 녀석이 있다면 5·18 유공자인지 정도는 살펴라. 살피라는 말은 아니게도 무덤이 되어버린 고향 형들 때문이다."

"아빠는 고향 형들 생각만 하면서 살지 말고 우리를 보고 사세요."

"그거야 너희들을 보면서 살아야지."

"우리를 보고 사시라는 말은 한번 해 본 말이여."

"그래. 생각해 보면 오늘까지 온 것은 너희들 외할머니 덕이기도 하지만 특히 탈 없이 키워준 네 엄마 덕이 크다."

"비행기 태우지는 마세요,"

아내 박만순이 하는 말이다.

"비행기 태우다니. 그건 아니여. 사실을 말 한 거여."
"막내가 몰라서는 아닐 거요. 막내가 재밌어하는 말인 거지, 막내
너 안 그러냐?"
"그래, 고향 형들을 위하고자 했던 아빠 맘 나 인정해."

이번엔 큰딸 임자경이 하는 말이다.

"인정해 줄 필요도 없어. 얼마든지 살릴 수도 있었던 일인데. 그렇지
를 못했다는 게 미안할 뿐이야."
"고향 형들 얘기는 앞서도 하기는 했지만, 고향 형들에게 무슨 생각
으로 그렇게까지 했어요?"

아내 박만순이 하는 말이다.

"이것 봐, 그때 내가 정치인들 놀음에 놀아나기도 했다면 우리 막내
까지 두었겠냐."
"아빠는 뭐 먹고 싶은 거 없어?"
"아빠가 없는 말한 거 아니잖아. 막내 너 예쁜 거는 사실이잖아."

"우리 막내 너무 띄우지 말아요."

"띄우는 게 아니야. 사실을 말하는 거야. 그래서 하는 말이나 박만순 여사 덕분이기도 하다."

이런 정다운 얘기에서 애들에게 허심탄회한, 그러니까 막내인 인경이가 막내가 아닐 수도 있었다는 말을 해도 잘못은 아니겠지만 그런 말까지는 좋아하지 않을 것 같아 그만두겠지만 말하자면 가족 계획이라고 할까. 애를 셋만 둘 생각이었다. 그러나 가족 계획에서 실패라고 할까. 아무튼 인경이가 태어난 것이다. 그래서 애들을 더 두는 건 아무래도 아닐 것 같아 정관수술을 해버린 상태다, 그것을 아내에게도 말해서 알고 있지만 말이다. 그래. 자식을 많이 두는 게 됐다고 후회할 사람은 아마 없을 것이다. 나도 그렇게 본다면 지금의 생활 형편으로는 자식을 더 두어도 될 게다. 그러나 아내를 너무 힘들게 할 수도 있어 마지막 자식은 인경이만으로 그친 것이다, 그러니까 막내 너는 가족 계획에서 벗어나 태어난 것이다. 그러기는 했으나 인경이 네가 태어나지 않았다면 우리 가족이 이처럼 재미가 있겠냐. 그러니까 은경이 네가 막내로 태어나 준 게 아빠로서는 너무나 좋다. 사랑한다.

"그러면 아빠는 엄마를 언제부터 좋아했어?"

큰딸 임자경이 묻는 말이다.

"엄마를 좋아하기는 아마 청송식당에 온 날, 처음부터인 것 같다. 그러니까 청송식당 직원으로 취직이 되기는 했으나 얘기할 상대가 아무도 없을 때 중학생이기도 한 엄마가 다가온 거야. 그래서 귀엽기도 하지만 오빠라고 하면서 졸졸 따라다니기도 해서 아빠는 여간 좋았다."

"그러면 엄마는?"

"아빠를 좋아했는지 아닌지까지는 엄마에겐 묻지 마라."

"엄마야, 사실을 민망스럽다하실까봐 묻지 말라고 하지만 우리는 너무도 궁금한 일인데 왜 안 물어."

"그러면 말할게. 그러니까 너희들에게 이런 얘기까지 해도 괜찮을지 몰라도 엄마에겐 나이가 많은 오빠들뿐이던 차에 고등학생인 네 아빠가 오시게 된 거야."

아빠가 고등학생이라는 걸 엄마는 어떻게 알고?"

막내딸 임인경이 하는 말이다.

"어떻게 안 게 아니라 사장님이신 할머니에게 말해서 알게 된 거야."

"그렇구면."

"야. 별거 다 묻는다."

엄마 박만순이 하는 말이다.

"엄마는 별거 묻는다고 할지 몰라도 우리는 궁금했던 일 묻는 거여."

입을 꼭 닫고만 있던 큰아들 말이다.

"그런 얘기는 아빠가 설명하세요."

"설명하면 이렇게 말할 수는 있겠다. 그러니까 사장이신 할머니가 보시기엔 엄마는 아빠를 좋아하고, 나도 엄마를 좋아한 거야."

"그게 아니라 엄마가 먼저냐고 물었는데 아빠는 대답을 엉뚱하게도 하네."

"그래, 정확히 말하면 할머니가 생각해 보니 청송식당을 운영할 자격자는 엄마인 거야. 그래서 청송식당은 엄마에게 물려주어야겠다는 생각이었는지 엄마와 결혼하라고 하신 거야."

"그러면 아빠와 엄마의 결혼은 할머니가 중재했다는 건가?"

"결혼 중재는 할머니가 하시지 누가 하겠냐. 아무튼 네 엄마와 결혼하라는 할머니 느닷없는 말씀을 듣고 아빠는 놀랐다. 나야 놀랐지만 할머니가 결혼하라는 건 물려줄 재산 문제가 걸린 일이라서야."

"그렇기는 해도 청송식당 사장은 아빠가 아니라 엄마잖아."

"그렇지, 나는 재산권과는 상관없는 데릴사위인 거야. 그렇기에 외삼촌들이 재산권을 주장할 수도 있는, 그러니까 간단치 않은 물려받을 재산 문제라 엄마에게로 한 거야. 그러면 다 된 거 아니냐?"

"되기는 하지만 사장은 아빠가 아니라는 게 좀 그러네."

"그래, 무슨 말인지 알겠다. 그렇지만 실재는 아빠 식당인 거야. 생각해 봐라, 이 청송식당은 결국 너희들 거잖아."

엄마 박만순이 하는 말이다.

"그러면 할머니처럼 재산을 아빠도 딸인 우리에게도 물려줄 생각은
해 봤을까?"
"그거야 당연하지. 그러나 오늘은 말고 환갑날에서 말할 생각이었다."
"그런 말을 벌써 해버리면 어떻게 해요. 나랑 한마디 의논도 없이."
"그렇기는 해도 자꾸 묻는데 어쩌겠소."
"그러면 아버지에 대해 우리 작은 아드님도 궁금한 게 없냐?"

엄마 박만순이 하는 말이다.

"없기는 왜 없어. 있지. 그렇지만 궁금한 거 누나가 다 말해버리네."
"그려?"
"그러나 재산분배는 아들들에게는 좀 더 배려해 주셨으면 해요."
"뭔 소리야. 아들들에게 좀 더 배려하라니… 그건 안 돼. 분배는 똑
같이 하라는 멀쩡한 법이 있잖아."

엄마 박만순이 하는 말이다.

"아무튼 그런 말은 외할머니가 만들어 주신 행복이다."
"이건 다른 말이지만 대통령이 되고 싶으면 거짓말 공부부터 하라는
것 같던데 정말 그런가요?"

금남로 데릴사위

아내 박만순이 하는 말이다.

"아니, 대통령이 되고 싶으면 거짓말 공부부터 하라니… 말도 안 될 느닷없는 소리를 왜 물어요."
"말이 나와서 하는 생각이지만 아빠도 국회의원 한번 출마해 봐!"

막내딸 임인경이 하는 말이다.

"국회의원에 나와 보라는 말은 고마운 말이기는 하다만 다른 사람은 몰라도 아빤 아니야. 너희들이 말하는 대로 멋짐만으로 국회의원이 되어서는 안 될 테니까. 말이 나와서 하는 생각이나 전날 국회의원들은 잘생김만으로 국회의원이 되기도 했다고 하더라만."
아빠는 아니라고 사양할 필요 없어, 내가 팍팍 밀어 드릴 테니까."
"그러면 막네 너 팍팍 밀어줄 괜찮은 녀석 사귀고 있다는 거냐?"
"없어, 없지만 돈 많은 놈 만들면 되잖아."
"돈 많은 놈을 뭘로 만들 건데?"
"그러니까 아빠가 이쁘게 낳아주신 아름다운 미모로 말이야."
"그러면 아빠가 말 잘할 수 있는 학원도 다닐까?"
"무슨 말이에요, 책을 많이 읽어야지."

아내 박만순이 하는 말이다.

"엄마도 귀걸이 한번 해 봐."

말하기 좋아하는 막내딸 인경이 하는 말이다.

"아니, 귀걸이? 식당 운영자 귀걸이라도 하게 되면 손님들이 엄마를 어떤 여자로 보겠냐. 말도 안 될 소리다."
"그렇게까지?"
"아무튼 인경이 네가 이쁜 건 엄마 덕도 있다고 생각해라."
"그거야. 엄마 덕이기도 하지."
"아무튼 막내 네 말 고맙다만 국회의원이든 시의원이든 쥐나 개나 해서는 안 된다는 게 아빠의 생각이다."
"아빠, 쥐나 개나가 뭐야."

막내딸 인경이 하는 말이다.

"쥐나 개나 그런 말은 아빠가 해서는 될 말이 아닌데 했다. 실수다."
"우리 아빠는 참 멋쟁이야. 잘못을 인정하시는 걸 보면."
"그래, 우리 막내가 해주는 칭찬은 오래오래 간직할 것이다."
"그러면 아빠가 오래오래 간직한 칭찬은 언제 써먹을 건데?"
"생각해 보니 네 칭찬을 써먹기는 오래도 필요 없을 것 같다. 그러니까 막내 네가 괜찮다 싶은 사윗감 데리고 오면 된다."

그래, 부모라면 누구든 상관없으리라 싶지만 보성 촌놈이다. 그렇기는 하나 너희들이 옆에 있어 주어 살맛이 난다. 그래서 하는 말이나 자식도 없이 살아가려는 맘들은 생각을 바꿔 자식만은 두어라. 그렇지 않아서는 보기조차도 추한 꼴이 되고 말 테니.

"아빠 사윗감은 염려하지 말어."

"아니, 막내 네 신랑감은 염려 말라고?"

"그래, 괜찮은 놈 곧 데리고 올 테니. 그건 그렇고. 내가 궁금한 건 엄마 아빠 손은 누가 먼저 잡았을까? 물론 손잡기는 엄마가 먼저겠지만."

"손잡기는 엄마가 아니야. 네 아빠야."

"우리 막내는 어떤 놈이 손잡을 건지 몰라도 괜찮은 딸 데려갈 놈 나와봐라! 광고 한번 낼까나?"

"그렇기는 하네요."

"그렇기도 하고 이젠 과거 일이 되고 말았으나 장모님과의 대화가 생각난다."

"이런 말은 괜찮은 선물이라도 드리면서 해야 할 건데 말이요."

"선물은 무슨 선물이야. 우리 손주들 있게 해준 일이 가장 큰 선물이지, 들으면 서운하다 할지 몰러도 아들 손주들이야 줄줄이 있지만 할머니하고 달려오는 외손주가 제일 좋다."

"엄마는 선물 받을 만하네."

"나. 임 서방한테 절을 받았으나 절 받을 자격은 있는지 모르겠다."

"무슨 말씀이요. 오갈 때 없는 저를 품어주셨는데. 큰 선물은 당연한데도 아직이어요. 그래서 말이지만 세상일 생각처럼 이루어질 수는 없다 해도 애들에게 공부 잘해서 할머니를 기쁘게 해 드리라고 말 할거요"

"그렇게까지 안 해도 돼. 말이 나와서 하는 생각인데 마침 사람이 필요할 때 임 서방이 와준 거야."

"엄마는 임 서방이 처음부터 맘에 들었어?"

"임 서방 보는 앞에서 말하기는 좀 그렇다만 맘에 들기보다는 생기기는 괜찮게 생겼다 그렇게만 생각했어야."

"그러면 엄마는 임 서방을 언제부터 사윗감으로 생각한 거야?"

"언제부터가 아니라 식당 운영을 누구에게 맡길 건지 그런 생각이 들 때부터라고 하면 될까. 모르겠다."

"그때가 나 몇 학년 때?"

"몇 학년 땐가 기억에는 없으나 만순이 네가 고등학교 들어갔을 때부턴가 싶다."

"그러면 식당 운영에 있어 오빠들 생각은 안 했어?"

"생각이야 했지 안 했겠냐."

"생각했으면 오빠들을 세우지 왜 세우지 않았어."

"식당 운영을 아무나 해서는 안 된다는 생각이기도 하지만 네 오빠들은 돈만 타다 쓸 줄 알지, 관심조차도 없었어야. 사업을 물려주려면 운영할 능력도 있어야겠지만 적극적이어야 할 게 아니냐."

"그거야 물론이지."

"모든 사업이 다 그렇겠지만 요식업도 종합예술로 봐야 할 것이기 때문이다. 그래서 엄마가 이런 말까지 해도 될지 몰라도 우리 집은 아들 셋, 남 주기 싫은 만순이 너 하나다. 그러다 보니 함께할 사윗감을 보려던 차에 잘도 생기고 일도 재치 있게 하는 임찬호가 눈에 들어온 것이다. 그런 임찬호가 내 사위가 된다면 딸을 남 줄 필요가 없어 그대로 일 게 아닌가. 해서였다. 그래, 누구는 아들에게 물려 주지. 그렇게 말할지도 모르겠지만 말이다."

"임 서방을 사위로 삼고자 한 데는 일리가 있네."

"그래, 며느리라도 능력을 갖추고자 했다면 생각해 볼 수도 있겠으나 집에도 오라고 불러야만 올까 말까 한데다 자기들이 하는 일이 있지. 않은가. 그래서다. 그래서 운영 능력이 보인 임찬호를 사위로 삼은 것이다."

"그런데 당신은 일을 엄마 눈에 들게 한 것 같은데 무슨 생각으로 그랬을까?"

"그런 말 내가 안 했을까?"

"그런 말 할 시간이나 있었어. 늘 바빴는데."

"나는 우선 감사하다는 생각이었고. 지금도 같은 생각이지만 식당이 잘되기는 나로 해서 잘되어야 한다는 생각으로 했었나 싶어."

"엄마는 그것이 눈에 보였어?"

"그랬지, 누구든지 그러겠지만 써먹을만한 놈인가를 보는 건 식당 운영자로서는 기본 아냐."

"그러니까 엄마는 임 서방을 눈여겨봤다는 거네."

"아니, 임 서방 앞에서 써먹을 만한 놈인가 말을 해버렸는데 말실수네. 미안하네."

"어머님 무슨 말씀이요. 그건 아니에요. 사위도 자식으로 여긴다는 말도 하는 것 같은데 저는 실감합니다."

"우리 남편 칭찬 받는다."

"에이, 그런 말은 싫다."

"어떻든 우리 손주들 씩씩하기도 하지만 임 서방 닮아서 데리고 다닐 만도 해서 좋아."

"그러면 나는?"

"너야 거저 사는 거지."

"이럴 때 아버지도 계시면 좋겠다."

"그러게, 이 사위에게 예쁜 딸을 내게 주셔서 감사합니다. 의미를 담아 큰절 한번 하게."

"임 서방?"

"예."

"자네 마누라한테는 당당해야지 절절매서는 안 돼."

"절절매지 않아요. 아니라는 말은 당신이 해."

"그래, 아무쪼록 그렇게만 살아주고, 우리 손주들 내게서 멀리할 생각은 말어."

"외국 유학이라도 보내면 우리 엄마 울겠다."

"진짜야. 손주들 없으면 못 살아."

"그러면 엄마 땜에 외국 유학 생각 접어야겠다."

"나 땜에 외국 유학 포기하겠다고?"

"엄마 지금 말씀이 그렇잖아."

"아이고, 이 할미 땜에 우리 손주들 유학 포기해서는 안 되는데…"

"아직 유학 갈 나이 아니니 걱정하지 말어."

"걱정 안 해."

"엄마 지금 보니까. 유학 보내야 할 것 같다고 말했다가는 우리 엄마 병나겠다."

"그렇게까지는 아니야. 그러니까 손주 사랑이야 끝없지만 적극적인 사랑은 어렸을 적까지야. 다 큰 다음에는 우리 손주가 괜찮은 인물로서 있느냐가 자랑이지, 부탁하고 싶을 때 부르기 편한 존재가 손주다. 너희들은 그렇다는 점만 이해해 주어도 된다. 할머니한테 잘해야 한다는 말 안 해도 된다. 다 알아서 잘할 테니 말이다, 좀 아니다 싶을 때 할머니가 길동아. 이름만 불러도 고개를 숙인단다. 그래서 말이지만 할머니 손에서 자란 자식은 사회로부터 대접받는 인물로 살아갈 것이다."

"어머님이 유학 말씀을 하셔서 생각인데 저는 생각이 좀 별나서 그런지 몰라도 기러기 아빠로는 못 살 것 같아요."

"그러면 만순이 네 생각은 어디만큼이냐?"

"나야 그때 가 봐야지."

"그러면 유학 보낼 맘만은 버리지 못하고 있다는 거네."

"유학이 문제가 아니라 변화된 시대에 따라 살자는 것이 내 생각이야 엄마."

"그래, 과거만 붙잡고 살 수는 없지. 그건 인정하나 행복은 가정 없이 올 수 없다고 나는 생각한다."

"어머님 생각에 저도 동의합니다."

"아니, 그러면 당신은 유학은 절대 안 된다는 말 아녀요."

"생각만은 그렇다는 거지."

"유학 얘기가 나와서 한마디 한 것이 분위기가 안 좋은 쪽으로 가는 것 같다. 그런 얘기는 그만하자."

"엄마 맘을 불편하게 해서 미안해."

"아니야. 말을 하다 보면 엉뚱한 말도 하게 되는 거지. 그래서 말인데 막내 너는 무슨 일이 있어도 임 서방을 힘들게는 하지 말아. 그러니까 겉보리 세 말만 있어도 처가살이는 하지 말라는 말이 진리인 듯해서다."

"그런 얘기는 나도 모르는 역사적 얘기네요."

아내 박만순이 하는 말이다.

"그래서 하는 생각인데 우리가 교장 선생님께 드린 인사가 얼마나 큰지 몰라. 그러니까 큰절을 받게 된 교장 선생님은 많은 사람에게 칭찬도 해 주실 거야. 그래서든 너희들이 군말 없이 따라준 게 아버지로서 얼마나 고운지 모른다."

"아빠 고마워하실 필요까지는 없어."

"그건 왜?"

"내가 누구요. 유치원생을 길러내는 원장이기도 하잖아요."

"그래 유치원생들을 길러내는 원장이기는 하지."

"아빠는 교회에 아직 안 나가시니까 잘 모르겠지만 유치원을 운영하는 사람마다는 독실한 신앙인들이어요."

"독실한 신앙인들?"

"그러니까 유치원을 운영하는 원장은 모두가 여자들이기도 할 뿐만이 아니라 아빠도 인정하시겠지만, 유치원을 경영하는 원장들 모두 교육자인 거요."

"유치원 원장이 교육자?"

"그래서 말인데 교육자 집안 자식들은 말썽부리지 않아요."

"교육자 집안 애들이 말썽부리지 않는지를 자경이 네가 어떻게 알아."

"왜 몰라요. 그러니까 애들이 뭘 보고 자라겠어요. 엄마 아빠 삶을 보면서 자랄 게 아니요. 그래서든 생각해 보면 감사한 일로 나도 엄마 아빠를 보면서 자랐듯 말이요."

"야, 그런 말도 해주는 딸은 세상에 자경이 너밖에 없을 것 같다."

"아니어요. 말만 안 할 뿐 다른 애들도 많을 거요."

"그런데 아드님들은 아무 말이 없는데 딸년들은 말을 그리도 잘하냐. 나는 그렇게 키우지 않았는데."

엄마 박만순이 하는 말이다.

"아니, 엄마는 아드님 딸년이 뭐야. 말 참 이상하게 한다. 나도 윤활유 같은 임씨 집안 가족의 일원인데."

막내딸 임인경의 불만 어린 말이다.

"그런 말 듣기야 싫겠지만 아드님, 딸년이라고 말하는 것만은 사실이잖아."

엄마 박만순이 하는 말이다.

"아드님, 딸년, 그런 말 듣기는 나도 싫다. 나는 엄연한 유치원 원장님인데."
"어허, 모녀간 다퉈서는 나중에 효도를 못 받을 건데 당신은 그런다."
"그런 걱정은 안 해도 돼요. 효도는 아드님들이 해줄 테니 말이요."
"아닐 건데, 며느리들은 안 와서 하는 말이나 효도는 아들이 아니라 며느리가 해주던지 그럴 건데."
"엄마는 효도 이야기를 벌써 해서는 안 되는데 한다."
"그런데 아빠는 효도를 바라지?"
"아니야 이보다 더한 효도는 없다. 그러니까 웃어주는 효 말이다."
"웃어주는 효도보다 더한 효도는 없지."

엄마 박만순이 하는 말이다.

"그건 그렇고, 우리가 경제적으로도 이만큼인 건, 할머니는 임찬호 덕분이라고 입버릇처럼 말하셨는데 너희들은 처음 듣는 말이겠지?"

아빠 임찬호 씨가 하는 말이다.

"당연히 처음 듣지."

큰딸 임자경이 하는 말이다.

"네 아빠가 이젠 어쩔 수 없이 아저씨이지만 그동안은 여자 손님이라면 손이라도 한번 만지고 싶을 만큼 예뻤어."
"예쁘다는 말은 엄마가 해야 할 말이 아니네."

말하기 좋아하는 막내딸 임인경이 하는 말이다.

"그게 아니야. 지금의 청송식당이기까지는 시대가 가져다준 부흥이랄까. 그러니까 아빠가 여성들에게 인기가 높을 만큼 생긴 게 아니라. 경제적 형편들이 넉넉해짐에 따라 식당을 찾는 손님이 많아지게 된 거라고 보는 게 옳을 거야."

아빠 임찬호 씨가 하는 말이다.

"틀린 말은 아니나. 손님이 우리 식당으로 몰려든 것까지는 엄마 말 대로 멋진 아빠 덕분이네."

큰딸 임자경이 하는 말이다.

"그런데 자경이 너 시간 좀 내야겠다."
"시간이야 내면 되겠지만 그건 왜요?"
"신광교회 목사님에게 만나게 해주겠다고 약속해서다."
"그러면 언제요?"
"언제인지는 목사님에게 물어보고 말할게."

015

"어서 오세요. 오시기만을 기다렸습니다."

신광교회 김정봉 목사가 무등유치원 원장인 임자경과 임자경 부모를 목회실에서 만나 하는 말이다.

"예, 감사합니다."
"아니에요. 감사드릴 것은 목회자인 저입니다. 그런데 신광교회를 섬기는 목회자로서 임 원장님은 유치원을 운영만이 아니라 주일 학생들도 섬긴다는 말을 듣고 임 원장이라는 분이 어떤 분인지 만나라도 봤으면 싶었는데 드디어 와주셨네요."
"저도 목사님을 뵙고 싶었습니다."

무등유치원을 운영하는 임자경이 하는 말이다.

"그래요. 제가 보자고 한 건 일방적이라 잘못일 수도 있습니다만 그동안 궁금한 게 있어 보자고 한 거요."

"예. 저도 목사님이 부르신 이유가 궁금해요."

"그러면 궁금한 게 제가 먼저 물을게요. 그러니까 부모님이 모시고 간 교장 선생님께 큰절까지는 시대적으로는 아닌 것 같은데요."

"아니에요. 저도 신앙인으로서 유치원생들을 위한 교육자라는 입장에서도 어른을 공경해야 한다는 이유로든 큰절 요령도 가르칩니다."

"그러니까 임 원장님은 집안 장녀이기도 하고요?"

"허허, 말씀대로 그런 점도 있겠네요."

"그러니까 장녀라는 입장은 어머니 같은 역할도 해야 한다는 건가요?"

"그런가는 몰라도 동생들이 보이는 건 어쩔 수 없는 일이어요."

"그래서 하는 생각인데 말을 들으면 며느릿감은 장녀라고는 하대요. 그것이 유치원생들에게도 해당이 되는지 몰라도요."

"며느릿감은 장녀라고요?"

"예."

"칭찬의 말씀으로는 알겠으나 그런지는 모르겠네요"

"칭찬의 말이 아니어요. 임 원장님은 유치원 원장을 넘어 정부 관련 요직에서 일하시면 좋겠다는 그런 생각도 하고 있습니다."

"제가 그렇게까지는 아닙니다."

"임 원장님이야 아니라 하실지 몰라도 이런 말까지는 제가 말 안 해도 잘 아실 것이나 우리 광주는 전통적으로 교육의 도시이기도 해서 원장님같은 분이 많기를 바라서 하게 되는 말입니다."

"그래요, 목사님께서 하신 말씀을 부모님이 해주셔서 듣기만 했을 뿐이지만 우리 광주는 5·18 사대 이전으로 돌아가야 한다는 생각에 글도 쓰는 중이어요."

"그렇게까지요?"

"예, 잘 될지는 몰라도 그렇습니다"

"지금의 광주 분위기로 봐 위험할 수도 있으니 참고로 하십시오."

"그럴게요. 제가 목사님 앞에서 이런 말까지 해서는 건방진 말일 것이나 신앙인은 말을 상대가 누구냐에 따라 달리해서는 안 된다고 생각합니다. 물론 개인적 말이 아닌 대중을 위한 말은 다르겠지만 그렇습니다."

"그래요. 그런 문제는 목회자인 저도 반성해야 할 일입니다."

"그건 아니에요. 목사님."

딸 임자경 엄마 박만순이 하는 말이다.

"임 원장님도 신앙인이시라 잘 아시겠지만 기독교는 사랑의 종교라고도 말합니다. 그러나 실상은 그렇지 못하다는데 목회자로서도 부끄러워요."

"목사님이야 그리 말씀하실지 모르지만 제게 보이는 목사님들은 거룩함을 지키기 위해 고생이 너무 많으시네다."

"고마운 말씀이나 목회하기란 솔직히 말해 너무도 어려워요, 그러니까 한참 여름일지라도 반바지는 못 입어요. 물론 방에서도요. 그래서 하는 생각인데 식당을 운영하시는 임 사장님도 반바지가 없으시지요?"

"허허, 그러지요. 반바지 입을 정도 날씨면 에어컨을 틀지요."

"유치원에서의 사정은 어떻나요? 그러니까 애들에겐 에어컨 바람이 좋지 않다고 해서요."

"에어컨 바람은 조절하면 되겠지만 문제는 부모들 생각이어요."

"아니, 부모님들 생각이요?"

"그러니까 5월이 가져다준 악재라고 해야겠지만 아무튼 그래서요."

"부모들이 그렇게까지 군다면 사회적으로도 심각한 일이네요."

"그래서 유치원생들을 어린이 동산에 데리고 가기도 두려워요."

"그래요?"

"그러니까 어린이들의 영혼을 갉아먹을 수도 있는 5·18 동산이라서요."

"우리 광주가 그래서는 안 될 텐데 그렇네요. 그러면 임 원장님은 유치원생들을 올바로 키워낼 방법에 대해서 생각해 보셨을까요? 물론 지금의 광주 분위기로는 김대중 전 대통령을 신처럼 섬기는 그런 분위기이기는 해도요."

김정봉 목사는 말을 설교처럼 한다.

"목사님이 김대중 전 대통령을 신처럼 섬긴다는 말씀을 하셔서 하는 생각이나 전철을 이용할 때 다음 역은 김대중 컨벤션 센타 역, 그런 자막이 뜨게 되면 가슴이 덜컹거려요. 그럴 필요도 없는데도요."

"가슴이 덜컹거리면 유치원생들을 올바로 키워내고자 하는. 그러니까 직업병이라고 해야 할 것 같습니다."

"직업병이요?"

"직업병이라고 말한 건 다름이 아니라 인간은 본시 도덕적이지 못하

금남로 데릴사위

기 때문이라고 하겠습니다."

"아, 예."

"그러니까 설명까지 하자면 김영삼도 김대중도 대통령이 되기는 하셨으나 두 분은 대한민국이 북한과 대치 상황임에도 대통령이 되고자 하는 마음만 있었다는 겁니다."

"사실이면 말도 안 될 일이네요"

"그러니까 대통령은 첫째가 국가를 지키겠다는 생각이야 함에도 한 분은 자기 지방을 돌아다니며 내가 대통령이 될 건데 그런 줄 알라 말하고. 한 분은 군부대를 다니면서 내가 대통령이 될 거라고, 하는 거요."

"국가를 통치할 분들이 그렇게까지만 했다면 놀랄 일이네요."

"당연히 놀랄 일이지요. 그것을 본 대부분의 국민과 남침야욕에 불타있는 북한은 그런 모습을 어떻게 봤을까 싶어요. 그러니까 전두환이가 나타나지 않았다면 우리 대한민국은 어떻게 됐을까. 아찔한 생각도 다 들었어요."

신광교회 김정봉 목사는 말을 주일 설교처럼 한다.

"그러면 김대중 김영삼 두 분은 국가 운영을 어떻게 하겠다는 철학도 없었다는 건가요?"

임자경 엄마 박만순이 하는 말이다.

"그러게요."

"이런 말까지는 귀담아들을 필요는 없겠고 임 원장 어머님 생각이요?"

김정봉 목사가 하는 말이다.

"제 생각이요?"

"예, 어머님 생각이요."

"없어요. 없으나 말을 꼭 하라고 하신다면 우리 막내딸 신랑감 한번 한번 찾아주시면 해요. 그러니까 신광교회는 크기도 하니 괜찮은 사윗 감도 있을 게 아닌가 해서요."

"그러면 막내따님이 맘에 들지는 몰라도 목회자인 제 눈에 드는 사 윗감은 몇 명 있어요."

"그러면 소개 한번 해주세요. 제 막내딸 자랑 같아 말씀드리기는 좀 그러나 막내딸은 여간 이뻐요. 여기 우리 자경이보다 더요."

"그래요? 생각해 보니 목회자는 결혼 중재도 해야 할 것 같아, 막내 따님을 한번 보면 어떨까 싶네요."

"이건 시집보낼 엄마로서 듣게 된 얘기나 괜찮은 사윗감 찾으려면 서 울 소망교회에 출석시키라는 말도 들어서요."

"그런 말은 저도 듣고 있어요, 그렇지만 교회라는 곳은 개인 영혼을 살리는 곳이지, 시집 장가를 어느 짝에게 보낼지. 소개해 주는 교회가 아니어요. 그렇기는 해도 사윗감 말이 나왔으니, 노력만은 해 볼게요."

"감사합니다. 감사는 합니다마는 그렇다고 목사임은 제 막내딸 신랑감 찾는 일에 너무 신경 쓰지는 마세요."

임찬호 씨가 하는 말이다.

"신경 쓰기는요. 그건 아니에요. 돈도 안 들 좋은 일인데요. 신경 쓴다는 말이 나와서 생각이나 목회하기란 만만치 않아요. 그러니까 목회자는 성직자라는 무거운 짐이 어깨에 늘 지워져 있어서요. 성직자라는 문제에 있어 설명까지 하자면 사회가 바라보는 시각은 목회자 본인 문제만 아니라 가족까지 성직자여야 한다는 거요. 이를테면 세상 물정도 모르는 아이로서의 행동도 사회는 그냥 놔두질 않는다는 데서 오는 어려움이어요. 뿐만이 아니어요. 공부를 잘하지 못해 이름있는 학교에 못 들어가도 얘깃거리로 삼는가 싶어요. 그러니 임 원장님도 유치원 원장으로서 참고로 하십시오."

"알겠습니다. 알겠는데 공부를 잘하지 못해 이름있는 학교에 못 들어가도 얘깃거리로 삼는다는 목사님 말씀은 저로서는 적지 않은 부담입니다. 그러니까 자식을 유치원에 보내는 부모들은 어떤 아이들보다 똑똑한 아이로 키우고자 하는 맘은 당연하겠으나 부모들 눈빛들을 보노라면 5·18 민주화 운동이라는 생각으로 뭉쳐져 있나 싶어 두려운 맘까지 들어요. 그러니까 몇 명의 부모들 표정은 밝지 못하다는 거지요."

"표정조차 밝지 못하다면 정말 야단이네요. 그렇지만 잘 되리라는 희망의 끈은 놓지 마세요."

"목사님 말씀이 아니어도 저는 잘 되리라는 희망의 끈은 놓을 수 없어요. 아이들은 어느새 커서 초등학생이 되고, 중학생이 되고, 고등학생이 되고, 대학생이 되면 나라에 큰 일꾼이 되라는 말로 축하도 해주어야 하기 때문이에요."

"아이고…"

"그게 어디 저만 그러겠습니까. 유치원을 운영하는 원장들마다 마찬가지일 겁니다."

"그래요?"

김정봉 목사가 응수하는 말이다.

"그래서든 생각해 보면 내가 가르친 학생이 잘되기라도 하면 얼마나 좋겠어요."

임자경은 그런 말도 하려고 준비까지도 해 두었을까. 말을 조리 있게도 잘한다. 딸의 말을 듣게 된 부모는 놀랍다는 표정까지 짓는다. 그러니까 말을 잘하기까지는 아는 게 그만큼 많이 알고 있어야 하는 것도 당연하지만 딸은 교회학교 학생들에게 그동안 해왔던 말들이 쏟아져 나왔을 것이다.

"임 원장님. 지금의 말은 설교에서 써먹을 귀한 자료입니다."

"목사님 그건 아니에요, 유치원 원장으로서 감당해야 할 일을 말했을 뿐이에요."

"이런 말은 임 원장님 앞에서 말하기는 조심스러우나 임 원장님은 말씀까지도 아름답습니다."

그래, 무등유치원 원장은 태어나길 좀 못난 부모에게서 태어난 게 아니다. 인물이 그리도 훤하신 아버지와 여성으로서의 미모가 출중하신 어머니에게서 태어났으니 그런 미모가 어디로 가겠는가, 그러니까. 다른 말로 하면 콩 심은 밭에 콩이 나고 팥 심은 밭에 팥이 나듯 말이다.

"그런데 목사님도 아실지 몰라도 제가 궁금한 건 5·18 민주화 운동 진상규명을 한다는 자리에서의 기자들 질문이어요. 그러니까 5·18 민주화 운동 진상규명에서는 빼놓지 말아야 할 무기고가 털린 내용만 쏙 빼버려서요."

임찬호 씨가 하는 말이다.

"우리의 얘기가 기자들 문제까지라서 슬프지만. 지금 하신 말씀이 사실이라면 기자들조차 현 정부의 하수인이라고 볼 수밖에 없네요. 그래서는 안 될 텐데요."
"저는 이 부분에서 광주시민에게 말해주고 싶습니다. 그러니까 사실이 아닌 내용은 아니라고 분명히 말하라는 겁니다. 남의 잘못을 본인 잘못인 양 덮어쓰는 꼴이 되어서는 안 되기 때문이어요"
"이건 전두환 대통령 잘못이라고 지적할 수만은 없어요. 땅굴이니, 청와대 습격이니, 민간 항공기 폭발이니. 미얀마에서의 테러 등 말이요."

김정봉 목사가 하는 말이다.

"그러네요."
"생각해 봅시다. 전두환 물러가라는 말이 뭐겠어요. 북한은 전두환 개인을 말하는 게 아니잖아요."
"그렇다는 것을 광주시민들이라고 해서 모르지는 않을 텐데 왜들 그럴까 모르겠어요."

임찬호 씨가 하는 말이다.

"그것은 대한민국이 쉽게 무너지겠어. 안이한 생각들은 아니었을까 싶네요."
"그거야 편안하게 하시는 말씀하시지만 제가 겪은 안타까운 일이 생각나요."
"임 사장님이 겪으신 안타까운 일이요?"
"예, 그러면 시간도 있으니 말해 볼게요. 이건 여러 번 말했던 그러니까 고향 형들과 한방에서 지내게 됩니다. 고향 형들과 한방에서 지내게 되기는 얼마 안 되는 월급을 방세로 없애서는 안 되겠다 싶었는지 제가 거처하는 방에서 함께 지내게 됩니다.

그렇게 지내던 어느 날은 갑작스레 5·18 사태가 벌어집니다. 그러니까 계엄령이 발효되어서 위험하니 계엄령 해제까지는 밖으로 나오지 말고 집

금남로 데릴사위

에만 계십시오~! 확성기로 외칩니다. 그런 소리를 듣게 된 고향 형들은 이게 뭔 소리야, 하면서 밖으로 나가려고 합니다. 그렇지 않아도 전두환 신군부를 미워하던 차에, 그래서 저는 사고를 당할 수도 있겠다 싶어 가로막습니다. 그러니까. 기억나는 대로 몇 가지만 말한다면 다음과 같습니다.

"그러니까 민주화는 내적 민주화, 외적 민주화를 구분해서 말할 수도 있다는 거여."

"아니, 내적 민주화, 외적 민주화라니, 그게 무슨 소리야."

"나도 형들처럼 그게 무슨 소리야 했는데 지금 생각하니 이해가 돼."

"이해가 어떻게 되는데?"

"그러니까 내적 민주화는 형들과의 의논 문제이고, 외적 민주화는 나와는 상관없고 누구도 인정하는 상식적 문제라는 거여."

"그런 말은 좀 이상하다만 그러면 찬호 너는 어느 쪽이야?"

"그러면 형들은?"

"그거야, 당연히 우리 문제이기는 하지."

"잘 아네. 생각을 해 봐. 형들도 가난을 벗어나자고 광주에 온 거잖아."

"찬호, 네 말이 틀리진 않다만 젊다는 게 문제다."

"잘 아는 게 아니라 식당에 온 손님에게서 들은 얘기를 그대로 하면 대학 휴교령을 내리게 되는 바람에 군인들 십여 명이 대학교 정문을 지키고 있는 거여. 더 말해서는 입만 아플 테니 그만두겠지만 현 정부가 부모에게 효도를 못 하게 해, 종교를 갖지 못하게 해, 정당에 가입 못 하게 해, 국회의원에 출마 못 하게 해, 이웃을 돕지 못하게 해, 장사를 못하게 해, 통반장을 못 하게 해, 남녀끼리 몸 비비지 못하게 해, 도와줄 사람 도와주지 못하게 해, 낮잠 못 자게 해, 술을 못 마시게 해, 돈을 못 벌게 해, 그래서 하는 말이나 이보다 더한 민주주의가 세상엔 또 있느냐는 거여. 아니라고 못 할 북한 김일성 정치 체제가 너무도 좋아서든 가진 자들 것 빼앗아 개인 통장으로 수억 원씩을 꽂아 준다는 민주주의도 있다는 거여, 뭐여. 처지 분수나 알고 살자는 거여, 그러니까 잔꾀나 부리는 여우들 벼슬시켜 줄 생각은 말고 말이여."

"목사님 저는 고향 형들을 살리는 결과도 내지 못했어요."
"그분들의 잘못을 지적해서는 안 되겠지만 그건 아니라고 저도 생각합니다. 그러나 우리가 그분들 실수한 점만 들추어서는 본인에게도 손해임을 알아야 한다는데 임 원장님이 광주 문제를 기록하실 거면 사실을 기록하시되 선한 맘으로만 기록하셨으면 합니다."
"그렇지 않아도 이미 적어놓은 내용도 가져왔는데 한번 보실래요?"

임자경은 맘먹고 적어본 내용을 김정봉 목사님께 드린다.

"아이고, 임 원장님은 말만이 아니네요. 그러면 한번 보겠습니다."

광주 광역시 시민 여러분, 안녕하셨습니까. 저는 올해노 광주광역시 행정을 총괄하는 시장으로서 새해 인사부터 드립니다. 우리 광주광역시 시민들께서는 시 행정을 잘 이끌도록 저에게 응원해 주시는 바람에 작년 시 행정을 무난하게 이끌었지만 잘하지는 못하고 탈 없이만 마무리만 지은 것 같습니다. 저는 그리만 했어도 광주광역시시장으로 또 세워 주셨습니다. 감사합니다. 감사하지만 우리 광주광역시가 탈 없기만을 바라서는 시장으로서 직무 유기라고 생각합니다. 그러기에 새해에서는 보다 살아 볼만한 광주광역시를 만들 꿈을 꾸어 봅니다.

그런 꿈이 무엇이냐를 말씀드리기 전에 광주광역시가 빛고을답게 해달라는 편지 내용부터 우선 말씀을 드려야 할 것 같습니다. 그러니까 두 통의 편지를 받았는데 받아본 내용을 보니 빛고을이 훼손될 느낌이라 시정되었으면 좋겠다는 내용입니다. 그러나 이름과 유치원 이름은 밝히지 않는 게 옳을 것 같아 익명으로 하겠습니다. 그것은 개인 이름을 밝히는 건 무서울 것 같아 밝히지 말았으면 좋겠다는 말을 존중하는 의미에서입니다. 편지 내용이 그렇습니다.

그러면 첫 번째 편지 내용입니다.

시장님, 안녕하세요. 저는 유치원을 운영하는 원장 입장입니다. 이런 입장이 시장님께 이런 편지까지 쓰는 건 무례일지 모르겠으나 쓰게 되는데 며칠 전에 있었던 유치원생과 나눈 얘기부터 하겠습니다. 그러니까 따뜻한 봄이기는 하나 청명한 날을 택해 유치원생들을 데리고 5·18 공원에 갔습니다. 그런데 진명수 (가명)라는 어린이가 "원장님, 5·18이 무슨 말이어요?" 어린이는 그렇게 묻습니다. 그래서 저는 생각지도 못한 뜬금없는 물음이라 대답을 무어라고 해야 할지 생각이 잘 나지 않아 "응... 진명수는 그런 말이 궁금한가 보구나. 그래, 훌륭한 사람들마다는 궁금한 것이 많았다고 하던데 진명수 너는 앞으로 훌륭한 사람이 되겠다. 선생님은 우리 진명수를 많이도 사랑한다." 5·18 질문에 설명 대신 이런 말로 얼버무리고 말았습니다. 그렇게 얼버무리기는 했지만 진명수 어린이는 똑똑해서 5·18에 대해 또 묻지 않을까 싶습니다. 처음에야 엉뚱한 말로 얼버무리고 말았으나 유치원 원장으로서 끝까지 얼버무릴 수는 없을 것 같아 걱정에 있습니다.

시장님, 시장님께서도 손주들이 있으셔서 잘 아실 것으로 오늘날 어린이들은 얼마나 영특합니까. 이렇게 영특한 어린이들은 아름답게 키워내야만 할 꽃들이라고 저는 생각합니다. 그러니까 대한민국을 짊어질 내일의 어른들 말입니다. 그렇다면 꽃은 곱게 피울 수 있는 환경을 만들어 주어야 할 것은 말할 필요도 없다면 아름다운 말 희망의 말을 해 주어야 함에도 깨부숴버리겠다는 고약한 어원일 수도 있는 5·18 공원이 다 뭐냐는 것입니다. 저는 유치원을 운영하는 원장 입장이기도 해서 생각이지만 유치원생들은 아무것도 그리지 않은 하얀 백지상태입니다. 이런 백지상태에다 무슨 그림을 그려 넣느냐는 그 어린이의 인생을, 더 나아가 인간사회가 살아볼 만큼 밝아지느냐, 그렇지 못하느냐가 있을 것으로 저는 보기 때문입니다.

시장님, 이런 말을 시장님께 직접 말씀드리기는 여러 가지 제약 때문에 하는 수 없이 이렇게 편지로 말씀드림을 용서해 주십시오. 그리고 제가 운영하는 유치원과 제 이름까지 밝힐 수가 없음도 양해 바랍니다.
그래요, 시장님께서는 오늘도 광주광역시 시정에 바쁘실 것으로 압니다. 그렇게 바쁘실 시장님께 외람되게 제 생각을 한밤중이지만 적고 있습니다. 아무튼 시장님 손주들도 유치원에 보내셨거나 보내고 계시리라 싶지만 저는 유치원을 운영하는 유치원 원장이라는 입장입니다. 그래서 올해도 유치원생들을 가까운 5·18 공원으로 데리고 갈 겁니다.

시장님, 저는 유치원 원장이기도 하지만 섬기는 교회 적으로는 진명수 어린이를 지도하는 교회학교 교사 입장이기도 합니다. 그래서 사회에서 필요로 한 큰 그릇으로 성장하라는 취지로 기도도 해 줍니다. 5·18 공원에서 못 해준 말을 진명수 어린이는 기다리고 있을지도 모릅니다. 그래서 있는 사실대로 말해야 할지가 정말 고민입니다. 시장님께서야 잘 아실 테지만 어린이는 감수성 조절 능력이 없다고 봐야 할 것 같아 하는 말입니다.

시장님, 좀 다른 얘기이지만 육이오 때 있었던 안타까운 일로 두고두고 후회스럽다는 경험한 사례도 한번 소개한다면 참말과 거짓말 그런 말을 구분 짓지 못한 어린 자식 땜에 아버지가 공산당에 붙잡혀 결국은 죽임을 당하기까지랍니다. 짐작이지만 아버지를 붙잡으러 온 사람은 "야~ 네, 아버지 어디로 숨었는지 말해!" 윽박지르는 바람에 아들은 너무도 무섭고 두려운 나머지 "저기요" 사실대로 말했을 것은 짐작까지 필요 없을 겁니다. 거짓말을 해선 죄짓는 일이라는 말을 교회에서는 가르치기 때문입니다. 그러니까 아버지는 너무도 급해 마당에 쌓아둔 건풀을 뒤집어쓰고 있는데 아들이 가르쳐 주어 버린 바람에 붙잡혀 결국은 죽임을 당하고 만 겁니다.

시장님, 이런 말은 제가 섬기는 교회 목사님이 해주셨습니다. 그래서 저는 거짓말이 다 나쁜 게 아니라 다른 사람에게 피해를 주는 거짓말이 나쁜 것이란다. 주일 학생들에게 가르칩니다. 그래서든 저는 참말은 사람을 죽일 수도 있겠다는 생각 때문에 어린이들에게는 여간 조심스럽습니다. 그러니까 어린이는 충실한 열매를 맺기 위해 자라야 할 어른들의 희망이라고 저는 봅니다.

시장님, 그러니까 그런 희망들을 5·18이라는 말로 적개심을 품게 해서는 안 된다는 겁니다. 이 부분에서 예수님은 제자들에게 다른 사람을 잘 못 된 믿음에 걸려 넘어지게 하지 말라고 경고하십니다. 예수님은 이 소자 중 하나를 걸려 넘어지게 하는 것보다 차라리 맷돌을 목에 매고 바다에 던져지는 것이 낫다고까지 말씀하시며 죄의 심각성을 강조하기 위해 강한 표현을 사용하셨습니다. 그래서든 유치원생들은 아무것도 그려지지 않은 하얀 종이 같은 심령들이라 말 한마디 한마디가 행동으로 나타날지도 몰라 신중에다 신중을 더해야만 해서 얼마나 조심스러운지 모릅니다. 그러니까 어린이들은 5·18 사건 내용을 그대로 받아들일 가능성이 매우 높다는 겁니다.

시장님, 그래서 하는 말이나 저는 이 일을 어떻게 해야 할지 모르겠습니다. 그러니까 5·18 사태를 사실대로 말해서는 아름다운 심성으로 성장해야 할 어린이들에게 독이 될 수도 있어서입니다. 다시 말씀드려 사실대로 말해서는 적개심을 품으라는 꼴이 되지 않을까요? 싶어서요. 그래서 어린이들을 대하기가 여간 두렵기까지입니다.

시장님, 우리 광주광역시에게 있어 5·18의 이름은 아무리 생각해 봐도 적개심이 불타는 명칭입니다. 그런 고약한 명칭을 다른 곳도 아니고, 어린이 공원의 이름을 5·18 공원이라니요. 이건 말도 안 될 명칭이라고 저는 생각합니다. 그래서 생각이나 다른 지방민들에게도 거부감이 없고, 듣기도 괜찮다 싶은 진달래공원, 장미공원 등, 예쁜 이름들로 고치면 어떨까 합니다. 그러니까 티 없는 어린이들에게 아름다울 이름으로 고치면 합니다. 그리 말하기는 5·18 명칭을 고치지 않고는 아름답게 성장해야 할 어린이들에게 적개심만 심어주는 꼴이 될 것은 불을 보듯 해서입니다.
뿐만이 아닙니다. 친인척일지라도 말 잘못을 했다가는 다시는 만날 수 없는 관계로까지 변해버릴 수도 있기 때문입니다.

시장님, 저는 사설유치원이지만 원장으로서 어린이들을 바르고 예쁘게 성장할 수 있도록 도와줄 의무도 있어 말씀을 드리는 것입니다. 5·18 공원만이 아닙니다. 5·18 문화원, 5·18 거리라는 이름들도 고쳤으면 합니다. 공원에서 5·18이 뭐냐고 질문했던 진명수 어린이 성격으로 봐. 5·18 거리를 같이 걷다가는 5·18에 대해 또 물을 것은 분명해 보여, 좀 멀더라도 5·18 거리가 아닌 다른 길로 돌아가게 됩니다. 이런 고충은 비단 저만의 고충이 아닐 겁니다.

시장님, 그것도 있지만 이런저런 일로 우리 광주광역시를 찾는 외지 분들도 있을 터인데 그분들이 5·18 거리라는 표시판을 보기라도 하면 무슨 생각일지입니다. 그러니까 짐작이기는 하나 5·18 공원, 5·18 문화원, 5·18 거리, 5·18 분수대가 다 뭐야. 그리 말하지 않을까 싶습니다.

그렇다는 점에서 우리 광주광역시는 5·18이라는 생산적이지 못한 시설만 세워지고 있을 뿐, 대 기업은 그만두더라도 중소기업조차도 턱없이 부족하다는 데 나름의 생각을 적어봅니다. 그러니까 목말라하는 광주광역시민들 일자리 만드는 일에 대해 말하고자 합니다. 그렇지만 일자리는 말로 만들어지는 게 아니라면 외국으로 빠져나가는 기업들을 우리 광주광역시로 불러들이자는 것입니다.

방법으로는 기업 총수들을 상대로 로비에 총력을 쏟는 겁니다. 기업 총수들 로비란 공장건물 지을 땅 여의도 면적 다섯 배 이상의 면적을 조성해 분양가는 공짜다 싶게 말이요. 그렇지만 문제는 많은 돈인데 공장 부지조성 비용까지는 약 2조 정도의 돈이 필요할 것 같은데 그런 돈은 그러니까 정부가 허락한 은행 대출로요. 대출금 상환 이자는 장기 저리로 하되. 전라남도를 떠나 일가를 이루었을 분들 모금으로 하자는 겁니다.

모금이란 기업 유치를 위한 주식을 말함인데 기업 유치는 그것으로 다가 아니라 임금인상도 그동안 개성공단에서 행했던 요령을 참고로요. 거기에다 기업인으로서 어려운 문제일 수 있는 해고도 노동법이 아니라 임금협상 팀이 결정하도록 하고요. 그러니까 우리 광주광역시는 기업 하기 좋은 특별시로 만들자는 겁니다.

그래서 생각이나 우리 광주가 이대로만 가다가는 빛고을은커녕, 인구 소멸에 처할지도 몰라요. 그런 생각까지는 제가 운영하는 무등유치원생들을 보면서요. 제가 생각하는 일은 국회의원들이 해야 함에도 선거철만 되면 표나 달라만 하는 거요. 그래서 하는 말이나 국정운영을 책임진 여당은 야당을 설득하고, 국정운영에 생트집 잡는 야당은 못이기는 척하고. 말이요, 그게 당연함에도 광주 국회의원들은 어찌 된 셈인지 그런 가치 있는 일은 뒷전이고. 국민이 어렵게 낸 세비만 축내고 있어요. 이런 문제에 있어 국회의원 가족들에게도 한마디 안 할 수가 없는데. 그러니까 국회의원이라는 높은 명예만 귀중하게 여기라는 겁니다.

"아이고. 이렇게까지 쓰셨네요. 이런 내용 작성하느라 임 원장님은 고생도 고생이지만 시간도 많이 필요했지요?"

"고생까지는 아니고 시간은 한 주간 정도예요."

"그랬겠지요. 그러나 문제는 그만의 돈도 있어야 할 건데. 그런 돈은 정부로부터 받아 내는 게 일차적 관건인데 그런 내용이나 구체적 방법은 생각해 봤나요?"

"생각해 봤지요. 그러니까 무상으로까지는 안 될 것이기에 은행 대출형식을 취하자는 거지요."

"아니, 은행 대출형식을 취해요?"

"그러니까 김대중 대통령이 하는 말이 내가 대통령에 당선이 되고 보니 못할 일이 없다. 그랬잖아요. 그런 점도 참고로 해서는 말이요."

"그럴 수도 있기는 하네요. 현재의 세종시를 보더라도."

김정봉 목사가 하는 말이다.

"그래요, 개성공단 조성까지는 김대중 대통령이 말한 햇볕 정책을 반영한 건 아닐까요?"

"그러게요."

"그래서 제가 궁금하게 여기는 건 개성공단을 위해 인민군 부대를 뒤로 물러나게 한 것을 두고, 우리 측 기업인들은 무슨 생각이 들었을까요 싶어요."

이번엔 임찬호 씨가 하는 말이다.

"맘이야 편치 못했겠지요."

"지금의 얘기가 북한에 두고 온 개성공단 얘기까지네요."

임자경 엄마 박만순이 하는 말이다.

"그러네요."

"개성공단 철수는 박근혜 대통령 때인데 이유는 뭐였을까 싶어요. 그러니까 북한 인민들에게는 귀하게 여기는 초코파이가 가져주는 자본주의 색채는 아닐까. 싶어요."

임찬호 씨가 하는 말이다.

"개성공단은 김대중 대통령이 그동안 주장했던 햇볕 정책에 의한 일이라고 말할 수는 있겠으나 문제는 그게 아니라 미국이 싫어할 핵무기를 몰래 만들고 있는 거요."

"핵무기 몰래 만들려면 철통 보안이 필요할 텐데요."

"그거야 당연하지요."

"그런데 미국은 몰래 한 일을 어떻게 알았을까요. 그러니까 북한에다 심어놓은 간첩이 아니고서는 알 수가 없을 텐데요."

"임 사장님도 아시겠지만. 미국이 어떤 나라요. 미국인들조차도 인정을 안 하려는 달나라도 갔다 온 그런 나라잖아요."

"말씀을 들으니 그렇기는 하네요."

"그런데 북한이 핵무기 만드는 걸 미국이 알면서도 작전상 그랬는지 몰라도 우리나라로서는 머리 아픈 일인데."

김정봉 목사가 하는 말이다.

"이건 누구로부터 들은 얘기지만 북한 핵무기까지는 날로 발전하는 우리나라와 전쟁 무기와 비대칭 차원이라는 말도 하던데 진짜 그럴까요?"

"그게, 정확한지는 몰라도 이미 보도된 대로 북한은 식량조차도 부족해 절절맨다고 하잖아요."

"그래요, 우리나라 사람들은 초코파이 정도는 우습게 아는데 말이에요."

"그런데 개성공단 폐쇄가 북한 주민들에게 어떤 영향을 주고 있을

금남로 데릴사위

까요?"

"개성공단 근로자로 십여 년간이나 근무했다면 정년까지는 근무하겠지 했다가 아니게 돼, 그 허탈감은 날벼락이 아니었을까 싶어요. 그러니까 결혼 준비 등에서요."

"소련이 해체까지 한 공산주의를 아직도 놓지 못하네요. 눈물 납니다."

"그래서 하는 생각인데 개성공단 근로자가 받는 월급은 근로자 본인 통장으로 직접이 아니라 국가를 통해 받게 되었다는데 그게 사실일까요?"

"그러게요. 보도로는 베트남 근로자 반도 안 되는 월 2백 불도 못 된다는데요."

"그래서 궁금한 건 고통받는 인민을 구해내자고 유치원생 때부터 그리도 강조한 게 들통이 난 셈인데 지금은 뭐라고 할까 싶어요."

임찬호 씨가 하는 말이다.

"이건 가능성이 있는 일로 북한 근로자 여성이 우리나라 감독관에게 예쁘게 보이려 하지 않았을까 싶어요."

"어디 감독관에게만 예쁘게 보이려고 하겠어요. 남한 감독관도 마찬가지 북한 여성에게 멋있게 보이려고 하겠지요."

김정봉 목사가 하는 말이다.

"그럴 겁니다. 남자라면 누구든지 그럴 것이기 때문입니다."

"그러니까 북한 여성들은 부드러운 서울 말씨까지도요."

"생각하면 눈물 날 일이네요."

"그렇지요, 눈물 날 일이지요. 김일성을 신으로까지 여기니까요."

공산주의 국가란 본시 명령체계로 움직여진다 해도 북한은 일상적 말조차 조심해야 한다면 숨은 제대로 쉬겠나. 흐트러진 질서 유지 차원으로야 계엄령 선포처럼 한 것은 이해한다 해도 말이다. 그러니까 입은 음식을 씹어먹기도 해야겠지만 말도 해야 해서다. 그래서든 비록 개성 공단 근로자이기는 해도 사귀고 싶을 나이라는데 예쁘게 보이고 멋있게 보여 결국은 눈이 마주치고, 그래서 근로자는 감독관에게 쪽지 쓰길 퇴근하고서 감독관님 땜에 잠까지 설치게 됩니다. 그래서인데 이 일을 저는 어떻게 해야 할지 모르겠습니다. 그러니까 감독관님이 너무도 좋아서입니다. 이런 쪽지가 북한 당국자에게 들통이라도 나게 되면 그 근로자의 신변은 어떻게 될 것인가? 그러니까 북한통치 속성상 말이다.

"그래서 생각이나 이미 통일이 된 독일이 부럽네요."

임찬호 씨가 하는 말이다.

"부럽지요. 국민 심리적 통일까지는 아직이겠지만 말이에요."

"부럽다는 목사님 말씀에 제 생각을 말한다면 북한은 김대중 대통령 말대로 햇볕 정책을 따를 것이냐. 김일성 주체사상을 고수할 것이냐를 두고 고민했다가 결국은 김일성 주체사상 쪽으로 택했지 않았을까 싶어요. 그러니까 개성공단에 악재를 뿌릴 수도 있는 핵무기 실험이 바로 그게 아닐까 싶어요. 더 말하면 김대중 대통령은 북한 김정일을 만나고 와서 말하길 북한은 핵무기를 만들 의지도 없고 핵무기 만들 돈도 없다고 해서요 그러나 만약 북한이 핵을 만들면 내가 책임지겠다고까지 했다니 말이요."

"책임이라니요. 그건 말도 안 돼요. 북한 문제를 대한민국 대통령이 어떻게 책임져요. 아무튼 그게 사실이면 김대중 대통령은 대한민국 대통령 아닌 거요. 그러니까 김대중은 대통령이라는 가면을 쓴 간첩인 거지요. 그래요. 남북통일이 언젠가는 되지 않을까요?"

"가면을 쓴 간첩이요?"

"저는 그렇게 봅니다. 어떻든 저는 목회자이기도 해 남북통일 되길 기도합니다. 물론 기도할 때마다는 아니기는 해도요."

"그러면 제 얘기 한 가지 더 해 볼까요?"

"그러시지요."

"그러니까 평택 미군기지까지는 미국 부시 대통령과 노무현 대통령의 생각이 맞아떨어져 이루어진 사업일 거잖아요."

무등유치원 원장, 임자경이 하는 말이다.

"그런가요? 그런데 공단 부지 문제에 있어 생각이지만 전남 출신들이 서울로 올라가 일가를 이루었을 사람들에게까지 모금이 궁금해요."

"그래요. 공단 유치는 다른 지방과는 다르다는 이유도 있고 광주가 본래의 빛고을로 돌아가자는 의미예요."

"그래요?"

"그리고 공단 땅값은 지역상 생각보다 높지가 않아 국가로부터 지원받을 돈 2조 원은 많을 수도 있어 수정이 필요하겠지만 교통수단도 고려한 비용도 포함한 거요. 그러니까 서울을 향한 교통망이요."

"그렇기는 하겠네요. 우리나라는 생활 여건상 서울을 중심으로 하니까."

"그러니까 도로 건설 비용도요?"

"예."

"가능할지는 몰라도 시도만이라도 해 봐야겠지만 말이요. 그러니까 우리나라 대표기업 회장을 만나 우리 광주시에다 공장을 세워달라고 설득하는 겁니다. 그러니까 노임이 저렴하다는 이유로 외국에다 공장을 세우기는 했으나 정치적으로 철수해버린 개성공단처럼 일지 몰라 우리 광주는 노동조합도 없게 하겠다는 문서까지 만들어서든 말이요."

"좋은 생각입니다. 그러나 듣기로 경상도 사람들은 전라도 사람은 달리 본다고 해서요. 사원으로 채용은 하되 간부 자리까지는 아니라는 겁니다."

"그러니까 달리 보려고 한다는 건 다름이 아니라 전라도 사람들을 하대하려는 태도 말이요?"

"그러기는 시대적으로 신라 때부터라고 하는 것 같습니다."

"그렇게까지는 씻지 못할 앙금이네요."

"앙금까지는 몰라도 88고속도로가 바로 그거라고 하대요."

"그러니까 88고속도로는 지역을 너무 따지지 말는 게 아니겠어요?"

"그렇게까지요?"

"이젠 다른 얘기로 돌아가 미국 부시 대통령으로서는 주한미군이 최전방에 주둔하는 건 군대를 보낸 부모들로서는 불안해서일 거고. 우리나라 노무현 대통령으로서도 북한 김정일 불안심리를 조금이나마 완화시켜 주자는데 이루어진 일이라고 누구는 말하네요."

"그렇기는 해도 돈 얘기는 없지요?"

"돈 얘기는 없나 봐요, 그러나 평택주한미군기지 면적은 여의도 면적의 10배 가까이나 된다고 하는가 본데 그렇다면 돈이 얼마나 들었을지 짐작이나 되겠어요."

"그렇기는 해도 한국 돈만은 아니겠지요?"

"거기까지는 모르겠으나 그걸 통치권 차원이라는 이유를 들어 해결했다면 지금 말한 내용은 하나도 어렵지 않으랴 싶습니다."

"대통령의 통치권 차원이라면 얼마든지 가능하기는 하겠네요."

"그래선데, 5·18이라는 말은 입에 올리기도 싫지만 기필코 말을 한다면 광주시민을 고립시키지는 말아야 한다고 저는 보기 때문이에요."

"그거야 당연하지요."

"그러니까 광주시민을 고립시키지 않게 한다는 의미가 뭐겠어요. 괜찮은 일자리 많이 만드는 게 아니겠어요."

"그러니까 임 원장님 지금의 말은 고약한 심보들을 바로 세우자는 게 아니요"

"아이고… 목사님은 제 딸애 말 해석을 그렇게까지 하시네요."

딸과 김정봉 목사가 나누는 얘기를 듣던 임찬호 씨가 하는 말이다.

"칭찬이 아니어요. 이건 듣기에 따라 실례가 될 수도 있는 말이나 임 원장께서는 대학 전공을 어느 쪽으로 하셨나요?"

"저는 공부 머리가 안 좋아 어렵지 않은 교육학을 했는데 생각해 보니 이만큼인 것도 성경에서 얻게 된 실력이라고 할까 아무튼 그래요. 특히 잠언이요."

"그래요, 잠언은 하릴없어 누워있는 자들을 깨우는 성경 말씀이라고 봐도요. 그래서 생각이나 이승만 대통령은 갈라디아서 5장 1절에서 말한 그리스도께서 우리를 자유롭게 하려고 자유를 주셨으니 굳건하게 서서 다시는 종의 멍에를 메지 말라. 그런 성경 구절을 가장 좋아하셨다네요. 그러니까 제 말은 누구든 임 원장님처럼 앞으로 나아가는데 의의를 두자는 거요."

"그렇지만 저는 무덤으로 가 있는 고향 형들이 잊혀지지 않는데 그건 일종의 병일까요?"

김정봉 목사가 딸과 하는 얘기를 듣던 임찬호 씨가 하는 말이다.

"그게 어디 병이겠어요. 그건 아니고, 누구는 기독교적 말이라고 할지는 모르겠지만 사랑이지요."

"아니, 사랑이요?"

"그러니까 따님이신 임 원장께서는 사랑을 몸소 실천하고 있다는 거요."

"아이고, 저는 목사님 말씀처럼은 아니에요."

금남로 데릴사위

"아니기는요. 저는 사실을 말하는 거요. 그래서 하는 말이나 임 원장님 그렇게까지는 스스로보다는 부모님의 유전자를 이어받은 것으로 저는 그렇게 봅니다."

"아이고, 감사합니다."

"감사는 제가 해야지요."

"목사님이 하신 말씀은 더 잘하라는 말씀으로 듣겠습니다."

"자경이 너는 목사님 말씀이 아니어도 앞으로 더 잘해야겠다."

아빠 임찬호 씨가 하는 말이다.

"잘하라고 하신 말씀은 원장님이 시장에게 보내게 될 편지가 잘 돼, 기대 이상의 효과로 나타나길 바라는 맘으로 응원하십시오. 목회자인 저도 마찬가지로 응원하겠지만 말이요."

"아, 예."

"제가 말을 깊은 생각도 없이 했는데 그것은 목회자라는 직업 때문임을 이해하시고. 흘려들으십시오."

"아닙니다. 목사님 말씀은 제 삶의 지표가 될 것 같습니다."

"고맙습니다. 저는 목회자로서 다른 말은 못 하고 임 사장 내외분 건강하시고, 복 많이 받으시라고 기도나 할게요."